W0331220

Teddy est revenu

Gilbert Gallerne

City
Poche

© City Editions 2010

ISBN : 978-2-35288-474-3
Code Hachette : 50 7932 2

Couverture : Studio City / Shutterstock

Rayon : Thriller poche
Collection dirigée par Christian English & Frédéric Thibaud

Catalogues et manuscrits : www.city-editions.com

Conformément au Code de la Propriété Intellectuelle, il est interdit de reproduire intégralement ou partiellement le présent ouvrage, et ce, par quelque moyen que ce soit, sans l'autorisation préalable de l'éditeur.

Dépôt légal : deuxième semestre 2010
Imprimé en France par France Quercy, 46090 Mercuès - n° 01633/

Prologue

Sitôt entrée chez elle, Laura vérifia d'un coup d'œil que son répondeur n'avait pas enregistré de message durant la journée. Il n'y avait rien. Comme d'habitude.

Elle ferma la porte d'un talon fatigué et passa dans la cuisine. Elle laissa tomber les provisions sur la table et entreprit d'examiner le colis que la gardienne de l'immeuble venait de lui remettre. Il était très léger et ne portait aucune mention de l'expéditeur. Aucune marque non plus : c'était juste une boîte en carton brun qu'un large ruban adhésif fermait hermétiquement. De quoi s'agissait-il ? Elle n'avait rien commandé. Elle secoua la boîte et quelque chose remua à l'intérieur. Il ne pouvait s'agir que d'une erreur, mais il n'y avait qu'un seul moyen de s'en assurer. Prenant un couteau de cuisine, elle trancha l'adhésif.

Elle ouvrit la boîte, y plongea les mains, en sortit l'objet et le laissa retomber à l'intérieur en poussant un cri. Elle recula comme si elle venait de se brûler, jusqu'à ce que ses jambes heurtent une chaise sur laquelle elle se laissa tomber.

La cuisine s'était mise à tourner autour d'elle et plusieurs secondes s'écoulèrent avant que cette sarabande ne fasse mine de ralentir. Cramponnée à sa chaise comme un naufragé à son radeau, Laura luttait contre l'évanouissement. Lentement, l'impression de se trouver au centre d'un tourbillon régressa. Laura sentait les larmes couler sur ses joues, sans pouvoir les faire cesser ni les essuyer.

Lorsqu'elle fut à peu près certaine qu'elle ne s'évanouirait pas, elle attira le colis à elle et y plongea la main pour en sortir ce qu'il renfermait. C'était un ours en peluche d'une vingtaine de centimètres.

Le même que celui que sa fille Lucie avait eu avec elle le jour de sa disparition, cinq ans auparavant.

Le cerveau de Laura vrombissait de questions. D'où venait cet ours ? Qui le lui avait envoyé ? Et pourquoi ?

Qui pouvait être assez cruel, assez vil pour rouvrir après cinq années une blessure qui n'avait jamais vraiment cicatrisé ?

La vue de cet ours avait réveillé en elle des souvenirs qu'elle chérissait, mais qui lui faisaient mal cependant : Lucie bébé, Lucie faisant ses premiers pas, Lucie serrant cet ours sur son cœur et disant que c'était son préféré...

Par un terrible effort de volonté, Laura se reprit peu à peu. Pleurer ne servait à rien. Elle se calma. Les sanglots s'espacèrent. Elle put respirer presque normalement...

Elle posa le jouet sur la table et sécha ses larmes avec un chiffon de papier. Après quoi, elle fouilla dans la boîte, s'attendant à y trouver une lettre comme celles qui, cinq ans plus tôt, l'accusaient d'avoir tué son enfant. Celui – ou celle – qui s'était donné la peine d'acheter un ours semblable à celui de sa fille n'avait pas pu s'arrêter en si bon chemin ! Il avait certainement déversé son fiel au travers d'une lettre anonyme.

Laura savait que lire cette lettre et les mensonges qu'elle contiendrait lui ferait du mal. Mais elle ne pouvait s'empêcher de la chercher, comme si ces accusations pouvaient contenir un fond de vérité, comme si elle était vraiment responsable de la disparition de sa fille. Et ne l'était-elle pas un peu ? Si elle était restée chez elle pour l'élever au lieu de la confier à une nourrice, Lucie serait encore là. À l'époque en tout cas, les mauvaises langues avaient été promptes à se déchaîner, et leur condamnation avait été sans appel. Les calomnies avaient encore accru son chagrin et son désespoir. Non seulement sa fille avait disparu, mais certains la jugeaient responsable et n'hésitaient pas à le lui dire... sous la protection de l'anonymat.

Sans doute serait-ce encore le cas aujourd'hui. Quelqu'un, qui cinq ans après n'avait ni oublié ni pardonné, cherchait à nouveau à la torturer.

Mais la boîte ne contenait rien d'autre. Laura retourna les rabats de carton, au fond, au cas où un papier s'y serait glissé. Il n'y avait rien. Elle la souleva pour examiner la table, regarda par terre, pensant que le mot avait pu tomber lorsqu'elle avait sorti le jouet. Rien.

Rien que cet ours en peluche.

Et à nouveau la question. Qui pouvait lui en vouloir suffisamment pour le lui envoyer cinq ans plus tard ? L'afflux des lettres anonymes s'était tari de lui-même au bout de quelques mois, après que les journaux avaient cessé d'évoquer la disparition.

Et aujourd'hui, quelqu'un lui envoyait un ours qui était la réplique exacte de Teddy, celui de sa fille.

Il s'agissait donc de quelqu'un qui l'avait connue à l'époque. Quelqu'un de suffisamment proche pour savoir quel ours avait adoré la fillette, quel ours elle avait avec elle ce jour-là...

À moins que...

Laura se pencha vers la table, reprit le jouet. Il n'était pas des plus propres. Et ce n'était pas la conséquence du voyage : l'intérieur de la boîte était net. Ce jouet n'était pas neuf !

Sans vouloir s'abandonner au fol espoir qui montait en elle, elle retourna l'ours et lui tira l'oreille. Là, entre les poils, elle vit le fil d'un jaune légèrement différent de celui utilisé pour les autres coutures.

Elle reconnaissait ce fil. Elle reconnaissait ce nœud. C'était son œuvre. Lucie était arrivée en pleurs un matin, lui montrant l'oreille qu'elle avait presque arrachée. Il avait fallu soigner son ours immédiatement pour endiguer cet énorme chagrin.

Laura était pressée, comme toujours à l'époque, mais elle avait tout de même trouvé cinq minutes pour faire un point rapide avec un fil ressemblant approximativement à celui utilisé pour assembler la peluche. « Maintenant il a une cicatrice », avait constaté Lucie.

Il n'y avait pas moyen de s'y tromper. L'ours qu'elle venait de recevoir était bien celui de sa fille. Celui que Lucie avait avec elle lorsqu'elle avait disparu, cinq ans plus tôt.

— Teddy ! murmura Laura sans y croire encore en regardant cet ours comme si c'était un ami qu'on a cru mort et qui revient brusquement.

Elle se rassit, étreignant le petit animal contre son cœur comme si c'était sa fille retrouvée.

— D'où viens-tu ? murmura-t-elle. Où est Lucie ? Tu étais avec elle ! Où est ma fille ?

Il fallait prévenir la police. L'arrivée de l'ours était une nouvelle piste qui leur permettrait peut-être de retrouver le ravisseur ! Elle se leva, passa dans le salon où elle décrocha le téléphone. Elle raccrocha en réalisant qu'il lui fallait le numéro de l'inspecteur qui s'était chargé de l'enquête.

À l'époque, elle le connaissait par cœur, mais quatre années s'étaient écoulées depuis qu'ils s'étaient parlé pour la dernière fois.

Elle alla chercher son sac.

Première partie

1

Laura s'immobilisa alors qu'elle tendait la main vers son sac.

Elle ne pouvait pas appeler la police.

Cinq ans auparavant, l'enquête n'avait rien donné. Après un grand remue-ménage durant les premières semaines, l'excitation était retombée très vite. N'ayant pu trouver de coupable extérieur, la police s'était rabattue sur les proches... et avait fini par la soupçonner.

Il était apparemment plus facile de l'accuser, elle, que de chercher le vrai responsable. Si elle contactait l'inspecteur, que ferait-il ? Il reprendrait l'enquête là où il l'avait laissée : en la pensant coupable. Il croirait qu'elle avait inventé cette histoire d'ours en peluche pour se disculper...

Il ne la croirait pas.

Qui pouvait-elle appeler ?

Ses parents ?

Elle ne les voyait plus guère que pour Noël. Après la disparition de Lucie, au lieu de faire bloc autour d'elle et de la soutenir, ils l'avaient carrément accusée d'en être responsable. Ils n'étaient pas allés aussi loin que ce flic, qui l'avait soupçonnée d'avoir tué son enfant, ou que les lettres anonymes qui l'accusaient... Mais, au lieu de la soutenir, ses parents lui avaient clairement dit que la place d'une femme n'était pas au travail, et que, si elle était restée à la maison pour élever Lucie, rien ne serait arrivé.

Cet argument cent fois entendu avait fini par lui apparaître comme une semi-vérité. Agacée tout d'abord que l'on veuille la cantonner au rôle d'une femme au foyer, elle en était presque venue à admettre, après la disparition de Lucie, que vouloir travailler à toute force, vouloir faire carrière était une faute. Une faute que le destin s'était chargé de punir en la privant de ce qu'elle avait de plus précieux au monde.

Car, et bien qu'elle s'en défendît lorsqu'elle y songeait, elle ne pouvait s'empêcher d'admettre intérieurement que, si Lucie n'avait pas été confiée à sa nourrice, elle ne se serait pas trouvée dans ce jardin public ce jour-là.

Et sans doute serait-elle encore auprès d'elle aujourd'hui. Mais elle ne pouvait tout de même pas renoncer à sa carrière simplement parce qu'elle avait une fillette de deux ans ? De nombreuses femmes travaillaient et confiaient leurs enfants à des crèches ou à des nourrices. La personne qu'elle avait trouvée pour s'occuper de Lucie était très compétente et adorait les enfants. Laura disait souvent que sa fille n'aurait pu être mieux avec elle ! Il n'y avait rien à reprocher à cette nourrice..., sinon un instant d'inattention.

Appeler ses parents aujourd'hui pour leur dire que quelqu'un venait de lui envoyer l'ours en peluche de Lucie ? Ils lui conseilleraient d'appeler la police. Ils insisteraient tant qu'elle finirait par se laisser convaincre.

Mais c'était une solution qu'elle ne pouvait pas envisager. Cinq ans plus tôt, elle avait mis tous ses espoirs dans les policiers, certaine qu'avec leurs fichiers, leurs ordinateurs, leurs milliers d'enquêteurs, ils allaient retrouver son enfant !

Rien.

Pas la moindre trace.

La seule piste sérieuse qu'ils aient envisagée était cette grosse voiture grise aperçue à proximité du parc cet après-midi-là. Et comme elle-même possédait une BMW grise, l'inspecteur avait eu vite fait d'additionner un plus un pour trouver *une*. En plus de son désespoir à l'idée que quelqu'un, quelque part, savait ce qu'était devenue sa fille sans qu'elle ait la possibilité de découvrir qui était cette personne, il lui avait fallu composer avec cet inspecteur et ses questions sournoises, ses insinuations perfides...

À l'évocation de cette époque, ses dents se serrèrent et les larmes lui montèrent à nouveau aux yeux. Elle s'était sentie tellement impuissante !

L'injustice qui la frappait lui avait paru si énorme qu'elle ne comprenait pas que le monde entier ne se soit pas tourné vers elle pour l'aider.

Mais c'était justement à ce moment-là que tout ce qui l'entourait s'était désagrégé.

Bernard l'avait quittée peu après, alors qu'elle aurait eu le plus besoin de lui. Elle l'avait senti qui se détachait d'elle depuis quelque temps déjà, avait espéré que la naissance de Lucie les rapprocherait. En fait, il avait pris l'arrivée de la fillette dans leur ménage comme un boulet, comme une chaîne supplémentaire. Lui qui désirait sa liberté plus que tout, il avait reçu cette enfant comme un coup de massue.

L'inspecteur en avait pris conscience presque immédiatement. Cela avait constitué le fondement de son raisonnement : la mère n'avait-elle pas décidé de se débarrasser de l'enfant encombrante qui gênait sa carrière et l'éloignait de son mari ?

Bernard, bien qu'ils aient été divorcés depuis trois ans, était la seule personne qu'elle puisse appeler. Elle n'avait pas son numéro de téléphone, mais le trouva sans peine. Elle constata sur l'écran du minitel qu'il avait déménagé et vivait à présent dans le quartier le plus chic de la ville.

Pour lui au moins, la disparition de Lucie n'avait pas marqué la fin du monde.

2

Bernard décrocha le combiné juste avant Christian qui tendait déjà la main. La dernière fois, l'enfant avait laissé retomber le téléphone dans son berceau et ils n'avaient jamais su qui avait appelé.

Il fit une grimace au gamin qui le regardait avec espoir, comme si l'appel pouvait lui être destiné, et porta l'appareil à son oreille.

— Allô ?

— Bernard ? C'est Laura.

Il en perdit la respiration et changea de position. Un pli soucieux lui barrant le front, il chassa l'enfant de la main. Laura ! Que lui voulait-elle ? Depuis leur divorce, ils n'avaient jamais eu l'occasion de se reparler et cela ne lui manquait pas.

Il avait presque oublié celle qui avait partagé sa vie pendant plus de quatre ans.

— Teddy est revenu, dit son ex-femme.

Il eut l'impression qu'il s'agissait d'un code,

semblable à ces messages surréalistes que Radio-Londres envoyait à la Résistance durant la guerre. Il ne comprenait rien.

— Quoi ? Qu'est-ce que tu dis ?

— Teddy, l'ours en peluche de Lucie. Je viens de le recevoir. Quelqu'un me l'a envoyé par la poste.

Lucie. Une douleur ancienne se réveilla, très loin au fond de ses entrailles. Étouffée par le temps. Elle aussi, il l'avait presque oubliée. Depuis cinq ans que la petite était morte, il avait eu le temps de se persuader qu'elle n'avait jamais existé. Il ne lui avait jamais été très attaché et soupçonnait Laura de s'être retrouvée enceinte uniquement pour qu'il ne la quitte pas, alors que leur mariage était condamné de toute façon. Bien qu'il n'ait jamais voulu se l'avouer, il savait au fond de lui-même que cette disparition avait été un soulagement pour lui. En tout cas, elle avait eu l'avantage de rompre le seul lien qui le retenait encore à Laura. Un vague sentiment de culpabilité l'effleura à cette pensée, mais il le chassa. Il n'était pas responsable de la disparition de l'enfant. Il n'était pour rien dans sa mort. Il ne pouvait que reconnaître la réalité des faits : cela lui avait permis de divorcer plus aisément pour se remarier avec Sandra.

— J'ignore qui me l'a envoyé, poursuivait son ex-femme, mais il faut qu'on le découvre.

Qu'est-ce qu'elle racontait ? On lui avait envoyé un ours en peluche et elle le prenait pour celui de leur fille ? Sa dépression nerveuse n'était donc pas terminée ? Elle finirait complètement folle.

Sandra passa la tête par la porte de la cuisine et lui

lança un regard inquisiteur. Il lui adressa un sourire crispé, se détourna pour se concentrer sur ce que lui disait Laura et tenter d'y comprendre quelque chose.

— Voyons, qui pourrait t'envoyer l'ours de Lucie cinq ans après sa mort ?

— Elle n'est pas morte !

Laura avait crié et il avait eu un mouvement de recul involontaire.

Sandra s'approcha. Entendre le nom de Lucie lui avait permis de deviner qui était au bout du fil et elle interrogea son mari d'un hochement de tête. Il plaça la main sur le combiné.

— C'est Laura, dit-il à mi-voix. Elle prétend que quelqu'un lui a envoyé l'ours en peluche de Lucie.

Sandra secoua la tête en faisant une grimace. Le divorce ne s'était pas bien passé. L'ex-femme de Bernard avait fait une dépression nerveuse à la suite de la disparition de leur fille, et leur séparation n'avait pas arrangé les choses. Mais ils n'allaient tout de même pas attendre qu'elle soit complètement remise pour vivre leur vie, non ?

— Écoute, plaida Bernard lorsque Laura lui laissa placer un mot, tu sais ce qu'a dit la police ? Une fillette de deux ans qui disparaît, soit on la retrouve tout de suite, soit on retrouve son cadavre, soit on ne la retrouve jamais. Mais si on ne l'a pas retrouvée dans la semaine qui suit sa disparition, c'est qu'elle est morte.

— Qui c'est, papa ? demanda Christian. Qui c'est qu'est mort ?

Devant la tournure que prenait la conversation, il fit signe à Sandra d'éloigner leur fils.

Il y eut un silence à l'autre bout de la ligne.

— Tu as eu un autre enfant ? demanda finalement Laura qui avait entendu le bambin.

Qu'est-ce qu'elle s'imaginait ? Qu'il allait se retirer dans un monastère et passer le reste de sa vie à prier ? La vie continuait, que diable ! Il ne répondit pas. C'était inutile.

— Je croyais que tu n'aimais pas les enfants, constata amèrement Laura. En tout cas, tu as une fille, que ça te plaise ou non. Et ta fille est vivante quelque part. Et on vient de m'envoyer son ours en peluche. Teddy ! Ça a forcément une signification !

Une signification, il en voyait une. Laura avait replongé dans sa dépression et elle s'était inventé une raison de se raccrocher à la vie en s'envoyant cet ours.

L'abominable soupçon qui l'avait taraudé cinq ans auparavant rejaillit : se pouvait-il que Laura ait tué Lucie pour le reconquérir ? Il savait que c'était ce que pensait le policier chargé de l'enquête à l'époque. Il y avait eu cette curieuse histoire d'absence : elle s'était trouvée hors de son bureau et n'avait pu justifier de deux heures durant son après-midi. Selon elle, sa BMW était tombée en panne sur une route déserte alors qu'elle revenait d'une visite chez un client. Un automobiliste complaisant était finalement passé et l'avait dépannée. On n'avait jamais retrouvé la trace de cet automobiliste, et la police avait fait examiner la voiture sans découvrir quelle panne avait pu l'immobiliser en pleine campagne. Et il y avait ce témoignage selon lequel une grosse voiture grise avait stationné non loin du parc à ce même moment, juste quand leur fille disparaissait, sans que personne ne la voie se faire enlever.

Il avait refusé d'y croire. Laura aimait trop sa fille pour en arriver là. Même pour le reconquérir.

Mais, d'un autre côté, ses nerfs n'étaient-ils pas déjà en train de craquer ? La dépression nerveuse qui l'avait frappée peu après n'avait-elle pas déjà commencé son travail de sape ? Cette dépression nerveuse n'était-elle que l'expression de sa culpabilité ? L'expression du remords devant l'énormité de son crime et le constat que la disparition de Lucie n'avait pas suffi à sauver leur ménage du naufrage ?

Il ne voulait pas accepter cette possibilité. L'admettre, c'était reconnaître une certaine part de responsabilité. Si Laura avait tué leur enfant, c'était pour lui, dans l'espoir fou de le ramener à elle.

C'était avec l'idée démente qu'en la sacrifiant il lui reviendrait. Et cela, il refusait de l'envisager. Accepter la mort de sa fille entre les mains d'un déséquilibré était une chose. Savoir que sa femme l'avait tuée pour lui en était une autre.

— Réfléchis, la coupa-t-il finalement. Si vraiment tu as du nouveau, pourquoi ne préviens-tu pas la police ?

Elle ricana.

— La police ! Que fera-t-elle de plus qu'il y a cinq ans ?

— Si tu as vraiment reçu l'ours de Lucie...

— *Vraiment* ? Si j'ai *vraiment* reçu l'ours ? Qu'est-ce que tu insinues ?

— Je n'insinue rien, mais...

— Tu veux dire que je pourrais avoir rêvé ? Je l'ai

à la main en ce moment ! Il est devant mes yeux ! Je suis en train de le secouer devant le téléphone et tu prétends que je pourrais avoir rêvé ?

— Je n'ai pas dit ça. Mais même si tu as un ours...

— L'ours de Lucie ! Teddy ! C'est bien le sien. Il a une couture que j'ai faite moi-même il y a plus de cinq ans !

— Oui, Teddy. Même si tu as Teddy, ça ne prouve pas que Lucie soit vivante. Pourquoi te l'aurait-on envoyé maintenant ? Et qui aurait intérêt à faire ça ?

Laura resta muette. Elle devait s'être déjà posé cette question sans pouvoir y trouver de réponse. Bernard, quant à lui, n'en voyait qu'une : Laura pouvait s'être adressé l'ours pour attirer l'attention sur elle, en espérant peut-être le persuader de revenir, ou bien dans un accès de folie.

Il détestait l'idée que son ex-femme pouvait être folle, mais après tout n'avait-elle pas fait une dépression nerveuse ? De la dépression nerveuse à la folie, la distance ne lui semblait pas bien grande... Le choc subi cinq ans plus tôt n'avait-il pu provoquer des lésions irréparables dans son psychisme ?

Il était tout à fait possible qu'elle se soit envoyé la peluche dans un état second et qu'elle l'ait ensuite oublié. Elle pouvait même avoir poussé le sens du détail jusqu'à ajouter cette couture qui lui paraissait le gage même de l'authentification.

Il poussa un profond soupir de lassitude.

— Écoute. Quelle que soit la provenance de cet ours, la seule chose à faire est de prévenir la police.

— Tu sais très bien ce que pense la police. Ils

n'ont pas été très efficaces il y a cinq ans. Pourquoi le seraient-ils aujourd'hui ? Je ne tiens pas à ce qu'on m'accuse encore d'avoir tué ma fille.

— Personne ne t'a accusée...

— Ça n'a pas été formulé clairement, mais c'est ce que tout le monde pensait !

— Reconnais tout de même que tu n'as pas simplifié les choses ! Si tu avais été plus calme...

— Qu'est-ce que j'étais censée faire ? Attendre que ça se passe en restant tranquillement chez moi à tricoter ? Évidemment, toi tu avais quelqu'un sur qui t'appuyer. Moi j'étais seule, à un moment où j'aurais eu grandement besoin de toi.

Bernard soupira devant le reproche maintes fois entendu. Ce fut d'un ton agacé qu'il répondit :

— On ne va pas remettre ça ? C'est de l'histoire ancienne. Nos vies ont bifurqué. Tu as la tienne, j'ai la mienne. À présent, de deux choses l'une : ou tu as reçu cet ours ou tu ne l'as pas reçu.

— Je l'ai reçu ! Bon sang, en quelle langue faut-il te parler ?

— Bon, admettons que tu l'aies reçu. Reste à déterminer qui l'a envoyé.

Il s'attendait à un esclandre, mais elle ne dit rien.

— Si tu refuses de prévenir la police, qu'est-ce que tu veux faire ?

— Chercher Lucie.

Il en resta muet de stupeur. L'idée ne l'avait même pas effleuré. Il ne s'imaginait pas en détective privé. Il n'y avait qu'au cinéma qu'on voyait ce genre de choses.

— Tu vas la chercher toi-même ? demanda-t-il avec incrédulité.

— J'espérais que tu m'aiderais. Tu es son père, tout de même.

— Tu es complètement folle. Tu te prends pour qui ? Tu *me* prends pour qui ? On n'est pas à la télé ! Si tu as un élément nouveau, tu préviens la police. Sinon, tu laisses tomber et tu oublies tout ça.

— Tu refuses de m'aider ?

— Je refuse de me laisser entraîner dans ton délire ! Voilà ce que je refuse !

— C'est de ta fille qu'il s'agit...

— Ma fille est morte il y a cinq ans. Quand donc te mettras-tu ça dans la tête ?

— Elle n'est pas morte !

— Écoute, tu as été malade. On t'a soignée. Tu t'en souviens ? Bien. Tu devrais retourner voir ton médecin. Ton psychiatre. Étudie cette question avec lui. Ta réaction n'est ni saine ni normale : tu devrais prévenir la police si vraiment tu as reçu quelque chose. As-tu envisagé l'idée que tu t'étais peut-être envoyé toi-même cet ours ?

Il se crispa, attendant le torrent d'invectives qui allait suivre. Il n'aurait pas dû lui dire ça, mais c'était pourtant une hypothèse qu'il convenait de ne pas négliger. Et si elle s'avérait par la suite, mieux valait que seul le psy qui l'avait suivie soit au courant.

Si la police était informée, cela ne ferait que renouveler les tourments de Laura.

Il n'y eut qu'un déclic pour toute réponse. Elle avait raccroché.

Il haussa les épaules, raccrocha à son tour en se remémorant certaines des scènes qu'elle lui avait faites lorsqu'elle avait compris qu'il la quittait définitivement. La femme prostrée qu'elle était depuis plusieurs semaines s'était transformée en furie. Il ne l'avait jamais vue dans un tel état auparavant.

Elle s'était jetée sur lui toutes griffes dehors, et seul le fait qu'elle ait frappé sans viser lui avait permis de s'en sortir sans blessure grave. Ça et les vingt kilos qu'il pesait de plus qu'elle. Jamais il ne l'aurait crue capable d'une telle violence.

Une fois de plus, l'idée qu'elle ait pu être responsable de la disparition de Lucie l'effleura. Une fois de plus, il la chassa et fit tout son possible pour l'oublier.

Il gagna la cuisine où sa femme l'attendait avec Christian.

— Qu'est-ce qu'elle te voulait encore, cette folle ?

Il haussa les épaules.

— Rien. Des conneries.

— Papa, tu as dit un gros mot.

Il s'approcha de son fils, lui passa la main dans les cheveux.

— C'est vrai. Ce n'est pas bien.

Il serra la petite tête contre lui, tenta de sourire à Sandra, mais l'appel de son ex-femme avait jeté un froid entre eux, comme si l'ombre de la folie planait à présent dans la pièce.

3

Laura resta un long moment à regarder l'appareil qu'elle venait de raccrocher, comme s'il allait lui fournir la solution à son problème.

Bernard ne l'aiderait pas.

Il s'était apparemment habitué à l'absence de sa fille et la considérait comme morte. En cinq ans, il l'avait presque chassée de sa mémoire.

Il s'était remarié sitôt leur divorce prononcé. Sa nouvelle femme, avec laquelle il avait déjà une liaison à l'époque du drame, avait eu tout le temps de travailler à lui faire oublier son ancienne vie. Elle était allée jusqu'à lui faire un enfant ! Comme on donne un chiot à un gamin qui vient de perdre son vieux chien, pour lui faire oublier son chagrin.

La gorge nouée, Laura essaya d'imaginer la vie de son mari avec cette femme. Aimait-il toujours le style moderne ou bien l'avait-elle poussé à adopter un ameublement bourgeois ? Sans doute avait-elle fait en sorte qu'il change toutes ses habitudes, de façon à couper tous les ponts avec son passé. Laura se souvenait encore des difficultés qu'elle avait eues à le contacter au moment de leur divorce, alors qu'il vivait déjà avec Sandra. Cette dernière faisait le barrage, comme si elle craignait la concurrence de celle dont elle venait de voler le mari.

À une certaine époque, Laura s'était même demandé si Sandra n'était pas responsable de la disparition de sa fille. L'enfant était le dernier lien qui les retenait l'un à l'autre. Et dire que le policier avait pensé qu'elle aurait pu la tuer pour que Bernard se rapproche d'elle !

Elle avait abandonné cette piste très vite. Sandra n'était pas une enfant de chœur, mais elle n'avait rien d'un Machiavel en jupon et ne serait pas allée jusque-là. Du moins, Laura ne le croyait-elle pas.

Mais en tout cas, elle n'avait aucune aide à attendre de ce côté, et Bernard ne ferait rien pour aller contre les désirs de sa nouvelle épouse. Il avait refait sa vie et n'entendait manifestement pas que des lambeaux de l'ancienne viennent ternir son bonheur tout neuf.

Laura se laissa tomber dans le canapé. Elle regarda l'ours qu'elle tenait toujours à la main, cherchant une réponse sur son museau jovial.

Que faire ?

Prévenir la police, ainsi que le lui avait suggéré Bernard ? Elle s'y refusait. Elle ne repasserait pas par les tourments endurés cinq ans plus tôt. Elle ne voulait pas replonger dans les affres des interrogatoires, des soupçons informulés, des sous-entendus.

Elle ne voulait pas risquer de briser à nouveau sa santé mentale, de sombrer dans la dépression qu'elle devinait la guettant toujours au détour d'une pensée trop morbide. À l'époque, elle se gavait de tranquillisants pour franchir les nuits et d'antidépresseurs pour traverser les journées. Chaque jour qui passait était un combat, qu'il fallait répéter le lendemain sans qu'aucune victoire ne soit jamais acquise. Elle ne voulait pas que son psychiatre lui suggère, ainsi qu'il l'avait fait une fois, qu'elle serait mieux dans un institut spécialisé, « le temps de se rétablir ».

Elle avait réussi à se détacher progressivement des somnifères et à réduire les doses d'antidépresseurs. S'en sortir n'avait pas été facile. Elle ne voulait pas remettre ça.

Non. Pas de police.

Quelles autres options lui restait-il ?

Bernard refusait de l'aider.

Un détective privé lui coûterait une fortune. Elle n'avait pas les moyens de le payer. Certes, durant ces cinq années, elle était parvenue à mettre un peu d'argent de côté, à tout hasard. Mais elle ne se faisait pas d'illusions : elle pourrait peut-être payer un privé pendant quelques jours, voire quelques semaines, mais s'il ne découvrait rien de nouveau, elle se retrouverait sans un sou et guère plus avancée.

De plus, elle ne pensait pas qu'un policier privé pût véritablement constituer la solution à son problème. En France, ces « professionnels » travaillaient plus dans l'adultère que dans les recherches de personnes disparues.

Enfin, si elle lui donnait tous les éléments du problème – et comment faire autrement si elle désirait qu'il l'aide au maximum ? – il faudrait lui mentionner qu'elle avait reçu Teddy. S'agissant d'un crime, il voudrait certainement mettre la police au courant. Il n'y avait qu'au cinéma que les privés enquêtaient dans l'illégalité. Les policiers voudraient savoir pourquoi elle ne les avait pas prévenus, ce qui renforcerait leurs soupçons. On l'obligerait sans aucun doute à leur remettre l'ours qui deviendrait une pièce du dossier...

Cette seule idée la faisait frémir. Elle s'y refusait absolument.

Elle serra la peluche contre son cœur. C'était l'élément le plus fort qui la reliât à sa fille. Jusqu'à présent, elle avait dû se contenter des vieilles photos qu'elle emportait en permanence dans son sac, prête à les montrer à quiconque serait susceptible de lui donner des nouvelles de Lucie. En cinq ans, cela ne lui avait guère servi, bien qu'elle les ait sorties un nombre incalculable de fois. Mais ces photos avaient cinq ans, justement. Alors que l'ours était sans doute tout près de sa fille quelques jours plus tôt à peine.

Le serrant contre elle, elle avait un peu l'impression que c'était Lucie qu'elle étreignait ainsi et, bien que sachant que c'était impossible, elle espérait que l'enfant, quelque part, sentait que sa mère était toujours là et pensait à elle en cet instant.

Pas de police, pas d'ex-mari, pas de détective... Alerter la presse ? Mais c'était de l'histoire ancienne pour les journaux et on ne manquerait pas de regarder d'un œil soupçonneux l'apparition de cet ours cinq ans après. On l'accuserait d'avoir organisé elle-même l'envoi pour ramener son affaire sur le devant de la scène... Et si elle parvenait à intéresser un journal, que se passerait-il ? On ne lui affecterait pas un reporter chargé de creuser la question, on commencerait par un bel article retraçant l'historique de l'affaire. Et ce papier ne pourrait que mettre en danger la vie de sa fille.

Car l'ours n'avait pas été envoyé par le ravisseur, elle en était convaincue. Pourquoi l'aurait-il fait ? Non, l'ours lui avait été adressé par quelqu'un qui voulait attirer son attention, et peut-être lui redonner espoir. Le ravisseur ignorait donc cet envoi.

S'il découvrait que quelqu'un l'avait contactée, il risquait de prendre peur et au mieux de s'enfuir avec sa fille, au pire de la tuer pour faire disparaître le témoin risquant de l'accuser.

Laura avait beau tourner et retourner les éléments du problème dans son esprit, elle ne voyait qu'une solution. Elle devrait s'en occuper seule.

Mais comment ? Elle n'avait rien, que cet ours qui venait d'arriver par un colis anonyme.

Qui pouvait avoir envoyé l'ours ?

Se pouvait-il qu'il se soit agi de sa fille elle-même ? Elle avait sept ans à présent. Elle aurait dû savoir lire et écrire... Peut-être était-ce le cas, si elle avait été enlevée par une famille et non pas par un pervers. Peut-être savait-elle qu'elle avait été enlevée cinq ans plus tôt et avait-elle réussi à trouver l'adresse de sa mère ? L'envoi de cet ours pouvait lui être apparu comme une bouteille jetée à la mer, emportant son message désespéré.

Laura alla récupérer l'emballage dans la cuisine.

Non. L'écriture sur la boîte n'était pas celle d'une enfant de sept ans. L'adresse était rédigée au marqueur en lettres majuscules et on avait pris soin de ne pas laisser transparaître la moindre fantaisie susceptible d'amener un expert en graphologie à découvrir l'envoyeur. Mais les traits étaient trop nets et ne marquaient aucune hésitation : l'auteur était un adulte. Ou *une* adulte : la calligraphie était à ce point neutre qu'il était impossible de préjuger du sexe de la personne qui avait tenu le stylo.

La rédaction de l'adresse ne lui apprendrait donc rien. Restait le bureau de poste. Elle se plaça sous la lampe afin de pouvoir mieux distinguer le cachet à demi effacé. Ce n'était pas très lisible. Elle inclina la boîte, plissa les yeux, regrettant de ne pas avoir de loupe...

Saint-Nazaire. 16 heures.

Elle faillit crier de joie.

Elle tenait quelque chose ! Le paquet provenait de Saint-Nazaire. Elle posa la boîte sur la table du salon. Elle n'en apprendrait pas beaucoup plus d'elle. Mais c'était déjà énorme. Il était trop tard pour agir ce soir, mais dès le lendemain elle prendrait les mesures nécessaires à son enquête. Il fallait surtout éviter de se précipiter. Chaque démarche devait être soigneusement pesée et réfléchie.

En attendant, elle devait se préparer. Elle ne pensait pas avoir très faim, mais décida de manger malgré tout. Elle aurait besoin de toutes ses forces si elle voulait retrouver sa fille !

L'ours la suivit dans la cuisine. Elle ne voulait pas le perdre du regard, craignant qu'il ne disparaisse par enchantement, comme sa fille cinq ans plus tôt.

Contrairement à son attente, l'excitation lui avait creusé l'appétit et elle dévora tout ce qu'elle avait préparé, ce qui ne lui était pas arrivé depuis très longtemps. Toutes les deux bouchées, elle posait les yeux sur l'ours, comme pour s'assurer qu'il était bien là, qu'elle n'avait pas rêvé.

Ensuite, elle alla se coucher, emportant Teddy avec elle.

Le sommeil fut long à venir et quand elle dormit ce ne fut que d'une torpeur agitée. Elle rêva qu'elle courait sur une plage à la poursuite d'une enfant qu'elle n'arrivait pas à reconnaître et qui disparaissait chaque fois qu'elle allait la rejoindre.

Pascale

Des formes spectrales flottent dans l'air. Parmi elles, le visage de sa fille qui apparaît et disparaît. Et son mari ? Pourquoi n'est-il plus là ?

Tout remonte à ce jour fatidique. Après, plus rien n'a jamais été pareil. Le soir venu, elle s'était retirée dans sa chambre. Après quoi, tout était devenu flou. Le bruit et la fureur. Des cris. La cavalcade.

Le visage de sa fille à nouveau. Flou.

Et le chagrin. Immense. Incommensurable. Le chagrin qui noie tout et que l'on ne peut oublier qu'en s'abrutissant. Le chagrin qui ne disparaît que sous les coups de boutoir des tranquillisants.

Les tranquillisants, comme une bouée lui permettant de traverser la vie.

Et sa fille qui s'éloigne chaque jour un peu plus.

Le visage vaporeux de sa fille, sur lequel se superpose celui de son mari. Sanglant.

Le sang, tout ce sang...

Elle se réveille en sursaut. Du brouillard s'effiloche dans sa tête, laissant derrière lui des bancs de brume qui cachent... Quoi ? Elle l'ignore. Elle ne se souvient plus. Un verre d'eau attend sur la table de chevet, à côté du tube de pilules. Elle frissonne au souvenir du sang. Elle ne se remémore pas le rêve, mais sait de toute façon ce qu'il contenait. Cela fait cinq ans qu'elle en parcourt les méandres, sans cesse changeants, mais toujours pareils malgré tout.

Elle prend deux pilules, les avale avec un verre d'eau, se laisse retomber sur l'oreiller moite de sa transpiration.

La nuit se presse contre les vitres. Elle la cerne de toutes parts, comme pour l'engloutir à jamais.

Elle a peur. Peur pour elle, qui ne sortira jamais de son puits.

Peur pour sa fille qu'elle a entraînée avec elle.

4

Félix Daubert était chef de service à la Banque d'Escompte du Nord. Il fut surpris de voir Laura entrer dans son bureau.

D'ordinaire, elle arrivait à l'heure, s'asseyait à sa place et se mettait au travail sans se préoccuper de lui, ne le saluant que lorsqu'il passait dans la salle où elle était employée aux écritures.

Il en allait ainsi depuis son affectation dans son service, trois ans auparavant. Il n'avait pas à se plaindre d'elle. C'était une bonne employée qui faisait correctement son travail, même si elle ne prenait jamais d'initiatives. D'ailleurs, on ne lui en demandait pas non plus. Mais Félix estimait qu'une femme qui avait été cadre autrefois aurait pu fournir un peu plus que de la simple présence. Il n'avait certes rien à lui reprocher au niveau de son travail, mais sa tâche n'était pas à la hauteur de ses capacités et elle aurait pu faire beaucoup mieux si elle avait été un peu ambitieuse. C'était sur ce plan que se situait le problème. L'ambition semblait avoir totalement déserté la jeune femme. Félix Daubert ne s'expliquait pas cette attitude, mais en profitait. Pour lui, Laura était presque un meuble : on posait du travail sur sa table et elle le faisait.

Aussi fut-il surpris par la visite inopinée de celle qu'il avait fini par ne plus voir.

— Oui ? dit-il en levant la tête du dossier qu'il étudiait.

— J'ai besoin de congés.

Il retint un sourire : il avait failli lui rétorquer que c'était également son cas, mais quelque chose dans le ton de la jeune femme lui dit qu'elle n'apprécierait pas la plaisanterie. D'ailleurs, elle ne semblait guère avoir le sens de l'humour. Il ne l'avait jamais entendue rire et elle souriait rarement. À trente-trois ans, elle en paraissait dix de plus. Il savait qu'elle avait été mariée autrefois et que son mariage s'était mal terminé.

À présent, elle semblait bien partie pour finir sa vie seule, comme une vieille fille oubliée des hommes. C'était d'autant plus curieux qu'elle était jolie et qu'il aurait suffi de trois fois rien pour la transformer en pin-up. Si seulement elle s'était habillée d'une façon un peu plus sexy...

Mais non. Elle se comportait comme si toute sa vie sociale était cantonnée aux quatre murs du bureau. Et même là, elle ne paraissait pas s'épanouir.

— Quand ? demanda-t-il en prenant les formulaires qu'elle lui tendait.

— Tout de suite.

— C'est impossible. C'est la fin du mois et Michel n'est pas là...

Il étala les demandes de congés qu'elle avait remplies en attendant son arrivée. Il y en avait quatre, d'une semaine chacune, qui s'enchaînaient.

— C'est une plaisanterie ?

Il releva la tête, mais elle ne semblait pas avoir envie de plaisanter. La connaissant, il aurait d'ailleurs dû savoir que la question était incongrue.

— Je ne peux pas te laisser partir maintenant. Et pas pour quatre semaines ! Si tu as besoin d'une journée...

— Je n'ai pas besoin d'une journée, j'ai besoin de plusieurs jours. Je ne sais pas exactement combien. Peut-être deux ou trois, mais il est possible que ça se prolonge. C'est pour ça que j'ai rempli plusieurs demandes. Si je ne reviens pas, tu pourras les faire suivre l'une après l'autre. D'accord ?

Félix Daubert n'y comprenait rien. Laura ne prenait jamais la moindre journée de repos. Été comme hiver elle était là, fidèle au poste. Et la voilà qui brusquement demandait quatre semaines d'affilée ! Qu'est-ce que cela cachait ? Une aventure amoureuse ? L'idée même paraissait invraisemblable. Laura était tellement effacée qu'il en était venu à la considérer comme asexuée. Au début, il avait vaguement tenté sa chance. Après tout, même si elle paraissait dix ans de plus que son âge, Laura demeurait une femme attrayante. Mais il n'avait obtenu aucun succès. Elle n'avait même pas paru comprendre ce qu'il cherchait. Comme si elle avait été totalement détachée de son corps, un pur esprit tellement en retrait du plan physique qu'il en avait perdu tout souvenir.

Qu'est-ce qui pouvait la pousser à agir soudain en totale contradiction avec son comportement habituel ?

En tout cas, il n'avait pas à le savoir. Son rôle en tant que chef du service était de veiller à ce que tout se passe bien et il ne pouvait fonctionner qu'avec un minimum d'effectifs présents. Le problème des effectifs était déjà suffisamment difficile à gérer sans que chacun se mette à prendre des congés inopinément.

— C'est non, trancha-t-il. À la rigueur, je peux t'accorder une journée, mais tu ne peux pas partir tant que Michel ne sera pas revenu. Et il en a encore pour dix jours.

— Je n'ai pas pris une seule journée de congé depuis trois ans.

— Je sais, mais cela ne te donne pas le droit de les prendre brusquement. La règle veut que l'on fasse sa demande dix jours à l'avance, et les congés ne sont accordés que si les nécessités de service le permettent. Or, elles ne le permettent pas.

— Félix, j'ai besoin de ces congés.

— Et moi, j'ai besoin de tout le monde.

— Je vais les prendre de toute façon.

Il en resta estomaqué. En trois ans, il ne l'avait jamais entendue parler sur ce ton. Ni à lui ni à personne. On pouvait lui confier toutes sortes de tâches, la surcharger de travail, elle acceptait toujours son sort sans rechigner. Il savait que certains de ses collègues l'avaient surnommée « l'esclave » et, bien que ce surnom lui parût cruel, il devait convenir qu'il n'était pas injustifié. Elle faisait ce qu'on lui demandait, quand on le lui demandait. Si tout le monde avait fait de même dans la banque, les problèmes d'effectifs auraient été résolus depuis longtemps. À la réflexion, non, ils n'auraient pas été résolus. La direction en aurait profité pour écrémer encore plus en fonction de la politique de rentabilité à tous crins qu'elle suivait depuis quelques années, et ils auraient été encore moins nombreux pour accomplir la tâche sous laquelle ils croulaient déjà.

— Qu'est-ce que tu veux dire, tu les prendras de toute façon ?

Il s'attendait à ce qu'elle le menace d'un arrêt-maladie. C'était en général l'ultime recours de ceux à qui on refusait une journée.

— Je veux dire que j'ai signé ces feuilles et que tu les as en main. À partir de midi, je ne serai plus là. Si tu n'es pas content, c'est la même chose. Tu peux prendre les mesures que tu veux, me faire mettre un blâme si tu veux. J'ai besoin de ces congés et rien ne m'empêchera de les prendre.

— Laura, tu sais qu'on pense à toi pour une promotion... Si tu fais ça, tu peux faire une croix sur ta carrière...

Elle ne ricana même pas.

— Je ne veux pas d'une promotion. J'ai besoin de ces congés.

Elle avait une dureté dans la voix qu'il ne lui connaissait pas. Qu'est-ce qui la motivait ? Qu'est-ce qui faisait que brusquement son attitude avait changé du tout au tout ?

Un instant, il se demanda si elle ne le faisait pas exprès pour perdre ses chances de promotion, justement. Elle était tellement effacée qu'il était possible qu'elle agisse sciemment de manière à se faire barrer le chemin de l'avancement. S'il était difficile de refuser – comment dire à ses supérieurs qu'on ne voulait pas prendre plus de responsabilités ? –, un moyen de se dérober sans l'avouer était de faire en sorte qu'on vous supprime de la liste des candidats possibles. Et un bras de fer comme celui qu'elle tentait était tout indiqué pour se faire éliminer de la compétition, au moins pour cette année.

Félix ne la comprenait pas. Son dossier était pourtant bon : issue d'une famille ouvrière, elle avait suivi des études tout en travaillant pour les payer, jusqu'à obtenir une licence. Ensuite, elle était entrée dans une société où elle avait été cadre commerciale.

Et puis, voilà cinq ans de cela, la rupture. Un séjour en maison de repos. À sa sortie, elle avait postulé à la Banque d'Escompte du Nord pour un emploi très en dessous de ses capacités réelles. Et aujourd'hui, alors qu'on lui laissait entrevoir la possibilité de regagner la place qui lui revenait de droit, elle se comportait d'une façon totalement irresponsable et agissait comme pour faire échouer cette nouvelle chance. Comme si elle voulait se punir.

— Est-ce que tu le fais exprès ?

— Exprès ?

— Oui. Tu fais un travail indigne de toi. Tu pourrais être à ma place sans difficulté. Tu pourrais même être mieux placée, mieux payée. Pourtant, tu te cantonnes dans ton petit boulot et, quand on t'offre une chance d'en sortir, tu fais tout pour que ça échoue. Tu fais pénitence ou quoi ?

Il la vit se raidir et comprit qu'il venait de toucher un point sensible. Mais du diable s'il savait lequel.

— Tu ne peux pas comprendre, dit-elle.

— Merci quand même.

— Il s'agit de ma fille.

Sa fille... Il avait oublié cette vieille histoire. On disait que c'était l'origine de sa dépression nerveuse. Elle avait perdu une enfant dans des circonstances bizarres quelques années plus tôt. Les bruits de couloir prétendaient que c'était ce qui avait brisé sa carrière et sa vie en même temps. Il n'avait jamais cherché à creuser. Personne ne semblait savoir ce qui s'était réellement passé, et interroger Laura paraissait difficile. Elle ne parlait guère et il ne se voyait pas lui demander des nouvelles de sa fille pour amener le sujet. Et voilà que cette histoire rejaillissait aujourd'hui ?

— Ta fille ?

— Ma fille a disparu il y a cinq ans et je crois avoir le moyen de la retrouver.

On nageait en plein délire.

— Et c'est pour ça que tu veux des congés ?

— Oui, je dois aller sur place.

Félix secoua la tête. Cosette se transformait en Wonder Woman ! On aurait tout vu ! Il l'imaginait mal enquêtant sur une disparition.

— J'ignorais... Mais si tu as du nouveau, la police...

— La police ne peut rien pour moi. Ils refusent de m'écouter. Je dois m'en occuper moi-même.

Ce n'était plus Wonder Woman, c'était *Drôles de dames*. En tout cas, si elle partait dans ce genre de délire, il était inutile de compter sur elle. Le cerveau de Félix se mit à arpenter des voies qu'il n'aimait guère, mais avait-il le choix ? Il était tout de même responsable d'un service de neuf personnes. Son rôle était de veiller à ce qu'il tourne sans anicroche, de prévoir les problèmes et les prévenir.

Et n'était-ce pas un gros problème qu'il voyait se profiler à l'horizon ? Laura était-elle en train de disjoncter à nouveau ? Allait-elle replonger dans une dépression nerveuse ? Si c'était le cas, il devait le déterminer au plus tôt.

En état de sous-effectifs chronique, son service ne pouvait pas se permettre d'employer un agent en longue maladie que l'on mettrait des mois à remplacer. En la gardant de force, il ne ferait qu'accentuer son malaise et provoquerait peut-être une crise. Il n'avait pas le choix. Il soupira.

— OK, dit-il en prenant la première des feuilles. Je t'accorde huit jours. Mais pas plus !

— Merci.

Elle quitta la pièce d'un pas décidé. Pas du tout la démarche d'une femme en pleine dépression.

Il allait jeter les trois autres formulaires dans sa poubelle quand il se ravisa. Il risquait d'en avoir besoin. La femme qui venait de sortir de son bureau ne paraissait pas décidée à lâcher ce qu'elle tenait sans lui avoir fait cracher tout son jus.

Il ne la reverrait pas avant qu'elle ait épuisé toutes les possibilités de cette nouvelle piste, quelle qu'elle soit. Un instant, il se demanda ce qui pouvait avoir surgi cinq ans après la disparition de l'enfant.

Se pouvait-il qu'elle ait tout inventé ? Se pouvait-il qu'elle utilise la disparition de sa fille simplement pour ne pas avoir à refuser cette promotion qui risquait de lui tomber dessus ?

Il secoua la tête : diriger un service de neuf personnes était déjà assez difficile, mais s'il lui fallait en plus faire de la psychologie...

Simon

Il la regarda glisser le billet dans son sac qu'elle posa à portée de sa main.

— Il y a quelque chose qui te plairait particulièrement, mon chou ?

— Déshabille-toi.

Elle fit ce qu'il lui demandait et, suivant ses instructions, elle s'allongea nue sur le lit.

— Les bras le long du corps.

Elle avait la peau très blanche. C'était très bien. Exactement ce qu'il désirait.

— Ferme les yeux. Ne bouge plus. Comme si...

Il hésita.

— ... comme si tu étais morte.

La fille tressaillit, mais elle obtempéra. Il devina qu'elle ne fermait qu'à demi les yeux, pour le surveiller entre ses cils.

— Ferme les yeux, j'ai dit !

La colère dans sa voix était nettement perceptible et elle obtempéra avec une crispation des mâchoires.

Elle avait peur. Tant mieux. Il aimait ça.

Sans prendre la peine de se dévêtir, il ouvrit sa braguette. Il était déjà gonflé par le désir. Il grimpa sur le lit à côté d'elle, commença à la caresser.

Elle voulut ouvrir la bouche pour dire quelque chose.

— Tais-toi ! Ne parle pas. Fais comme si tu étais morte !

La prostituée se tut. Il vit son corps se raidir. C'était bien. C'était encore mieux comme ça, un peu de rigidité... Il lui caressa les seins, ses mains descendirent sur le ventre, jusqu'au pubis. Il lui écarta les jambes et elle se laissa faire, comme une poupée sans volonté. Alors, il se coula entre elles et s'introduisit d'une détente des reins.

La fille se mit à gémir.

— Non !!!!

Elle n'avait rien compris. Il la gifla pour la faire taire. Elle poussa un cri. Il la gifla encore, et encore.

Elle se débattait sous lui, tentait de se dégager, mais il était lourd, bien plus lourd qu'elle. Et chaque mouvement qu'elle faisait excitait encore plus sa fureur. Il la frappa à coups de poing, jusqu'à ce qu'elle comprenne qu'elle devait rester immobile. Quand enfin elle ne bougea plus, il lui donna encore deux ou trois coups, pour la punir, puis cessa de la frapper. Il se redressa. Son érection était retombée. Il descendit du lit.

— T'es vraiment trop conne ! jeta-t-il.

La fille ne répondit pas.

Il avait cogné trop fort.

Un instant, il craignit de l'avoir tuée. On l'avait vu monter avec cette fille. Si elle mourait... Il se précipita, posa la main à la base de sa gorge, sur la jugulaire. Non. Il percevait une pulsation.

Elle n'était qu'évanouie.

Inconsciente.

Immobile.

Il sentit son érection revenir, plus puissante encore.

Il remonta sur le lit et, lui écartant les cuisses sans ménagement, il la pénétra d'une bourrade. Il jouit très vite, lui mordant sauvagement le cou dans son plaisir.

Puis il se dégagea. Il jeta son préservatif dans les toilettes dont il tira la chaîne, le regardant tournoyer un instant dans la cuvette sale avant de disparaître.

Quand il quitta la chambre, la fille n'avait pas repris connaissance.

5

Laura sortit de la poste de Saint-Nazaire le découragement au cœur. C'était sa seconde visite de la journée. Elle était venue le matin, s'était entendue répondre que le préposé responsable du guichet lorsque le paquet avait été expédié n'était pas de service et qu'il faudrait revenir en début d'après-midi.

À 14 heures, elle se présenta à nouveau devant le guichet. Elle dut patienter le temps que le préposé s'installe, compte ses crayons et les remette dans l'ordre. Après quoi, elle eut droit à la cérémonie des salutations : plusieurs collègues vinrent embrasser le nouvel arrivé et lui demander si ça allait.

Ça allait.

Laura ne dit rien. Elle prit son mal en patience et attendit que le fonctionnaire daigne s'apercevoir de sa présence. Elle avait besoin de lui. Ce n'était pas en lui rappelant ses devoirs qu'elle s'attirerait ses bonnes grâces et obtiendrait sa collaboration.

Lorsqu'il ouvrit enfin son guichet, elle était sur le point de se mettre à hurler.

Elle se composa néanmoins un visage souriant pour lui demander s'il se souvenait de la personne qui avait envoyé le paquet qu'elle lui montrait.

L'homme l'avait écoutée d'une oreille distraite, avec sur le visage l'air de celui qu'un client importune. Non, il ne se souvenait pas.

Non. Même en faisant un effort, ça ne lui disait rien. Des paquets comme celui-ci, on en envoyait des dizaines chaque jour. Comment aurait-il pu se souvenir d'un colis expédié six jours plus tôt ? Et même s'il avait fait attention, la ville comptait plus de soixante-cinq mille habitants, cent trente mille en comptant l'agglomération. Il ne les connaissait pas tous.

Laura avait insisté, lui avait dit que c'était important... Elle avait failli lui raconter son histoire, y avait renoncé en pensant qu'il la prendrait pour une folle.

Peine perdue. Il ne se souvenait pas et n'avait manifestement aucune envie de faire un effort.

Elle quitta le bureau de poste sous les regards curieux des autres clients.

Et elle se retrouva là, dehors, sous le soleil de ce milieu d'après-midi, anéantie. Avisant un banc tout proche, elle alla s'y asseoir. Elle ne savait plus que faire ni où aller.

Tout à son excitation depuis la veille, elle n'avait pas imaginé que le postier pourrait ne pas se souvenir de l'expéditeur.

La piste s'interrompait là. Autant pour ses ambitions de détective ! Elle aurait dû savoir dès le début que son entreprise était vouée à l'échec. Bernard avait raison, sur ce point tout au moins : elle ne pouvait espérer retrouver sa fille par ses seuls efforts. C'était un travail pour un professionnel.

Que faire à présent ? Rentrer ? Confier l'enquête à la police ainsi qu'elle aurait dû le faire dès le début ?

Mais qu'est-ce que la police pourrait faire de plus ?

Elle ouvrit le sac, en sortit la boîte et dégagea l'ours.

— Teddy, murmura-t-elle, aide-moi. Dis-moi ce que je dois faire. Comment retrouver ma fille ? Où est-elle ?

Mais l'ours demeurait muet.

Un couple passa, jetant un regard intrigué à cette femme qui parlait à un ours en peluche. Elle n'en eut pas conscience.

L'ours toujours en main, elle se laissa aller sur le banc, luttant contre le découragement qui menaçait de la submerger. Ce n'était pas possible. Il y avait forcément quelque chose à faire. Si sa fille se trouvait dans cette ville, il en existait forcément une trace quelque part, chez un médecin, à l'hôpital, dans une école...

Une école !

Bien sûr. Comment n'y avait-elle pas songé plus tôt ? Si sa fille était vivante, elle devait aller à l'école quelque part. À moins qu'elle ne soit retenue prisonnière dans quelque cul-de-basse-fosse, ce qu'elle refusait de croire, car cela voudrait dire que depuis cinq ans ses tortures auraient été quotidiennes. C'était une idée qu'elle ne pouvait envisager sans crainte de devenir folle. Une enfant de cet âge aurait-elle pu survivre cinq ans entre les mains d'un pervers ? Elle ne le croyait pas. Admettre cette idée, c'était admettre que sa fille était morte. Et ça, elle refusait de l'envisager.

Donc, sa fille était vivante et elle allait à l'école.

***

Jacqueline Vallier fit entrer Laura dans un bureau petit, mais agréablement aménagé. Le mobilier de l'administration n'avait rien de luxueux, mais la directrice de l'école primaire avait su agrémenter cette petite pièce en y ajoutant quelques touches personnelles qui en faisaient un endroit où il devait faire bon travailler.

Des fleurs des champs fraîchement coupées trônaient dans un grand vase sur le bureau, tandis que des dessins d'enfants tapissaient tout un mur.

Jacqueline Vallier fit le tour du bureau pour s'installer après avoir désigné un fauteuil à Laura. C'était une femme qui devait approcher l'âge de la retraite. Ses cheveux d'un blanc éclatant lui donnaient l'air d'une bonne grand-mère, qu'elle était peut-être. Le genre de grand-mère qui prépare des confitures et fournit des alibis à ses petits-enfants pour leurs péchés véniels.

Laura la regarda s'asseoir avec un grand espoir. Une femme qui irradiait autant l'amour des enfants ne pouvait la décevoir !

La directrice lui sourit.

— Désolée d'avoir dû vous faire attendre, s'excusa-t-elle, mais à vrai dire vous avez de la chance. En général, je ne suis pas aussi disponible et je n'aurais pas dû pouvoir vous recevoir. Aujourd'hui, je devais assister à une réunion qui a été annulée en dernière minute.

— Je m'en doute. Je suis désolée de vous déranger ainsi ; il s'agit de ma fille.

La directrice se pencha sur son bureau avec un grand sourire.

— Vous voulez la faire inscrire pour la prochaine rentrée ? Nous sommes presque en fin d'année scolaire, il ne serait pas facile pour elle de changer d'école. Il serait préférable de l'éviter si c'est possible. Bien entendu, si vous n'avez pas le choix, nous la prendrons...

— Non, il ne s'agit pas de ça. Je ne veux pas la faire inscrire. En fait, je voudrais savoir si elle est déjà inscrite.

La directrice tressaillit et son sourire se figea légèrement. Elle se redressa et examina son interlocutrice avec un intérêt nouveau.

— Je vous demande pardon ?

— Je sais que ma démarche peut paraître incongrue, mais, voyez-vous, ma fille a été kidnappée il y a cinq ans.

Laura sortit un dossier de son sac et se leva. Elle l'ouvrit et l'étala sur le bureau devant la directrice qui eut un imperceptible mouvement de recul comme si elle craignait d'être frappée.

À l'intérieur du dossier se trouvaient des coupures de journaux vieilles de cinq ans, protégées par des chemises plastique transparentes.

— Je ne comprends pas, murmura la directrice en parcourant rapidement les articles. Qu'est-ce que vous attendez de moi, après cinq ans ?

— Je viens de recevoir un ours en peluche qui appartenait à ma fille. Il a été expédié d'ici, à moins de cent mètres de cette école. Je suis allée à la poste, mais ils n'ont pas pu me dire qui l'avait envoyé. Si ma fille est toujours vivante, elle doit aller à l'école. Le paquet a été posté vers 16 heures. On a donc pu profiter de ce qu'on venait récupérer ma fille à la sortie des classes pour le poster.

— Votre fille aurait... sept ans, c'est ça ?

— C'est ça. J'ai des photos. Bien sûr, à l'époque, elle n'avait que deux ans. Mais peut-être qu'une ressemblance...

Laura étala une série de clichés sur la table, à côté des articles. La directrice les examina un a un.

— Une petite fille blonde, vous savez, ce n'est pas rare...

— J'ai bien réfléchi en attendant que vous me receviez. On peut déjà éliminer pas mal de monde. Si Lucie est scolarisée, il y a des gens qui se font passer pour ses parents. Au moins une mère. Celle qui se prétend la mère de ma fille n'a pas pu se retrouver brusquement avec une enfant de deux ans. Ce serait possible avec un bébé, mais pas avec une fillette de cet âge. Donc, elle a dû déménager sitôt après l'enlèvement et arriver ici après le kidnapping. Soit dans les jours qui ont suivi, si son plan était arrêté depuis longtemps, soit durant ces cinq dernières années : elle a pu déménager à plusieurs reprises pour brouiller les pistes. Ça ne vous dit rien ? Une femme ou un couple arrivant il y a cinq ans avec une enfant de deux ans ?

— Vous savez, je ne fais la connaissance des parents que lorsqu'ils viennent inscrire leurs enfants. Pendant les années qui précèdent l'inscription d'un premier enfant à l'école, je n'ai aucune idée de leur existence.

— Bien sûr. Mais je crois qu'on peut resserrer un peu le champ des recherches. Il doit s'agir d'une femme seule ou d'un couple sans autre enfant. Ou du moins sans enfant plus âgé.

— Qu'est-ce qui vous permet de dire cela ?

La directrice la regardait avec curiosité, émue par le drame de cette inconnue. Laura exposa sa théorie, à laquelle elle était arrivée moins d'une heure plus tôt. Elle était assez satisfaite de ses talents de déduction et l'idée lui paraissait tellement évidente à présent qu'elle s'étonnait de ne pas l'avoir eue plus tôt.

— C'est certainement une enfant unique ou l'aînée d'une famille, expliqua-t-elle, parce qu'il serait difficile de faire admettre à un enfant qu'il se retrouve brusquement avec une petite sœur âgée de deux ans. Et puis ça ne cadrerait pas avec le seul mobile que je puisse envisager si on élimine l'hypothèse du pervers. L'auteur de l'enlèvement serait selon moi une femme qui ne pouvait pas avoir d'enfant et qui a volé la mienne parce qu'elle était en mal d'affection maternelle.

La directrice leva les yeux des photos et la regarda.

— Continuez...

— Je situerais son âge vers vingt-cinq, trente ans minimum à l'époque. Il faut le temps qu'une stérilité se transforme en obsession. Peut-être plus. Disons vingt-cinq, quarante ans.

La directrice eut un sourire contraint.

— Vous savez que vous êtes en train de me décrire quatre-vingts pour cent des parents d'élèves de cette école ?

Laura crispa la mâchoire. Elle tenait tellement à son raisonnement qu'elle avait du mal à concevoir que l'on puisse lui opposer un argument quelconque.

— Pas si on élimine tous ceux qui sont là depuis plus de cinq ans et tous ceux qui ont plus d'une enfant. Ça ne doit pas laisser grand monde.

— C'est vrai. Mais qu'attendez-vous de moi exactement ?

— Je voudrais que vous consultiez vos fichiers. Je voudrais savoir si on a inscrit depuis cinq ans une fillette blonde qui aurait aujourd'hui de six à huit ans, en prenant en compte le fait que la fausse mère a pu tricher sur son âge.

— Je suis désolée, mais je n'ai pas le droit de faire ça... Je ne peux pas vous livrer la vie privée des gens...

— Il s'agit de ma fille !

— J'entends bien, mais est-ce que vous réalisez ce que vous êtes en train de me demander ? J'imagine la douleur que vous ressentez, mais cela ne m'autorise pas à vous dévoiler la vie des parents d'élèves. De plus, votre démarche arrive bien tard. Votre fille a disparu depuis cinq ans et Dieu sait si le sort des enfants qui disparaissent est aisé à déterminer.

— Ma fille n'est pas morte !

— Je n'ai pas voulu dire ça, mais admettez que votre démarche est surprenante. Pourquoi n'avez-vous pas prévenu la police ?

— La police ne m'a pas été d'un grand secours quand la piste était encore fraîche. Je ne pense pas qu'elle ferait plus aujourd'hui. J'ai *besoin* de votre aide !

— Mais rien ne vous dit que votre fille, si elle est bien dans la région, soit inscrite dans cette école !

— C'est la plus proche du bureau de poste d'où le paquet a été expédié. De toute façon, j'ai l'intention de faire toutes les écoles de la ville.

— Je ne peux certes pas vous en empêcher, mais rien n'indique non plus que ce colis ait été envoyé par quelqu'un venu chercher votre fille dans une école de Saint-Nazaire ! Il peut très bien s'être agi d'un voyageur de commerce. Il y a plusieurs cafés et restaurants à proximité de la poste. Cette personne a très bien pu s'arrêter là alors qu'elle partait à l'autre bout de la France ou en arrivait !

Laura n'avait pas pensé à cet argument qui l'anéantit.

À l'idée qu'elle pouvait avoir suivi une fausse piste, que sa fille se trouvait peut-être à l'autre bout de la France et qu'il lui serait impossible de jamais la localiser, un vertige la saisit.

Après le fol espoir qui l'avait submergée à la réception de l'ours, le découragement menaçait de la noyer. Elle risquait de s'échouer, brisée, sur le rivage hostile d'un sombre pays qu'elle n'avait fait que frôler. La folie la guettait si elle ne retrouvait pas très vite son enfant.

Il fallait que Lucie soit là. Elle ne supporterait pas de la perdre à nouveau.

La directrice dut percevoir son trouble, car son ton s'adoucit.

— Écoutez, dit-elle. Je ne peux pas vous donner satisfaction. Il est hors de question que je vous communique les dossiers des parents ou même simplement les noms de ceux qui pourraient correspondre à votre portrait-robot. Imaginez-vous la réaction de ces familles ? Est-ce que vous réalisez dans quelle situation je les placerais ?

— C'est de ma fille qu'il s'agit, madame !

Argumenter permettait à Laura de reprendre pied dans la réalité. Tant qu'elle discutait, son cerveau fonctionnait et suivait des pistes logiques.

Elle redressa les épaules, raidissant sa position comme pour mieux absorber les coups que le sort s'acharnait à lui porter.

— On me l'a enlevée il y a cinq ans ! Imaginez-vous ce qu'a été mon calvaire durant ces cinq années ? Et aujourd'hui elle est à portée de main. Je peux la retrouver si on m'aide ! Il faut m'aider !

— C'est que justement, je ne *peux* pas, malgré ma meilleure volonté. Allez trouver la police. C'est ce que vous avez de mieux à faire. C'est un policier qui devrait se trouver dans mon bureau en ce moment. Et à lui, pourvu qu'il soit muni des documents adéquats, je pourrais ouvrir mes dossiers. La police pourrait se livrer aux enquêtes nécessaires, remonter dans le passé des gens pour vérifier que l'enfant qu'ils ont inscrite est bien la leur. Dans votre cas, c'est impossible. Vous ne pourriez que vous rendre chez les parents dont je vous donnerais les coordonnées pour les confronter avec vos accusations ! Je ne peux pas prendre une telle responsabilité.

Laura se leva, ramassa ses coupures de presse qu'elle rangea dans son sac. Elle procédait avec des gestes saccadés, tentait de dominer son énervement. Elle ne devait surtout pas se mettre en colère. Cela ne lui serait d'aucun secours et ne ferait que lui mettre cette directrice d'école à dos. Et elle avait besoin de son aide. Elle avait besoin de tous ceux qui pourraient détenir le moindre indice sur ce qu'était devenue sa fille.

La directrice avait reculé son fauteuil comme si elle craignait que Laura en vienne aux mains. Elle ne paraissait pas vraiment effrayée, légèrement inquiète tout au plus.

Laura lui adressa un sourire qui se voulait rassurant. Elle espéra qu'il n'était pas trop crispé.

— Je vous remercie de m'avoir reçue, dit-elle finalement. Je vais tout de même vous laisser une adresse où me joindre.

— Je...

— Non, écoutez-moi. Faites ce que vous pouvez, mais en votre âme et conscience, souvenez-vous que ma fille m'a été enlevée et que je veux la retrouver. Ne me donnez pas les renseignements que je demande, si vous ne pensez pas avoir le droit de le faire. Mais je vous demande de chercher quand même. Ne serait-ce que pour vous. Faites-vous une idée par vous-même. Et puis, qui sait, peut-être ne trouverez-vous personne qui corresponde ?

— C'est fort possible.

La directrice s'était levée et se tenait légèrement à l'écart tandis que Laura prenait un post-it sur le bureau pour y griffonner le nom de son hôtel et le numéro de téléphone qu'elle avait mémorisé.

— Si c'est le cas, pourriez-vous me le faire savoir ? Si j'étais sûre que ma fille ne se trouve pas dans votre établissement, cela me permettrait de porter mes recherches ailleurs...

— Même cela, je ne suis pas certaine de pouvoir le faire. Je vais devoir y réfléchir, peut-être demander conseil... Ne comptez pas trop sur un appel. Et en tout cas, si vous n'en recevez pas, n'allez pas en déduire que c'est parce que j'ai trouvé quelqu'un correspondant à votre portrait-robot ! Ce sera sans doute parce que j'aurai eu la confirmation que je ne peux rien faire pour vous !

Laura lui sourit, en se demandant si le sourire était aussi chaleureux qu'elle le souhaitait.

— Vous aimez les enfants, sinon vous n'auriez pas choisi cette profession. Souvenez-vous qu'il s'agit d'une enfant que l'on a privée de sa mère depuis cinq ans. Écoutez votre cœur.

La directrice la reconduisit jusqu'à la porte et elles se séparèrent sur une poignée de main sèche et rapide.

Laura retrouva le soleil qui l'éblouit, ne sachant si elle pouvait espérer une aide quelconque de Jacqueline Vallier.

6

Le téléphone collé à l'oreille, la directrice de l'école regarda Laura traverser la cour de l'établissement scolaire, puis la rue, pour regagner une voiture de couleur crème. D'où elle était, elle ne pouvait pas lire le numéro, mais il lui semblait qu'il s'agissait d'une 205. La sonnerie résonna pour la quatrième fois. Finalement, quelqu'un se décida à décrocher. Elle soupira :

— Commissaire Cointeau ? Jacqueline Vallier à l'appareil. Vous vous souvenez de moi ?

Quelques années plus tôt, elle avait eu affaire au commissaire Cointeau. C'était un enfant du pays qui n'était alors qu'inspecteur, mais il avait su faire preuve de beaucoup de doigté dans une affaire de pédophilie mettant en cause un enseignant. Chacun y ayant mis du sien et la famille n'ayant pas porté plainte, l'enseignant avait été muté dans un petit village du Nord, sans que ce qui s'était passé dépasse quelques conversations aux comptoirs des cafés. La réputation de l'école n'avait pas été entachée, ce qui, pour Jacqueline Vallier, était le plus important.

— Bien sûr que je me souviens, dit la voix dans le combiné. Qu'est-ce que je peux faire pour vous ?

— Je viens d'avoir une visite bizarre.

Sans perdre de vue Laura qui ne se décidait toujours pas à démarrer, elle le mit au courant de sa démarche.

— Bien, dit-il quand elle eut terminé. Qu'attendez-vous de moi exactement ?

— En fait, je ne sais pas trop. Elle m'a paru être une pauvre femme, bouleversée par ce drame ancien, mais dont elle n'est pas encore parvenue à se dégager. Mais en même temps, je l'ai trouvée très agitée... Je crains qu'elle ne commette une bêtise.

— Quel genre de bêtise ?

— Eh bien, ce n'est pas à moi de dire une chose pareille, mais je me demande si elle ne pourrait pas tenter de kidnapper un enfant. Vous comprenez, je ne dis pas que c'est ce qu'elle va faire, mais je suis tout de même assez inquiète. En ce moment même, elle est remontée dans sa voiture, une 205 crème garée sur la place. Mais elle n'est pas partie. Elle regarde l'école.

— Elle a été menaçante ? Violente ?

— Non, rien de tout cela. Elle a été très courtoise, quoiqu'agitée. Mais...

— En ce cas, je crains de ne pas pouvoir faire grand-chose. Tant qu'elle ne fait rien qui tombe sous le coup de la loi...

— Bien sûr, je comprends. Mais je tenais à vous prévenir tout de même.

— Et vous avez bien fait. Je vais demander quelques

renseignements sur elle et, le cas échéant, j'irai lui rendre une petite visite à son hôtel. De façon à ce qu'elle sache que je suis informé de sa présence ici... Si elle prépare un mauvais coup, cela devrait la faire réfléchir.

— Ne dites pas que c'est moi qui vous ai prévenu ! J'ai un peu honte...

— Ne craignez rien. Et vous n'avez pas à avoir honte de quoi que ce soit. On vous confie des enfants, vous m'avez appelé parce que vous pensiez qu'ils pouvaient être menacés, rien de plus naturel. C'est tout à votre honneur. Mais, de toute façon, je ne mentionnerai pas votre nom. Dites-moi...

— Oui ?

— Cette recherche qu'elle vous a demandé de faire, cette liste des nouveaux venus depuis cinq ans, ça vous prendrait beaucoup de temps ?

— Je ne pense pas, non. Une heure ou deux peut-être. Pourquoi ?

— Pourriez-vous la faire pour moi ? À titre confidentiel, bien sûr. Je n'ai pas de commission rogatoire. Mais je dois dire que son raisonnement n'est pas idiot, si son histoire est vraie. Et j'aimerais savoir qui peut correspondre à son portrait-robot. Bien entendu, c'est uniquement si vous le voulez bien. Qu'est-ce que vous en dites ?

— Je vais y réfléchir, commissaire.

Quand Jacqueline Vallier raccrocha, Laura n'avait toujours pas démarré. Les yeux braqués sur la grille de l'école, elle semblait attendre quelque chose.

Simon

Simon jeta un coup d'œil dans le rétroviseur, mais son passager assis à l'arrière ne s'occupait pas de lui. Plongé dans son journal comme pour l'apprendre par cœur, il en tournait chaque page qu'il scrutait avec une attention de bénédictin.

Simon pouvait continuer ses observations.

L'école primaire allait bientôt lâcher ses hordes de mômes braillards, mais le lycée attenant avait déjà libéré certaines classes et les adolescents, peu pressés de rentrer chez eux, s'agglutinaient devant la grille.

L'attention de Simon était fixée sur un groupe de quatre jeunes filles. L'une d'elles l'intéressait plus particulièrement. Mince, grande, le teint pâle, elle avait de longs cheveux bruns qui lui cascadaient sur les épaules.

Lorsqu'elle rejetait la tête en arrière pour éclater de rire, Simon sentait une boule de chaleur lui monter du ventre jusque dans la gorge.

Anne Ferbac. Quinze ans dans trois mois. Parents ouvriers, lui à l'usine de conserves, elle dans une fabrique de chaussures. Ses vacances ces trois dernières années s'étaient déroulées dans une colonie au Mont-Dore. Elle irait sans doute encore cet été, vraisemblablement pour la dernière fois. Passé quinze ans, il devenait difficile de retenir les filles...

Simon hésitait depuis plusieurs semaines : devait-il attendre qu'elle soit plus âgée et qu'elle quitte la ville, ou bien agir pendant ses vacances ? Elle risquait de ne pas s'éloigner avant des années, si elle partait jamais. Il était possible qu'elle se marie sur place et s'installe définitivement. Anne n'était pas du genre aventurier, prête à tout abandonner sur un coup de tête.

Pas une fugueuse comme il en trouvait parfois autour de la gare de Nantes.

Simon savait qu'il devait se montrer très prudent. Il avait des principes. L'un de ceux-ci était de ne jamais œuvrer dans la ville ou ses environs immédiats. Mais Anne était la personnification même de tout ce qu'il fallait pour lui faire oublier ses résolutions. Et ça, c'était dangereux. Il avait dérogé à cette règle une fois et cela avait failli lui coûter très cher.

Plus il y réfléchissait, plus il pensait que la colonie de vacances serait l'endroit où il frapperait. Il y était allé l'été précédent pour repérer les lieux. Il avait suivi les jeux des enfants à la jumelle, tapis dans les bois qui bordaient la grande demeure où ils passaient quatre semaines. Le grillage ne poserait pas de problème. Une bonne pince coupante en viendrait aisément à bout.

À moins qu'ils ne partent camper pendant quelques jours, comme ils l'avaient fait l'année passée ? Auquel cas ce serait encore plus facile.

À cent mètres de lui, Anne Ferbac riait aux éclats en rejetant ses cheveux par-dessus son épaule, inconsciente de la présence de Simon et de l'intérêt qu'il lui portait. Sa jeune poitrine gonflait orgueilleusement le tee-shirt, et Simon imagina la sensation qu'elle lui procurerait quand il l'aurait dans ses mains.

La cloche de l'école primaire sonna et, le tirant de sa rêverie, les premières classes commencèrent à apparaître.

7

Laura regarda les enfants sortir un à un, dévisageant plus particulièrement les petites filles blondes. Il y en avait des dizaines qui auraient pu correspondre à Lucie. Comment la reconnaître parmi tant d'enfants ?

Deux ou trois fois déjà, son cœur s'était mis à battre pour une enfant et elle avait été certaine de l'avoir retrouvée. Elle n'avait pas bougé, consciente de ne pouvoir agir qu'à coup sûr.

Les directrices des écoles qu'elle avait rencontrées lui avaient toutes tenu le même langage que Jacqueline Vallier : « Nous compatissons à votre malheur, mais nous ne pouvons rien pour vous. »

Depuis deux jours, elle en était donc réduite à guetter les sorties d'écoles. Elle espérait qu'un éclair de reconnaissance la frapperait soudain et qu'elle saurait de façon indubitable qu'elle avait retrouvé sa fille.

Mais elle devait reconnaître que cela ne s'était pas produit jusqu'à présent, même si à plusieurs reprises elle avait eu le sentiment qu'elle se trouvait peut-être en sa présence.

Le dernier enfant franchit la grille que la concierge referma dans son dos.

Laura n'avait plus rien à faire ici. Il lui restait encore deux écoles à visiter. Le lendemain matin, un samedi, elle se rendrait à la première pour la rentrée, puis irait attendre la sortie des classes devant la dernière.

À tout hasard. Si ça ne marchait pas, il lui faudrait trouver autre chose.

Elle se retourna et s'engagea sur la chaussée à grands pas, pressée de s'éloigner de cet endroit à présent qu'elle n'y avait rien découvert.

Il lui fallait oublier ce nouvel échec avant qu'il ne devienne trop pesant, avant qu'il ne prenne des proportions telles qu'elle en arrive à imaginer qu'il préfigurait le résultat de sa quête.

Elle devait commencer à réfléchir à ce qu'elle ferait ensuite, si ses deux démarches du lendemain se révélaient infructueuses.

Elle ne devait pas rester sur un échec.

Tout à ses pensées, elle avait quitté la protection du trottoir sans regarder. Quelqu'un cria et elle se retourna brusquement. Une voiture qui venait de sortir du parking arrivait sur elle. Elle se tourna dans sa direction et se figea sur place. Elle ouvrit la bouche pour hurler, incapable du moindre mouvement pour éviter la collision. La Mercedes était énorme. Laura fut soudain certaine qu'elle allait se faire renverser. C'en était fini de son enquête. Elle allait mourir dans cette ville inconnue et ne reverrait jamais sa fille.

Un sentiment de profonde injustice la submergea.

Mais le conducteur avait de meilleurs réflexes qu'elle. Il enfonça la pédale du frein et la Mercedes partit de travers dans un hurlement de pneus martyrisés. Le véhicule glissa dans sa direction, son élan brusquement coupé. Il s'immobilisa enfin, la calandre effleurant sa jupe. De l'autre côté du pare-brise, le conducteur la fixait d'un regard incrédule, comme s'il ne parvenait pas à croire à sa présence à quelques centimètres à peine de son pare-chocs.

Ébranlée par l'incident, Laura acheva de traverser la rue et s'arrêta sur le trottoir opposé, s'appuyant contre un arbre de crainte que ses jambes ne défaillent sous elle. La grosse Mercedes grise repartait déjà, non sans que le conducteur lui ait jeté un dernier regard chargé de haine.

À l'arrière, une petite tête blonde était collée contre la vitre et la regardait avec curiosité, se demandant visiblement ce qui s'était passé.

Laura reprit lentement le contrôle de ses nerfs et se dirigea vers sa propre voiture. Elle ne retrouverait pas sa fille en commettant de telles imprudences.

8

Laura rentra assez tard à l'hôtel. La perspective de retrouver le cadre anonyme de sa petite chambre la déprimait. Elle était allée dîner à contrecœur, se contraignant à avaler quelque chose. Le bel appétit dont elle avait fait preuve quelques jours plus tôt lorsqu'elle s'était crue sur le point de retrouver sa fille avait disparu au fur et à mesure que les obstacles se dressaient devant elle.

Elle ne retrouverait pas Lucie d'un claquement de doigts. En tout cas, cela prendrait plus de temps qu'elle ne l'avait espéré. Ce serait beaucoup plus difficile et en fin de compte tous ses efforts seraient peut-être vains.

Quatre jours s'étaient écoulés depuis qu'elle avait reçu le colis. Une éternité. Et jusqu'à présent ses recherches ne lui avaient pas permis de découvrir le moindre indice. Elle voyait avec angoisse approcher le moment où il lui faudrait abandonner. Elle n'aurait alors d'autre choix que de se tourner vers la police. Mais avec chaque jour qui passait, la piste refroidissait un peu plus et l'enquête officielle n'en serait que plus difficile.

Comment interroger un employé des postes quinze jours après l'envoi du paquet ? Elle se consolait en se disant qu'elle n'avait rien obtenu de ce côté et que les policiers n'en auraient sans doute rien tiré de plus. Mais si elle avait tort ? Si les policiers avaient été en mesure de découvrir quelque chose qu'elle n'avait pas su voir, en supposant qu'ils aient été prévenus à temps ? Si son action ne faisait que compliquer leur tâche et peut-être la rendre impossible ? Si elle était responsable de l'échec de la seconde enquête ?

Si elle perdait définitivement son enfant par sa faute ?

Elle avait pris sa clef et se dirigeait vers l'ascenseur quand un inconnu s'approcha d'elle.

— Madame Julian ?

Laura le regarda. Une boule lui obstruait soudain la gorge. Personne ne savait qu'elle était ici. Pouvait-il s'agir de l'homme qui lui avait envoyé l'ours ?

— C'est moi, parvint-elle finalement à articuler.

Cet inconnu venait-il lui dire où était sa fille ? Mais il sortit une carte plastifiée dont la vue suffit à éteindre l'espoir qu'elle sentait monter en elle. La chute fut brutale.

— Commissaire Cointeau. Est-ce que je pourrais vous parler ?

Elle hésita, mais avait-elle vraiment le choix ?

— Bien sûr, dit-elle finalement. Ici ?

— Montons dans votre chambre, nous serons plus tranquilles.

Elle le précéda dans l'ascenseur et enfonça le bouton de son étage. La cabine s'ébranla lentement. Ils montèrent sans parler, les cliquetis de la machinerie égrenant les secondes comme une antique horloge. Laura ouvrit la porte de sa chambre et entra. Le policier la suivit et referma derrière eux.

Il jeta un coup d'œil dans la pièce, comme s'il s'attendait à y trouver un reflet de sa personnalité.

Mais le lit avait été fait, l'armoire était fermée, de même que la valise posée sur une tablette contre le mur. Sur la table de chevet cohabitaient *Le Point* et *Libération*.

— Vous vous appelez Laura Julian, vous avez trente-trois ans et vous êtes en ville depuis quelques jours. Que cherchez-vous ?

— Vos renseignements ne vont pas jusque-là ?

— Je sais que vous prétendez rechercher votre fille, disparue depuis cinq ans. Mais pourquoi ici ? Pourquoi maintenant ?

Laura ôta sa veste qu'elle suspendit dans la penderie. Que pouvait-elle dire à ce policier ? Était-ce l'occasion de lui remettre l'affaire entre les mains ? Il ne faisait pas partie de l'équipe qui avait enquêté cinq ans auparavant. Il s'agissait d'un local. Peut-être pourrait-il l'aider ? Elle faillit tout lui dire, là, d'un seul coup, pour vider sa conscience et se décharger enfin du poids qui pesait sur elle. Mais son expérience passée était encore trop présente dans sa mémoire pour qu'elle fasse totalement confiance à un policier.

Il lui fallait d'abord en savoir plus, déterminer sous quel angle il envisageait le problème.

— Qui vous a prévenu ?

— Peu importe. Je sais que vous êtes en ville depuis peu et que vous avez fait le tour des écoles. Je sais aussi que votre fille a disparu voici cinq ans et qu'on ne l'a jamais retrouvée. On n'a jamais non plus retrouvé trace de l'éventuel kidnappeur.

— Éventuel ?

— J'ai parlé à l'inspecteur qui s'était occupé de l'enquête. C'est pour cela que je ne vous ai pas contactée immédiatement : il était absent et j'ai dû attendre son retour. Il m'a dit des choses fort intéressantes. Il m'a révélé notamment qu'il vous avait soupçonnée, à l'époque, d'avoir fait disparaître vous-même votre enfant...

Laura blêmit et se retourna vers lui. Il la jaugeait du regard. Elle comprit qu'il n'avait lancé cela que pour tester sa réaction.

— Le juge d'instruction ne l'a pas suivi sur ce terrain, rétorqua-t-elle. Et si cet inspecteur avait vraiment cherché le coupable au lieu de se concentrer sur moi, peut-être que je n'aurais pas besoin d'être là aujourd'hui. Peut-être que ma fille aurait été retrouvée.

— C'est possible. Mais je sais aussi que vous avez eu des problèmes de santé peu après cette histoire. De santé *mentale*...

— Qui n'en aurait pas ?

— J'en conviens. Mais on vous a jugée violente.

— Parce que je me suis mise en colère contre l'incapacité de vos collègues. Quelle mère accepterait de voir la police perdre son temps alors que chaque minute qui passe est peut-être celle où l'on tue son enfant ?

Le commissaire ne se laissa pas démonter.

— J'entends bien. Et peut-être avez-vous raison. Mais vous devez convenir que votre arrivée ici a de quoi inquiéter.

— Inquiéter qui ? Le ravisseur ?

— Pas seulement lui. Quand les particuliers se mettent dans la tête de faire justice eux-mêmes, ça se termine toujours mal.

— Je n'ai pas l'intention de faire justice. Je veux seulement retrouver ma fille.

— Ce qui nous amène à la deuxième partie de ma question. Pourquoi ici ? Et pourquoi maintenant ?

Laura hésita. Mais, si elle ne lui donnait pas un minimum d'informations, cela ne ferait que renforcer ses soupçons.

— J'ai reçu un paquet par la poste. Le cachet indiquait qu'il avait été expédié d'ici.

— Que contenait ce paquet ?

— Un ours en peluche. Celui qu'avait ma fille quand elle a disparu.

Le commissaire la regarda sans comprendre.

— C'est tout ?

— Comment ça, c'est tout ?

— Vous recevez un ours et vous traversez la France ?

— C'était l'ours de ma fille. Celui qui l'a envoyé a donc été en contact avec elle après l'enlèvement.

— Comment pouvez-vous être certaine que c'était le même ours ? Il doit en exister des milliers semblables.

— L'oreille avait été arrachée et recousue. C'est moi qui l'avais recousue. C'est bien le même, il n'y a aucun doute. Moi aussi j'ai tout d'abord pensé à une mauvaise blague. Mais ce n'est pas le cas. L'ours que j'ai reçu est celui que ma fille avait avec elle le jour de son enlèvement !

— Soit. Si vous le dites. On peut le voir, cet ours ?

Laura parvint à ne pas jeter un coup d'œil à son sac où il se trouvait.

— Non, dit-elle finalement. Je l'ai laissé chez moi. Vous comprenez, je ne voulais pas risquer de le perdre, ou qu'on me le vole...

Laura espéra que son mensonge était convaincant. Elle craignait, si elle montrait l'ours à ce policier, qu'il ne l'emporte comme pièce à conviction. Cette peluche était tout ce qui la rattachait à Lucie. Elle ne les laisserait pas le lui enlever. Ce serait comme perdre sa fille une deuxième fois.

— C'est bien dommage, constata le policier. Tant que je n'aurai pas cet ours, je ne pourrai pas considérer qu'il y a un élément nouveau et il ne sera pas possible de rouvrir l'enquête. Vous en avez conscience, je suppose ?

Laura hésita. Courait-elle le risque de perdre définitivement sa fille en refusant de confier l'enquête à ce policier ? Mais elle ne pouvait lui accorder sa confiance ! Il avait parlé avec le précédent enquêteur. Et il n'était pas loin de partager ses convictions, selon la règle non écrite qu'un flic avait forcément raison face à une suspecte.

Elle hocha la tête.

— Le mieux que vous auriez à faire si cet ours existe, ce serait de rentrer chez vous, de le prendre avec son emballage et de porter le tout à mon collègue qui s'était occupé de votre affaire. S'il s'agit d'un élément nouveau, on rouvrira l'enquête.

— Et c'est vous qui enquêterez ?

— Si la piste mène ici, ce sera moi ou un de mes hommes, oui.

Elle n'était même pas assurée qu'il se chargerait personnellement de l'affaire ! Pour lui, il s'agissait d'une histoire vieille de cinq ans. Et il devait certainement partager l'opinion générale : une enfant qu'on ne retrouve pas dans les huit jours est une enfant morte. S'il ne la croyait pas purement et simplement coupable. Non, elle ne pouvait confier une seconde fois le sort de sa fille à ces gens-là.

— Je vais y réfléchir, dit-elle.

— Réfléchissez vite. D'une part, parce que les pistes les plus chaudes sont les plus aisées à suivre : plus vous laisserez passer de temps, moins nous aurons de chance de découvrir quoi que ce soit. D'autre part, parce que la dissimulation de preuves est un délit. Si cet ours existe et si vous ne le remettez pas très vite à la police, vous pourriez être accusée de recel de preuves et de complicité avec le kidnappeur. Nous ne voudrions pas que cela se produise, n'est-ce pas ?

Laura sentit les larmes lui monter aux yeux. Complice de l'homme qui avait enlevé sa fille ? C'était monstrueux. Elle secoua la tête. C'était un aspect du problème qu'elle n'avait pas envisagé.

Le commissaire porta la main à sa poche et en sortit une carte qu'il posa sur la table.

— Mon numéro. Appelez-moi si vous voyez autre chose à me dire. Sinon, je pense que vous feriez mieux de quitter la ville. Rentrez chez vous et laissez-nous faire notre métier. Je vous dis ça pour votre bien, croyez-moi. Si cet ours existe, il faut nous le remettre le plus tôt possible. Et s'il n'existe pas, vous feriez mieux de cesser d'importuner les gens avant que toute cette histoire ne se retourne contre vous.

Il quitta la chambre avant que Laura ait eu le temps de répondre. Elle demeura estomaquée, la bouche ouverte, à fixer la porte qui venait de se refermer dans son dos, et plusieurs minutes s'écoulèrent avant qu'elle ne trouve une répartie cinglante.

9

Laura s'était assise sur le lit et fixait, sans le voir, le tapis usé. Venait-elle de commettre une grave erreur ? Mais qu'aurait-elle pu faire d'autre ? Remettre l'ours à ce policier ? Il avait dit lui-même qu'il aurait contacté son collègue. Non, elle demeurait persuadée qu'elle avait bien fait de ne rien dire. Elle devait poursuivre seule l'enquête.

Mais l'inanité de ses efforts lui apparaissait à présent. Que pouvait-elle faire de plus ? Elle venait de passer plusieurs jours dans cette ville sans que son enquête ait progressé d'un pas. Et, pour compliquer les choses, la police était à présent au courant de sa présence et la priait de quitter la ville !

Comme un hors-la-loi de western !

Certes, le commissaire ne détenait pas le pouvoir de l'y contraindre. Néanmoins, ce qu'il avait dit à propos d'une accusation de recel de preuves et de complicité n'était pas une menace en l'air. Le cas échéant, c'était un argument qui pourrait être utilisé contre elle. L'inspecteur Valmont, qui s'était occupé de la première enquête, serait trop heureux de trouver quelque chose de tangible à lui reprocher !

Elle se laissa aller sur le lit et fixa le plafond à travers un brouillard de larmes. L'ampleur de ce qu'elle avait entrepris lui apparaissait soudain. Comment avait-elle pu croire qu'elle serait à même de mener une enquête policière ? Elle qui n'avait pris aucune initiative depuis cinq ans, elle qui végétait dans son emploi subalterne alors qu'elle aurait dû avoir aujourd'hui un poste à responsabilités dans une entreprise de pointe...

Le poids de la tâche à laquelle elle s'était attaquée menaçait de la submerger. Elle n'avait plus l'habitude de se mesurer à des forces qui la dépassaient ! Elle était tellement démunie, tellement faible ! Et personne ne semblait désireux de l'aider. Alors que le moindre soutien aurait suffi à lui faire reprendre de la vigueur et lui aurait permis de se lancer dans la bataille avec une énergie renouvelée. Mais il n'y avait personne.

Son ex-mari ? Il avait été clair. Elle ne pouvait pas le rappeler pour lui dire qu'elle n'avait rien découvert ; cela ne ferait que le conforter dans ses positions.

Ses parents ? Ils n'avaient pas jugé bon de la soutenir cinq ans auparavant, lorsqu'elle se noyait. Pourquoi se montreraient-ils plus empressés aujourd'hui, alors que pour eux cette histoire était classée et oubliée depuis longtemps ?

Des amis ? Toutes ses amies s'étaient progressivement détachées d'elle, comme si ce qui lui était arrivé était une maladie contagieuse qu'elles étaient susceptibles de contracter en l'approchant... Ou comme si elles la soupçonnaient d'être responsable de la disparition de Lucie.

Comme l'inspecteur Valmont.

Elle n'avait personne.

Elle se redressa et attira à elle son sac posé sur le lit. Elle en extirpa l'ours, et plusieurs boîtes roulèrent au fond du sac. Elle les prit, les examina. La boîte verte contenait du Lexomil, les autres, des somnifères plus puissants. À une époque, elle se réveillait chaque nuit vers les 2 heures et restait les yeux ouverts jusqu'au moment de se lever. Elle avançait dans la vie comme un zombie. Elle ne s'éloignait jamais du téléphone, de crainte que l'on appelle en son absence pour lui donner des nouvelles de sa fille. Chaque matin marquait le début d'un nouveau calvaire. Bien que persuadée que Lucie était vivante quelque part, elle savait que la journée s'achèverait sans qu'elle en ait appris plus sur son sort. Et elle voyait une éternité de journées se profiler devant elle, sans qu'aucune n'apporte de réponse à son éternelle question : « Où est ma fille ? »

Elle envisageait avec angoisse l'idée qu'elle allait vieillir et que dans vingt ou trente ans elle continuerait de se réveiller chaque matin en se demandant ce qu'était devenue Lucie.

Elle ne pensait pas en avoir la force. Elle serait devenue folle bien avant cela.

Sa vie lui paraissait alors une spirale infernale dont la seule issue serait bientôt de se jeter sous un train. Son médecin lui avait prescrit le Lexomil pour la détendre et lui permettre de retrouver le sommeil.

Cela n'avait pas suffi. Il lui avait fallu jusqu'à trois somnifères différents pour pouvoir dormir toute la nuit sans se réveiller.

Le soir, les somnifères ; le matin, les antidépresseurs. Une bonne dose, là aussi. Elle avait mené une vie de zombie pendant plusieurs mois, trouvant dans les pilules sinon l'oubli, du moins le néant.

Jusqu'au jour où elle s'était cognée trois fois dans le mur en se levant avant de parvenir à localiser la porte. Elle avait compris ce matin-là qu'elle ne pouvait continuer ainsi. Sa fille avait besoin d'elle et ce n'était pas en se laissant abrutir qu'elle pourrait lui être utile le moment venu. Puisant en elle-même des ressources dont elle ne pensait plus disposer, elle avait décidé qu'elle devait remonter la pente.

Peu à peu, elle avait diminué les doses de somnifères, puis celle des antidépresseurs. À présent, elle pouvait se passer des premiers, mais les seconds lui paraissaient toujours nécessaires.

Elle prit la boîte verte. Peut-être un cachet lui ferait-il du bien ? Elle avait tellement envie de baisser les bras, souffler un peu, se détendre. Comment pouvait-on attendre d'elle qu'elle demeure forte ?

Mais les calmants ne feraient qu'émousser ses sens et affaiblir son raisonnement. Elle ne pouvait pas se permettre de chercher sa fille en se déplaçant dans un brouillard mental. Ceux et celles qu'elle rencontrait n'avaient déjà que trop tendance à la croire dérangée. Que penseraient-ils si elle avait la voix pâteuse, la diction hésitante ?

Elle remit la boîte dans son sac.

Là. Elle n'en prendrait pas ce soir. Et si demain elle en ressentait le besoin, elle pourrait toujours...

Non.

Cela n'allait pas !

Elle devait retrouver Lucie et ne pouvait se permettre de replonger dans l'emprise des drogues. Elle prit toutes les boîtes pêle-mêle et se leva.

Les cachets produisirent une agréable musique à ses oreilles en cliquetant contre la cuvette des toilettes. Elle actionna la chasse d'eau et les regarda, une joie sauvage au cœur, disparaître en un tourbillon multicolore.

Elle revint dans la chambre en affectant d'ignorer la question qu'un méchant lutin lui susurrait à l'oreille : « Et que feras-tu si tu ne retrouves pas Lucie ? »

L'ours était sur le lit. Comme l'attendant. Elle alla fermer la porte de sa chambre à clef. La visite du commissaire l'avait plus bouleversée qu'elle n'avait voulu le laisser paraître. Elle pensait pouvoir mener son enquête en toute discrétion, s'apercevait soudain qu'il n'en était rien.

Elle allait devoir changer de méthode si elle voulait poursuivre ses investigations. De toute façon, elle avait fini de faire le tour des écoles. Elle n'apprendrait rien de plus de ce côté. Guetter les enfants à la sortie ne ferait qu'accroître son trouble et renforcer les soupçons des braves gens qui avaient cru nécessaire de prévenir la police. Bien que comprenant leur réaction, elle regrettait que ces mêmes braves gens ne se soient pas trouvées à proximité du parc le jour où l'on avait enlevé sa fille !

Elle devait trouver une autre approche.

Mais elle n'avait pas d'indices.

Rien d'autre que cet ours et la boîte qui l'avait contenu.

Elle reprit la peluche.

Pourquoi lui avait-on envoyé ce jouet après cinq ans ?

Et qui l'avait fait ?

Ce n'était pas sa fille, elle l'avait déjà compris. Qui d'autre ? Quelqu'un qui souhaitait que l'enquête soit rouverte.

Une vengeance ?

Ou bien l'ours était-il comme une bouteille jetée à la mer, en espérant que la mère retrouverait l'enfant ? Mais le message était trop succinct pour être déchiffrable.

À moins...

Surprise de ne pas y avoir songé plus tôt, elle se mit à examiner l'ours sous toutes les coutures. Avait-on pu glisser un papier à l'intérieur ?

À première vue, les coutures n'avaient pas été touchées, mais elle ne pouvait se fier à cette seule impression. Elle sortit la petite trousse de couture qui se trouvait dans sa valise et, armée d'une minuscule paire de ciseaux, elle entreprit d'ouvrir le ventre de la peluche. Cela ne se fit pas sans mal. Au moment de poser les lames sur le ventre rebondi, elle hésita. Elle avait l'impression que c'était sa fille qu'elle allait opérer ainsi, avec cet instrument barbare. Serrant les dents, elle glissa la pointe des petits ciseaux sous le fil de nylon. Un claquement et le fil se rompit.

Lentement, avec des précautions d'infirmière ôtant les fils d'un opéré du cœur, elle défit la couture et dégagea une ouverture suffisante pour y glisser deux doigts.

Après quoi elle entreprit de vider l'ours.

Lorsque toute la bourre fut étalée sur le dessus de lit, Laura dut se rendre à l'évidence : il n'y avait rien.

Restaient les pattes et la tête. Il paraissait improbable que l'on y ait dissimulé un message : l'emplacement évident était le corps de l'animal. Mais à présent qu'elle avait commencé, elle ne pouvait s'arrêter à mi-chemin.

De plus, si elle confiait l'ours à la police, nul doute que l'animal serait dépecé sans que l'on s'entoure d'autant de précautions.

Puisant son courage dans l'idée qu'elle faisait cela par amour et, pour éviter un sacrilège plus grand encore, elle fit sauter suffisamment de coutures pour avoir accès à tout l'intérieur de l'animal.

Quand enfin elle n'eut plus entre les mains qu'une enveloppe vide, elle se résigna : il n'y avait rien dans ce jouet que le fabricant n'y ait mis. Elle avait même, en pure perte, examiné l'intérieur du tissu au cas où quelqu'un y aurait inscrit un message.

Devant le gâchis étalé sur la courtepointe, Laura se mit à sangloter. Ce n'était qu'un ours en peluche, mais il était tout ce qui lui restait de sa fille. Tant qu'il était demeuré entier, elle avait un peu l'impression qu'elle avait récupéré Lucie. À présent qu'il était en morceaux sur la courtepointe, c'était comme si sa fille était morte !

Laura se raidit. Elle avait failli penser « morte une seconde fois ». Elle ne devait pas penser cela. Même si l'ours démembré évoquait le corps de son enfant tel qu'elle l'avait vu dans ses pires cauchemars, cela ne signifiait pas que sa fille avait été assassinée.

Accepter l'idée qu'elle puisse être morte, c'était la condamner. Tant qu'elle la croirait vivante, Lucie vivrait.

C'était illogique et elle le savait. Mais c'était ce credo qui lui avait permis de conserver l'espoir au fil des ans.

Et elle n'avait pas assez de motifs d'espérer pour rejeter la moindre raison, aussi tirée par les cheveux qu'elle fût.

Elle examina l'ours. Même en remettant la bourre à l'intérieur, jamais elle ne parviendrait à rendre à l'animal son aspect antérieur. Elle tenta néanmoins l'opération.

Elle avait pris la précaution de bien séparer les paquets de bourre en fonction de leur provenance et cela lui facilita la tâche, mais, lorsqu'elle eut fini, l'animal n'avait plus qu'une lointaine ressemblance avec ce qu'il avait été.

Les coutures étaient grossières. Elles suffiraient à tenir le tout jusqu'à ce qu'elle rentre chez elle où elle pourrait les refaire à loisir. Mais elle doutait de parvenir à beaucoup mieux.

Il y avait fort à craindre que Teddy ressemble plus à une créature de Frankenstein échappée d'un dessin animé qu'à l'animal de compagnie préféré d'une petite fille.

Secouée de sanglots, Laura se reprochait à présent son idée. Comment avait-elle pu faire une chose pareille ?

Elle se calma lentement. La nuit n'était guère avancée : il n'était que 10 heures. Elle n'avait pas sommeil et n'avait plus la possibilité de recourir aux somnifères. Que pouvait-elle faire de plus pour progresser dans son enquête ?

La boîte ! Si l'ours n'avait rien pu lui apprendre, peut-être son emballage serait-il plus bavard ?

Elle sortit le carton de sa valise et s'installa à la table. L'extérieur ne lui apprit rien de plus que ce qu'elle savait déjà : son adresse avait été rédigée en lettres capitales sans la moindre faute, et le tampon du guichet expéditeur ne recelait aucune information supplémentaire.

Le dessous de la boîte était vierge. L'intérieur ne comportait aucune indication.

Avec des précautions de philatéliste, elle se mit à décoller le fond du carton. Elle aurait sans doute dû utiliser un produit pour diluer la colle, mais elle n'avait rien sous la main. Elle pensa à mouiller le carton, puis y renonça, craignant de brouiller les indices qui pouvaient se trouver sous la colle.

L'opération lui prit plus de dix minutes. Un sourire lui éclaira le visage quand elle put enfin déplier complètement le carton : ses efforts n'avaient pas été vains.

Là, dans le coin inférieur qui s'était trouvé dissimulé par les plis, se trouvait une inscription imprimée en rouge : ADAC/858.

Elle n'avait aucune idée de ce que cela signifiait, mais elle était certaine d'une chose : elle allait le découvrir.

Rageant contre l'heure tardive qui l'empêchait d'en faire plus ce soir, elle décida qu'il était temps de se coucher.

Allongée dans le noir, elle prit une résolution : elle allait passer le week-end à chercher ce que signifiait ce sigle. Si elle ne trouvait rien, elle confierait le tout à la police dès le lundi matin.

En priant pour que cette fois ils se montrent plus efficaces et moins bornés que cinq ans auparavant.

Pascale

La nuit la cerne de toutes parts. Le vent froid entre par la fenêtre ouverte. Elle a pourtant fermé cette fenêtre avant de se coucher. Les calmants qu'elle a absorbés la noient dans un brouillard impénétrable.

Elle sent la présence d'un homme tout proche. Elle est nue, écartelée sur le lit. La brume s'épaissit et elle replonge dans l'inconscience.

Elle remonte, flotte un instant sur un nuage noir. Quelqu'un est sur elle. En elle. Richard ?

Richard ?

Richard est mort.

Est-ce lui qui vient la nuit ? Est-ce son fantôme dont elle sent parfois la présence ? Est-ce un incube qui lui rend visite lorsque tout dort, ne laissant d'autre trace sur son corps que le souvenir de meurtrissures et de vagues douleurs ?

Richard ?

10

Laura resserra sur elle les pans de l'imperméable qu'elle avait acheté l'avant-veille. Le vent lui plaquait le tissu sur les cuisses et semblait vouloir la pousser vers la grille. Au-dessus de l'entrée, une enseigne à demi rongée par la rouille proclamait qu'elle se trouvait bien devant les établissements ADAC. Le ciel était gris et bas, mais Laura n'en avait pas conscience. Elle ne voyait que ces bâtiments de brique rouge qui renfermaient peut-être le secret qu'elle cherchait à percer.

ADAC.

Elle ne savait toujours pas ce que signifiaient ces quatre lettres, mais elle avait découvert dès le samedi qu'il s'agissait du nom d'une société dont l'objet principal était la fabrication d'emballages en tous genres. Elle était située à la périphérie de Saint-Nazaire.

L'entreprise était fermée durant le week-end, et Laura avait donc dû attendre jusqu'au lundi matin pour s'y présenter.

Rongeant son frein, elle avait passé ces deux jours à hanter les lieux où on pouvait trouver des enfants : squares, jardins publics, aires de jeux entre les immeubles, magasins, marché et bien sûr la plage... Plusieurs fois, son cœur s'était mis à battre lorsqu'elle avait aperçu une fillette dont certains traits lui rappelaient son propre visage ou celui de son mari, voire celui d'un parent proche... Mais comment savoir ? Elle ne pouvait pas demander aux gens accompagnant ces enfants de produire un certificat de naissance !

Samedi après-midi, elle s'était procuré cet imperméable pour se protéger du crachin qui s'était abattu sur la ville. C'était la première fois depuis cinq ans qu'elle faisait vraiment attention aux vêtements qu'elle achetait. En se voyant dans la glace, elle avait soudain réalisé qu'elle était vêtue de bric et de broc. Rien d'étonnant à ce que les gens se méfient en la voyant arriver. Décidée à mettre toutes les chances de son côté à l'avenir, elle avait passé une partie de la journée à faire des emplettes. Elle était revenue à son hôtel avec un nouvel ensemble et quelques chemisiers neufs.

Et à présent elle était là, devant la grille de l'ADAC, avec à la main un grand sac en plastique contenant la boîte mise à plat.

Elle pénétra dans la grande cour où une vingtaine de voitures étaient garées et se dirigea vers le premier bâtiment qui semblait abriter des bureaux.

La réception était minuscule. Un comptoir de bois peint en gris montait à hauteur de poitrine, faisant un rempart à l'employée qui se trouvait derrière et dont seul le chignon roux émergeait.

Laura s'approcha sans provoquer de réaction, et attendit patiemment que la rouquine ait fini de remplir le bordereau qui accaparait toute son attention. Quand enfin la réceptionniste leva vers elle un regard interrogateur derrière des lunettes cerclées d'acier, Laura lui adressa son sourire le plus aimable.

— Bonjour, dit-elle. J'ai reçu un paquet qui ne me concernait pas. Il ne comportait pas la moindre mention d'un expéditeur, mais j'ai trouvé les références de votre usine sur le carton d'emballage. Si vous pouviez me dire qui utilise ces boîtes...

La réceptionniste pinça les lèvres.

— Je ne sais pas si on peut vous donner ce genre de renseignements, c'est confidentiel...

Laura fit un effort pour conserver son sourire.

— Voyons. Ce n'est tout de même pas un secret d'État ! Je ne vous demande pas de me dévoiler la vie privée de vos clients, simplement de me dire qui utilise ce genre d'emballages.

— Je suis désolée, c'est impossible !

À présent qu'elle avait refusé, la réceptionniste semblait décidée à s'en tenir à sa position.

Laura laissa tomber le sourire. Manifestement, cette idiote ne voudrait rien entendre.

— Pourrais-je voir votre supérieur, s'il vous plaît ?

La réceptionniste ouvrait déjà la bouche pour refuser quand la porte de la réception s'ouvrit dans le dos de Laura. L'attitude de l'employée changea aussitôt. Elle se redressa et un sourire qui se voulait chaleureux lui inonda le visage. Laura se retourna. Un homme d'une quarantaine d'années se tenait derrière elle, une mallette à la main. Il était grand, brun, plutôt beau garçon, et vêtu avec une élégance qui reflétait une certaine aisance. Et, à en juger par la réaction de la réceptionniste, ce n'était pas n'importe qui.

Laura lui adressa un sourire charmeur avant même d'avoir réfléchi. Elle fut surprise de constater que, malgré les cinq ans où elle avait vécu repliée sur elle-même, elle n'avait pas oublié la technique.

Et cela fonctionnait toujours ! Le nouveau venu lui sourit en retour, une lueur approbatrice dans le regard qu'il coula sur elle.

— Bonjour, dit-il.

— Bonjour, monsieur Furec, intervint la réceptionniste avec empressement.

Laura se contenta d'un hochement de tête à l'intention du nouveau venu.

— C'est moi que vous vouliez voir ? demanda Furec à Laura.

— Madame voulait... commença la réceptionniste.

Laura ne lui laissa pas le temps de rompre le charme. Si elle ne franchissait pas l'obstacle maintenant, elle aurait toutes les peines du monde à s'introduire dans l'entreprise. Elle lui coupa la parole sans la moindre hésitation :

— Je suis prête à rencontrer quiconque pourra m'aider.

En même temps, elle adressait un sourire implorant à Furec. Du temps où elle était étudiante, c'était son arme fatale quand elle voulait obtenir de l'aide sur un sujet difficile. L'arme n'était pas rouillée.

Elle lui tendit la main et il la serra.

— Je m'appelle Laura Julian et j'ai besoin d'aide.

— Raymond Furec. Si je puis vous être utile, ce sera avec plaisir. Si vous voulez bien passer dans mon bureau...

Ignorant superbement le regard noir de la réceptionniste, Laura lui emboîta le pas. Ils gagnèrent un bureau, petit, mais soigneusement rangé et meublé avec goût. Laura ôta son imperméable pour le poser sur un des deux fauteuils.

Elle savait que le tailleur neuf la mettait en valeur et elle était décidée à mettre toutes les chances de son côté. Raymond Furec semblait être sous le charme. Elle n'avait pas l'intention de relâcher son emprise avant de lui avoir soutiré tout ce qu'elle pourrait utiliser.

Contrairement à la tactique qu'elle avait utilisée avec la réceptionniste, Laura décida de dire la vérité à cet homme. Elle sentait que son histoire pourrait l'émouvoir et qu'elle le convaincrait plus aisément que son mensonge à propos d'un colis mal adressé.

— J'ai menti à votre secrétaire, dit-elle. Je suis ici parce que ma fille a été enlevée.

Elle n'eut pas à se forcer pour mettre des trémolos dans sa voix lorsqu'elle raconta son histoire. Quand elle en vint au carton et à la référence qui était inscrite dessus, Furec ne pouvait plus rien lui refuser.

— Je ne sais pas si j'ai le droit de vous communiquer ce genre d'information, dit-il tout de même.

— Je vous assure que je n'en ferai pas mauvais usage. Je cherche simplement à retracer l'itinéraire de cette boîte. Je ne vais pas importuner vos clients. Vous me voyez : ai-je l'air d'une folle ou d'une excitée ?

Le regard qu'elle lui coula aurait ému un inquisiteur. Il capitula.

— Non, bien sûr...

— Et si ce n'est pas moi qui le fais, je serai obligée d'aller trouver la police. C'est elle qui s'en chargera dans quelques jours. Ne croyez-vous pas qu'il soit préférable que vos clients reçoivent ma visite plutôt que celle de policiers ? Cela fait toujours mauvais effet.

L'argument porta.

— Bien sûr, concéda-t-il. Attendez-moi ici.

Il la laissa seule dans son bureau où elle attendit en se contraignant à afficher un air serein. Mais le doute la rongeait : n'allait-il pas changer d'avis ? N'allait-il pas rencontrer un supérieur qui lui dirait de ne rien communiquer à cette femme dont il ignorait tout ? N'allait-il pas repasser devant la réceptionniste qui lui ferait remarquer que la démarche de Laura n'avait rien d'officiel ?

Quand il revint avec une feuille d'imprimante à la main, la jeune femme faillit soupirer de soulagement.

— Voilà, dit-il en étalant le papier sur le bureau. Ces emballages ont un format assez particulier. Ils sont destinés à contenir des conserves dont les boîtes ne sont pas aux normes courantes. Nous n'avons que trois clients en France qui en achètent.

Laura était déjà penchée sur la liste. Une société à Marseille, l'autre dans la région parisienne, la troisième était la Société Delalande, à Saint-Nazaire.

— Je peux conserver cette liste ? demanda-t-elle.

— J'aimerais mieux pas. Mais si vous voulez noter les adresses...

Elle sortit son agenda et y inscrivit les références des trois clients d'ADAC.

— Je vous remercie, dit-elle. Cela ne donnera peut-être rien, mais merci du fond du cœur.

Il sourit et rougit légèrement.

— Je vous souhaite de réussir dans votre enquête et de retrouver votre fille. Dites-moi...

Elle s'était déjà levée, prête à prendre congé. Elle le regarda.

— Oui ?

— Étant donné que vous êtes seule dans la région et que vous ne connaissez personne, je me demandais si vous accepteriez une invitation à dîner ?

Laura fut prise totalement au dépourvu. Depuis cinq ans, elle avait fait une croix sur sa vie sexuelle. Elle s'était tellement repliée sur elle-même, abandonnant tout effort quant à son maquillage et à ses tenues vestimentaires, qu'elle en avait oublié ce que c'était que de plaire à un homme. Et même si elle avait usé de son charme pour amener Furec à coopérer, elle n'avait pas imaginé que cela entraînerait une réaction aussi rapide. Elle était surprise et ne savait comment réagir. Elle avait l'impression de se retrouver quinze ans plus tôt, à l'époque de ses premiers flirts sérieux. La sensation n'était pas désagréable et elle eut envie d'accepter. Pour enquiquiner la réceptionniste qui en pinçait manifestement pour lui, se dit-elle. Elle savait cependant au fond d'elle-même qu'elle avait envie de dire oui parce que ce serait la preuve qu'elle était toujours une femme, et qu'elle avait encore une vie devant elle. Mais elle ne le pouvait pas. Pas encore.

Elle était à deux doigts de retrouver sa fille et ne devait pas se laisser distraire. Elle craignait, en cédant à l'envie de redevenir une femme comme les autres, de finir par considérer les choses sous le même angle que son entourage et d'accepter ainsi l'idée que sa fille était morte.

Et ça, elle ne le pouvait pas.

— Je suis très flattée, dit-elle. Sincèrement. J'aimerais pouvoir accepter, mais je ne reste pas ici. Je vais retourner à Saint-Nazaire et j'ignore de quoi mes soirées seront faites. Je dois rester disponible, prête à toute éventualité. Mais si j'en avais la possibilité, ce serait avec joie.

Furec ne se laissa pas démonter pour autant et ouvrit un tiroir.

— Voici ma carte, dit-il en lui tendant un petit rectangle de carton. Si vous changez d'avis, n'hésitez pas à m'appeler.

Elle la rangea soigneusement dans son sac.

— N'y comptez pas trop, mais si j'en ai l'occasion, ce sera avec joie. Et encore merci.

Lorsqu'elle retrouva l'extérieur, le soleil lui semblait briller avec plus d'éclat que d'habitude et les couleurs étaient plus vives. Elle récupéra sa voiture, et c'est en chantonnant qu'elle reprit la route de Saint-Nazaire.

11

Charles Grancier était un homme de taille moyenne. Laura jugea qu'il devait avoir dans les cinquante-cinq ans. Les cheveux gris et la calvitie envahissante, les yeux retranchés derrière de petites lunettes rondes, il n'avait rien d'un play-boy.

C'était un personnage falot et pourtant il dirigeait les établissements Delalande. Il étala le carton sur le bureau devant lui.

— Je ne comprends toujours pas le sens de votre démarche, dit-il.

Laura s'agita dans son fauteuil. L'entretien se déroulait beaucoup moins bien qu'avec Raymond Furec.

Ce petit PDG de province n'y mettait guère de bonne volonté et, malgré le succès remporté par cette tactique lors de sa première rencontre de la journée, semblait complètement insensible au charme qu'elle tentait de déployer.

— Je vous dis que j'ai reçu l'ours de ma fille dans cette boîte. J'ai appris depuis que ce carton servait à emballer des conserves fabriquées par vos usines.

— C'est possible, mais nous ne sommes certainement pas les seuls à utiliser ces emballages ! De plus, nous fournissons toute la France et certains pays limitrophes. Cela signifie qu'il y a des milliers de ces cartons qui partent régulièrement dans toutes les directions ! Nous avons des centaines de clients. Des supermarchés pour la plupart. Vous n'irez pas les trouver tous pour demander aux caissières si quelqu'un leur a pris un carton d'emballage ?

Laura se laissa aller dans son fauteuil avec découragement. Il disait vrai. La tâche était impossible. Cette quête n'avait aucun sens.

— Vous comprenez ce que je veux dire ? insista Charles Grancier.

Avec une expression attentive, il se penchait vers elle par-dessus le bureau qui les séparait. Laura soupira.

— Oui, reconnut-elle. Trop bien. Je pense que vous avez raison.

De la voir admettre son point de vue parut rasséréner l'industriel.

— Cette piste ne vous mènera nulle part, je le crains. Ce n'est pas à moi de vous dire ce que vous devez faire, mais vous feriez mieux d'abandonner. Votre entreprise me paraît vouée à l'échec.

Entendre ses propres doutes ainsi exprimés par un étranger fut comme un coup de poignard pour Laura. Mais elle ne pouvait pas renoncer aussi facilement ! Elle fit une dernière tentative :

— À Saint-Nazaire même, vous pourriez me dire quels sont les magasins qui vendent vos produits ?

Charles Grancier secoua la tête avec lassitude.

— Vous ne semblez pas m'avoir bien compris. Ces cartons servent à emballer des boîtes de thon. Il n'y a pas une seule épicerie, pas un seul supermarché à Saint-Nazaire et dans les environs qui ne vendent nos produits. Nos usines emploient trois mille personnes dans la région. Il ne serait pas pensable qu'un de nos employés puisse aller faire ses courses sans trouver dans son magasin les marchandises qu'il contribue à produire. Ce serait suicidaire pour le magasin. Ce serait un peu comme s'il n'y avait pas de garage Renault à Boulogne !

Évidemment. Ce dernier coup du sort était fatal. Laura se leva.

— Bien, dit-elle. Je crois qu'il ne me reste qu'à vous remercier de m'avoir reçue.

Charles Grancier ne répondit pas. Il examinait le carton sous tous les angles, le faisant tourner et retourner entre ses mains.

— Oui ? demanda Laura qui sentait l'espoir l'envahir à nouveau. Vous avez une idée ?

— Non, répondit finalement Grancier en lui rendant l'emballage. Je pensais pouvoir peut-être remarquer un élément que vous auriez négligé. Mais il n'y a rien. Je suis désolé. Vous n'avez pas prévenu la police ?

— La police ne m'a pas été d'un grand secours jusqu'à présent. J'hésite à la faire intervenir. J'espérais pouvoir résoudre l'affaire toute seule. Ou à tout le moins apporter davantage d'informations que cette seule boîte...

Grancier se leva pour la raccompagner jusqu'à la porte.

— Je comprends, dit-il tandis qu'elle remisait la boîte dans son sac.

Il ouvrit et ils se serrèrent la main sur le seuil du bureau.

Laura allait partir, quand il posa la main sur son bras pour la retenir.

— Je voulais juste... Je voudrais vous souhaiter bon courage et vous dire à quel point je compatis à votre malheur.

Venant de cet homme qui ne lui avait pas été d'un grand secours et avait même tenté de la décourager, cette déclaration émut la jeune femme. Elle le regarda et la compassion qu'elle lut dans ses yeux lui serra le cœur.

— Même si vous ne retrouvez pas votre fille, dit-il, j'espère que vous finirez par découvrir le bonheur. Vous n'avez pas d'autre enfant ?

— J'ai divorcé juste après la disparition de Lucie.

Laura ne savait pas pourquoi elle s'était laissée aller à cette confidence. Elle ne connaissait pas cet homme. Peut-être avait-elle tout simplement besoin de quelqu'un à qui se confier ? Peut-être le poids de cette enquête qui réveillait en elle ce chagrin qu'elle avait tenté de surmonter ces dernières années commençait-il à être trop lourd ?

Cela signifiait-il qu'elle allait craquer ? Elle espérait que non. Elle ne pouvait pas se le permettre. Si elle craquait, elle se retrouverait à nouveau enfermée dans ce que l'on appelait une maison de repos. En réalité, cela s'apparentait plus à un lieu de détention dont on ne la libérerait que lorsqu'on l'estimerait « guérie ». Si elle en arrivait là, elle ne retrouverait jamais Lucie. Elle devait tenir bon. Elle sourit crânement.

— Je suis sincèrement désolé, dit Grancier. J'ignorais.

— Vous ne pouviez pas le savoir. Et vous n'y êtes pour rien. Tenez. Mon adresse à Saint-Nazaire est sur ce papier. Si vous avez une idée, aussi minime soit-elle, qui pourrait m'aider, pourriez-vous m'appeler ? Si je ne suis pas là, la réception pourra prendre un message et je vous rappellerai.

— Je n'y manquerai pas.

Il prit le papier qu'elle lui tendait et elle sortit.

Une fois à l'extérieur, elle resta quelques minutes dans la cour des usines Delalande. Les bâtiments en brique rouge disparaissaient sous une couche de crasse qui semblait remonter au siècle dernier.

Elle avait tant espéré trouver la réponse à ses questions dans ces bâtiments ! Tout lui avait paru si simple sur la route qui l'avait conduite ici !

On allait la recevoir, et les prodiges de l'informatique feraient qu'on lui donnerait une liste de quelques noms parmi lesquels il serait aisé ensuite de déterminer qui vivait avec une petite fille blonde... Comme elle en était loin, à présent.

Avoir réussi à remonter le parcours de cet emballage jusqu'ici pour découvrir que la piste se multipliait soudain, qu'elle se décuplait, qu'elle se séparait en des centaines de ramifications... Même si elle se limitait à la seule ville de Saint-Nazaire, combien de magasins cela pouvait-il représenter ? Une dizaine ? Une cinquantaine ? Et dans chacun, combien de personnes qui avaient accès à ces emballages et pouvaient en récupérer un pour leur usage personnel ?

Sans parler des grands magasins qui laissaient peut-être les boîtes de conserve dans leur emballage d'origine sur les rayons, ni de ceux qui les abandonnaient sur le trottoir en attendant le passage des éboueurs !

Après un dernier regard sur cette usine qui marquait la fin de ses espoirs, elle remonta en voiture et repartit en direction de son hôtel.

12

Pascale venait de traverser la terrasse pour descendre dans le jardin superbement entretenu. Yvonne Grancier-Delalande la regardait par la fenêtre du salon. À demi endormie par les calmants qu'elle prenait à fortes doses, sa fille avançait d'une démarche hésitante.

Charles Grancier se versa un grand whisky et apporta le verre de porto à son épouse. Lui aussi avait vu Pascale passer devant la fenêtre. Ils pouvaient donc parler sans crainte d'être dérangés.

— Tu ne devineras jamais qui j'ai vu en ville la semaine dernière, dit-il en lui tendant le verre.

Yvonne leva un sourcil interrogateur. Elle n'avait jamais aimé les devinettes et de toute façon la vie de Charles ne l'intéressait guère. Mais un petit bavardage avant l'heure du dîner était une façon comme une autre de passer le temps.

— Non, qui ?

— Laura Julian.

Yvonne Grancier-Delalande, qui portait son verre à ses lèvres, faillit le renverser.

— Tu es sûr ?

— Certain. Il n'y avait pas moyen de se tromper.

— Mais que ferait-elle ici ?

— À ton avis ?

— C'est impossible. Tu as dû te tromper, être le jouet d'une ressemblance... Cinq ans ont passé ! Tu ne peux pas te fier à une ressemblance avec une personne que tu n'as vue qu'en photo dans les journaux.

— C'est ce que je me suis dit. Je me suis donc livré à une petite enquête. J'ai appelé tous les hôtels de la ville en demandant madame Julian. Elle est au Bellevue.

Yvonne resta muette. Une ressemblance, c'était une chose, mais il était peu probable qu'un homonyme se trouvât en même temps dans un hôtel en ville.

— Pourquoi n'en as-tu pas parlé plus tôt ?

— Parce que je voulais être sûr.

— Ce doit être un hasard. Elle est peut-être ici pour son travail...

— Et elle ferait les sorties d'écoles par hasard ? C'est là que je l'ai vue. Elle a failli passer sous la voiture. Heureusement que Simon a de bons réflexes ! Il a freiné juste à temps.

Yvonne vida son verre d'un trait et alla s'en servir un autre d'une main qui tremblait légèrement.

— Mais comment aurait-elle pu remonter jusqu'ici ? Et après cinq ans !

— Ça, je l'ignore. Mais je ne pense pas qu'on puisse espérer que sa présence ici soit une coïncidence.

— Juste en ce moment ! Ça tombe mal.

Grancier but une gorgée de whisky sans répondre. Il ne quittait pas sa femme du regard, l'étudiait comme pour deviner ses pensées. Mais l'héritière Delalande avait toujours été maîtresse dans l'art de dissimuler.

— Tu as raison, reconnut-elle finalement. Il ne peut pas s'agir d'un hasard.

Grancier ne répondit pas, attendant la suite. Sa femme avait toujours su se servir de sa tête. Il était curieux de voir quel serait le résultat de ses réflexions.

— Ça veut dire que quelqu'un lui a fourni un indice, dit-elle finalement. Elle n'a pas pu trouver seule après tout ce temps. Mais qui ?

Yvonne traversa la grande salle à manger en frissonnant malgré la chaleur de cette soirée de printemps, jusqu'à se trouver devant une autre fenêtre d'où elle pouvait surveiller Pascale. Elle non plus ne tenait pas à être surprise au cours de cette conversation.

— Crois-tu que Simon serait assez retors pour faire une chose pareille ? demanda-t-elle sans se retourner.

Elle fixait l'extérieur. Charles vint prendre place à côté d'elle et regarda à son tour Pascale qui jouait sur la pelouse avec Gaëlle. Elles s'envoyaient un ballon sans avoir l'air d'y prendre plus de plaisir l'une que l'autre. Pascale manqua la balle.

Ses réflexes émoussés par les drogues ne pouvaient répondre à la vivacité de l'enfant.

Charles haussa les épaules bien que sa femme ne pût pas le voir.

— Comment savoir ? Tu le connais mieux que moi. Il faisait partie de tes meubles.

Yvonne eut un geste d'agacement. Si elle ne perdait pas une occasion de lui rappeler l'origine de leur fortune, elle n'aimait pas qu'il lui renvoie la politesse comme s'il s'agissait d'une tare de sa famille.

— S'il tente de nous faire chanter, dit-elle, nous le saurons bientôt.

— Crois-tu qu'il s'y risquerait ?

— Crois-tu qu'il en soit incapable ?

Grancier eut un petit rire sans joie.

— Je crois Simon capable de tout. Mais irait-il jusqu'à scier la branche sur laquelle il est assis ?

— Je ne sais pas. Il le ferait certainement s'il pensait pouvoir se raccrocher à une autre. Puisque tu es au courant depuis plusieurs jours et que tu ne m'as rien dit, tu as dû avoir le temps de réfléchir au problème ?

— Je ne t'ai rien dit parce que je voulais être absolument sûr. Maintenant que je le suis, je t'en parle.

À l'extérieur, Pascale et Gaëlle s'étaient assises sur un banc. Pascale avait l'air épuisé. Gaëlle la regardait avec tristesse. Elle avait conscience malgré son jeune âge que sa mère n'était pas une personne comme les autres et qu'il lui fallait beaucoup de repos et du calme.

— Tu as une solution ? demanda Yvonne en se détournant de la fenêtre.

— Il ne faut pas qu'elle reste. Pour l'instant, elle n'est pas dangereuse, mais quelqu'un pourrait prêter attention à ses divagations et se mettre à fouiner. Nous n'avons pas besoin de ça.

— Je suis d'accord, mais qu'est-ce que ça veut dire ? Qu'est-ce que tu comptes faire, pratiquement ?

— J'ai mon idée.

— Une idée ! Toi ? En tout cas, quoi que tu fasses, pense que nous ne sommes pas seuls en cause ! Pense à Pascale !

— J'y pense ! Crois-moi, j'y pense. C'est même la seule chose qui me pousse encore. Sinon, il y a beau temps que j'aurais jeté l'éponge.

— C'est impossible et tu le sais bien ! Nous n'avons pas le choix.

Grancier se détourna. Dehors, sa fille et sa petite-fille revenaient vers la maison, se tenant par la main, accrochées l'une à l'autre sans avoir conscience de la tempête qui menaçait.

— Non, admit-il. Nous n'avons pas le choix.

Simon

Accroupi sur l'échafaudage, Simon guettait une fenêtre du troisième étage de l'autre côté de la rue. Juste sous cette fenêtre, l'enseigne du Bellevue brillait dans la nuit.

La fenêtre était éclairée, et une ombre passait et repassait devant.

Laura Julian.

La jeune femme, inconsciente d'être espionnée, venait juste de rentrer. Simon l'avait attendue pendant plus de deux heures, immobile sur les planches mal équarries, dissimulé par une bâche destinée à protéger les ouvriers des intempéries. Pendant tout ce temps, il n'avait bougé que deux fois.

La première pour chasser l'ankylose qui paralysait sa jambe, la seconde parce que la lumière dans la chambre venait de s'allumer et que son occupante était passée dans un coin de la pièce qu'il ne voyait pas depuis sa cachette.

Il la vit se dévêtir et, bien qu'il ne fût pas venu pour ça, le spectacle l'excita. Il la maudit intérieurement quand elle passa dans la salle de bains avec une simple culotte blanche pour tout vêtement.

Elle y resta un certain temps, tandis qu'il rongeait son frein. Quand elle ressortit, elle n'avait plus sa culotte, mais Simon n'eut guère le loisir d'en profiter. Elle se glissa entre les draps et prit un livre.

Il resta à la regarder tandis qu'elle lisait, mais la lecture ne devait guère intéresser la jeune femme, car elle reposa bientôt le livre sur la table de chevet et éteignit.

Simon attendit encore une dizaine de minutes, sans que rien de nouveau ne se produise. Soit elle s'était endormie, soit elle restait à réfléchir dans le noir.

Bientôt.

Bientôt, il réglerait son compte à cette fouineuse. Il lui faudrait faire ça discrètement. Peut-être simuler un accident ou un suicide.

Mais arranger un accident était bien compliqué. La tuer purement et simplement serait peut-être le plus sûr. Qui donc irait relier sa mort avec l'enlèvement de sa fille qui remontait à cinq ans ? Qui donc irait penser que le coupable était le même homme dans les deux cas ?

Le mieux serait de faire disparaître son corps. Ainsi, personne ne saurait jamais ce qu'elle était devenue et l'enquête serait moins poussée. On s'inquiétait moins d'une disparition que d'un meurtre, il le savait par expérience. Surtout quand la disparue n'était pas censée avoir toute sa tête. Il suffirait de l'emmener au large et de la balancer par-dessus bord, avec assez de fonte aux pieds pour ancrer un paquebot. Tout le monde savait qu'elle était folle. Même les journaux l'avaient laissé entendre à l'époque. On penserait qu'elle avait disjoncté. Et finis les soucis.

En tout cas, une chose était certaine : il ne pouvait pas la laisser s'en aller à présent qu'elle était arrivée jusqu'ici. Simon non plus ne croyait pas au hasard. Enlèvement de mineure, c'était perpète. Et il n'avait aucune envie de passer le reste de ses jours derrière les barreaux. Surtout pour une histoire oubliée depuis cinq ans.

Il fallait qu'il la tue.

Et s'il pouvait la violer au passage, ça n'en serait que mieux ! Mais peut-être ne fallait-il pas trop en demander ?

Il redescendit de l'échafaudage, réfléchissant à la façon dont il allait s'y prendre.

Deuxième partie

13

Le mardi matin, Laura se leva sans grand entrain. Elle s'était endormie très tard, longtemps après avoir éteint. Allongée dans le noir, elle avait passé et repassé les données du problème dans son esprit, se demandant ce qu'elle pouvait faire.

Il ne lui restait plus guère d'options.

Toutes les pistes qu'elle avait suivies jusqu'ici s'étaient achevées en cul-de-sac et elle ne voyait pas comment pousser son enquête plus loin.

Pis encore, elle ne voyait pas comment la police elle-même pourrait aller plus loin. Seule la piste des écoles pourrait se révéler payante, mais cela supposait une enquête approfondie, avec des moyens dont elle ne disposait pas. Il faudrait remonter dans le passé de toutes les familles arrivées en ville ces cinq dernières années avec une fillette de l'âge de Lucie. Cinq ans après la disparition de l'enfant et alors qu'on soupçonnait plus ou moins sa mère de l'avoir tuée avant de dissimuler son corps. Laura doutait que la police se donne beaucoup de peine.

Elle prit un bain qu'elle fit durer au maximum pour retarder le moment de sortir de sa chambre, ce moment où il lui faudrait admettre qu'elle avait échoué et qu'elle devait confier l'enquête à des professionnels. Puis elle s'habilla rapidement d'un jean et d'un pull léger et descendit déjeuner.

Il n'était pas encore 8 heures quand elle entra dans la salle à manger. Un couple âgé occupait une table dans le fond et un homme seul qui avait l'air d'un voyageur de commerce était assis près d'une fenêtre. Laura choisit une place à l'écart. Elle n'avait pas envie de faire la conversation et se plongea dans l'étude du menu en ignorant le coup d'œil que lui avait jeté l'homme seul à son entrée.

Depuis cinq ans qu'elle s'était repliée sur elle-même, Laura n'avait pas prêté attention à l'intérêt que des hommes pouvaient lui porter. Mais, depuis deux jours, elle reprenait conscience de leur existence et de l'attrait qu'elle exerçait sur eux.

Et même si ce voyageur de commerce n'était qu'un coureur de jupon profitant de son métier pour multiplier les aventures, le fait qu'il se soit intéressé à elle prouvait qu'elle existait encore. Quant à la réaction de Furec à sa visite, elle ne permettait aucune erreur d'interprétation.

Tout en déjeunant d'un grand bol de café noir et de plusieurs croissants, Laura examina sa situation. Elle ne sortirait pas de cette expédition les mains vides. Même si son voyage ne lui permettait pas de retrouver sa fille, du moins aurait-il eu le mérite de lui faire prendre conscience que sa vie n'était pas terminée.

Elle examina cette idée, surprise de se découvrir soudain vivante après cinq ans de coma. Cinq années pendant lesquelles elle s'était comportée en zombie. Littéralement, à l'époque où elle enfouissait sa peine sous les antidépresseurs, mais zombie également depuis qu'elle s'était un peu dégagée de la pression des médicaments.

Comment qualifier autrement une femme qui travaillait huit heures par jour, faisait ses commissions sur le chemin du retour et passait le reste du temps chez elle, près du téléphone, à attendre un appel qui ne venait pas ?

Quelle que soit l'issue de ce voyage, elle sentait que sa vie en serait bouleversée.

Sa fille était vivante. Elle en demeurait persuadée. Mais elle devait se faire à l'idée qu'elle ne la retrouverait peut-être pas. Cette éventualité ne lui plaisait pas, mais il lui fallait être réaliste.

Cela ne signifiait pas qu'elle abandonnerait. Elle savait qu'elle ne baisserait jamais les bras et qu'elle tenterait tout ce qui était en son pouvoir pour la retrouver.

Mais elle devait se conditionner au fait que cela risquait d'être long, très long, et que sa vie continuerait pendant ce temps.

Prenant conscience d'une présence, elle redressa la tête de son café. La serveuse était debout devant sa table.

— Madame Julian ?

— Oui.

— On vous demande au téléphone.

Elle se leva précipitamment. Les seules personnes au courant de sa présence dans cet hôtel étaient les gens du coin à qui elle avait laissé ses coordonnées. Quelqu'un s'était peut-être souvenu d'un détail qui lui permettrait de progresser ? Elle se hâta à la suite de la serveuse, sous l'œil curieux des autres clients de l'hôtel.

Le téléphone était dans le couloir. Un simple encadrement de bois le protégeait des oreilles indiscrètes.

— Allô !

— Madame Julian ?

C'était une voix d'homme. Méconnaissable, comme si son correspondant avait fait exprès de la déformer, peut-être en parlant à travers un chiffon ou avec quelque chose dans la bouche.

— C'est moi. Qui est à l'appareil ?

— Je sais où est votre fille.

Laura en resta sans voix.

Elle attendait cette phrase depuis cinq ans. Elle avait toujours su ce qu'elle dirait lorsque cela se produirait, comment elle réagirait. Elle connaissait par cœur les questions qu'il lui fallait poser, savait ce qu'elle devait faire...

Mais ses jambes se dérobaient sous elle. Elle ouvrait la bouche comme un poisson hors de l'eau, sans pouvoir proférer un son.

— Madame Julian ? Vous êtes toujours là ?

Elle croassa quelque chose, se força à déglutir.

— Oui, parvint-elle finalement à articuler. Je suis là.

— Je ne peux pas parler. Je veux vous voir. Dans une demi-heure devant le sous-marin. *L'Espadon*. Venez seule. Vous avez compris ?

— Oui. Mais attendez ! Dites-moi au moins...

La communication fut interrompue.

— Allô ! Allô !

C'était en pure perte et elle le savait, mais elle ne pouvait se résoudre à raccrocher à son tour, à couper définitivement le lien avec cet homme qui lui avait dit savoir où était Lucie.

Qu'avait-il dit d'autre ?

Une demi-heure !

Laura reposa le combiné dans son berceau, fila dans sa chambre où elle rafla son sac à main. En moins de deux minutes, elle était redescendue et ne s'arrêta que le temps de demander son chemin à la serveuse.

***

L'Espadon était un énorme monstre de métal, dissimulé dans un abri datant de la dernière guerre. On y accédait par une passerelle qui rejoignait le quai. La porte donnant sur le quai était rouillée et fermée.

Il n'y avait personne.

Laura consulta sa montre pour la quatrième fois. L'appel remontait à moins de vingt-cinq minutes. Elle ne pouvait pas avoir manqué son correspondant.

L'air s'engouffra dans le tunnel et elle frissonna. Il faisait froid sous ces milliers de tonnes de béton destinées à protéger les navires des bombardements, et l'aspect sinistre du submersible ne contribuait pas à réchauffer l'atmosphère. Elle se trouvait sous l'abri, au milieu de la route qui le traversait pour mener plus loin sur le port. À cet endroit, la route et les deux bassins formaient une croix où se heurtaient les courants d'air. À sa droite, le sous-marin paraissait prêt à partir en mission. Sur sa gauche, trois petits bateaux de plaisance tanguaient doucement. Trois cents mètres plus loin, de l'autre côté du bassin, elle voyait une partie des abris jumeaux de celui abritant *L'Espadon*.

Juste à côté de l'abri, une écluse permettait aux navires de plaisance de gagner le bassin. L'écluse était fermée pour le moment, vide ; aucun bateau n'attendait de passer.

Elle était seule.

Un groupe d'ouvriers passa près d'elle, certains la dévisageant crûment. Que pouvaient-ils penser de cette femme qui attendait là, dans la pénombre de cet abri ?

Elle les ignora et ils s'éloignèrent.

Elle était seule à nouveau et personne ne venait.

Trente-cinq minutes.

Peut-être l'homme avait-il été retardé ? Il avait dit qu'il ne pouvait pas parler.

Elle s'appuya à la rambarde, examina le sous-marin. L'absence d'éclairage dans cet abri faisait que la seule lumière y pénétrant provenait de l'ouverture aux deux extrémités : celle où elle attendait et l'autre qui se découpait comme une petite plaque claire au bout du quai. La nuit, des lampes soigneusement disposées baignaient l'endroit d'une lumière bleue qui paraissait très spectaculaire d'après les dépliants qu'elle avait feuilletés à l'hôtel. Mais en plein jour, c'était sinistre.

Elle entendit un claquement et se retourna, s'attendant à voir quelqu'un derrière elle.

Il n'y avait personne.

Un nouveau claquement et une étincelle jaillit sur le mur à deux mètres au-dessus d'elle.

Un faux contact dans le circuit électrique ?

Un troisième claquement retentit et un câble se mit à vibrer sur l'un des bateaux de plaisance.

Laura comprit brusquement. On lui tirait dessus ! Elle resta pétrifiée pendant ce qui lui parut une éternité, mais qui ne dut pas durer plus de quelques secondes.

Une balle ricocha contre un mur et Laura l'entendit rebondir en miaulant sur le corps de *L'Espadon*.

Avec un cri de terreur, elle plongea à l'abri du mur le plus proche.

Les balles avaient ricoché sur les parois du petit bassin abritant les trois bateaux de plaisance. La dernière avait ensuite heurté le sous-marin. Le tireur devait donc être embusqué sur l'autre rive du port. Dissimulé sans doute dans l'un des abris où des plaisanciers avaient amarré leurs bateaux.

Plaquée contre le mur, claquant des dents, Laura attendit les prochaines détonations.

Elle avait beau se dire qu'elle ne risquait plus rien, qu'elle était à l'abri à présent, que ces parois avaient résisté à des bombardements, la peur lui fouaillait malgré tout les entrailles.

Pour la deuxième fois de la matinée, ses jambes se dérobaient sous elle. Mais si la première fois c'était l'espoir qui l'avait fait défaillir, à présent c'était la terreur qui prenait possession d'elle.

On voulait la tuer !

L'appel n'avait été qu'un piège destiné à l'attirer dans un endroit désert où il serait aisé de la tirer comme un lapin.

À deux reprises encore le ciment éclata sous l'impact des balles. Mais elle ne percevait aucune détonation. Le tireur était-il embusqué trop loin ? Ou bien utilisait-il un silencieux ?

Les abris bloquaient l'autre côté du port. Il était probable que le tireur y était dissimulé. Sans doute dans celui situé juste en face. Ainsi ne pourrait-il la manquer lorsqu'elle apparaîtrait. Elle se découperait en ombre chinoise sur l'ouverture opposée. La cible parfaite. Elle avait eu beaucoup de chance de s'en tirer à si bon compte jusqu'à présent.

Une voiture arriva et elle sursauta. Le tireur venait-il achever le travail ?

Non, il ne s'agissait que d'ouvriers qui passèrent sans lui accorder un regard.

Plusieurs minutes s'écoulèrent sans qu'aucune balle ne vienne érafler le béton.

Était-il parti ? Laura se prit à l'espérer. Sans doute le tireur ne pouvait-il rester trop longtemps sans risquer d'être découvert ? Constatant qu'il avait manqué son coup, il avait dû filer. Laura voulait l'espérer. Sinon, cela signifiait simplement qu'il attendait qu'elle sorte pour lui loger une balle dans la tête.

Pour plus de prudence, Laura attendit une demi-heure avant de se risquer à découvert. Elle bondit et traversa l'écluse en quelques enjambées, se plaqua derrière un étrange appareil fait d'énormes ressorts qui semblaient supporter un plateau.

Elle ignorait de quoi il pouvait s'agir – peut-être les restes d'une grue ? –, mais n'en avait cure en cet instant. Le principal était que cet étrange appareillage puisse arrêter les balles.

Elle attendit quelques minutes, mais aucune détonation ne retentit. De sa place, elle voyait sa voiture, à moins de trente mètres de là, comme le symbole de sa survie. Elle prit une profonde inspiration et partit en courant, courbée et changeant de direction tous les trois pas.

Un pêcheur, assis au bord du quai où il remaillait ses filets, la regarda faire sans mot dire. Il devait la prendre pour une folle.

Laura arriva à sa voiture sans avoir entendu de balle siffler à ses oreilles. Elle s'accroupit à l'abri du véhicule, ouvrit la portière, glissa la clef de contact dans son logement sans se redresser.

Si le tireur était toujours là, il allait profiter des quelques secondes où elle serait assise au volant, en train d'essayer de démarrer.

Elle prit une profonde inspiration, se jeta dans la voiture.

Elle tourna la clef, sans résultat. Elle appuya sur la pédale de l'accélérateur, actionna à nouveau le démarreur. La voiture toussa, cracha, le moteur se mit à hurler. Relâchant le frein à main d'un seul coup,

Laura enfonça l'accélérateur. La voiture fit un bond en avant. Laura vit le bassin arriver sur elle et redressa juste avant de plonger dans les eaux sombres.

La voiture tourna en faisant hurler ses pneus et elle fila en direction de la sortie du port.

Au bord du quai, le pêcheur était resté avec une main en l'air.

Il la regarda faire en secouant la tête, songeant peut-être que les touristes venaient de plus en plus tôt, et qu'ils étaient de plus en plus fous.

14

Le commissaire Cointeau boutonna sa veste pour se protéger du vent.

— Il y avait autant de vent tout à l'heure ?

— Oui.

Il examinait le mur de l'abri, cherchant à distinguer une éraflure sur le béton.

— Vous dites qu'une des balles a ricoché là-haut ?

— Dans ce coin. J'ai vu une étincelle et j'ai tout d'abord cru que c'était un faux contact dans une installation électrique.

— Il n'y a pas d'installation électrique à cet endroit.

— C'est pour ça que j'ai compris que quelque chose d'anormal se passait. Une autre balle a touché un des bateaux. J'ai entendu les câbles résonner.

Le policier grimaça.

Laura retint un geste d'exaspération. Il n'avait pas l'air de la croire ! On venait de lui tirer dessus, on avait tenté de la tuer, et il paraissait douter de sa parole !

Le commissaire examina l'abri dans toute sa longueur, puis la rive opposée où deux de ses hommes fouillaient dans le bâtiment situé juste en face.

— Vous ne voyez pas d'éraflure ?

— Madame, pendant la guerre, des bombes sont tombées sur ces blockhaus. Elles faisaient autant d'effet qu'une bille en terre. De plus, le béton est loin d'être uni. Je doute qu'une balle, si balle il y a eu, soit à même de laisser une trace sur un tel monument !

— Vous ne me croyez pas ?

— Je n'ai pas dit ça. J'examine toutes les possibilités.

— Et l'appel que j'ai reçu à l'hôtel, je l'ai inventé ?

— On s'en occupe. Un de mes hommes interroge le personnel.

Là, au moins, ils obtiendraient un témoignage extérieur ! Quelqu'un viendrait confirmer qu'elle avait bien reçu un appel.

Mais serait-ce bien le cas ? Laura commençait à en douter. Elle éprouvait la sensation que tout se retournait contre elle et qu'elle ne parviendrait jamais à se faire entendre. Que dirait la serveuse ? Elle pourrait témoigner qu'un homme l'avait appelée, mais pour le reste ? Elle n'avait pas suivi la conversation et, comme Laura était restée muette en entendant son interlocuteur lui annoncer qu'il savait où était sa fille, elle ne pourrait même pas préciser de quoi ils avaient parlé, et encore moins confirmer qu'il lui avait donné rendez-vous ici. Elle pourrait juste témoigner que Laura lui avait demandé dans quelle direction se trouvait *L'Espadon*.

On l'avait attirée dans un piège pour la tuer et personne ne pourrait confirmer ses dires !

— J'ai également entendu une balle ricocher sur le sous-marin...

— Vu l'épaisseur du blindage de ce monstre, ça m'étonnerait qu'on en retrouve la moindre trace !

— Vous ne me croyez pas ? Qu'est-ce qu'il vous faut de plus ? Mon cadavre ?

Le commissaire retint un sourire devant son énervement, et Laura mit ses mains dans ses poches pour résister à la tentation de le gifler.

— Ce serait plus convaincant, s'il m'avait tuée ?

— J'en conviens. Mais ne croyez pas que je souhaite votre mort, loin de là. Simplement, je n'aime pas ça. Je ne sais pas... Quelque chose ne sonne pas vrai dans tout ça.

— On me tire dessus et ça ne vous suffit pas ?

Laura sentait l'énervement la gagner devant le scepticisme du policier.

— Je ne comprends pas qu'on vous ait ratée, si vous voulez tout savoir !

— Merci ! C'est bien ce que je disais. Vous auriez préféré avoir mon cadavre à vous mettre sous la dent !

— Ne le prenez pas mal, mais quelque chose cloche dans tout ça. On vous tend une embuscade. Vous vous découpez en ombre chinoise comme une pipe à la fête foraine, on vous tire quatre ou cinq fois dessus, personne n'entend rien, et vous vous en sortez indemne.

— Il y avait autant de vent que maintenant ! Est-ce que le vent ne pourrait pas dévier une balle ? Et ne faut-il pas être un excellent tireur pour faire mouche à cette distance ? Il y a au moins trois cents mètres !

— J'en conviens, là encore. Ce pourrait être une explication.

— Mais elle ne vous semble pas convaincante !

La radio du commissaire crachota et il porta l'appareil à son oreille, ce qui le dispensa de répondre.

— Cointeau. J'écoute.

— Commissaire, on a retrouvé une douille.

— Où ça ?

— Dans le hangar qui vous fait face. Elle était coincée entre deux dalles.

— Une seule ?

— Une seule, oui. Le tireur a dû faire le ménage avant de filer. Il aura oublié celle-là. On a failli passer dessus : c'est le reflet de la lampe de Morel qui me l'a fait remarquer.

— Vous l'avez récupérée ?

— Oui. C'est du .22.

— Du .22 ?

— Affirmatif.

— OK. C'est tout ?

— C'est tout pour le moment.

— Continuez à chercher. Terminé.

Il rangea son appareil dans sa poche et se tourna vers Laura qui avait suivi toute la conversation. La jeune femme ne put retenir un sourire de triomphe.

— Alors ? Enfin convaincu ?

— Je dois reconnaître que cela penche en faveur de votre histoire...

— Mais ?

— Mais rien...

— Allez, commissaire. Même la découverte de cette douille n'a pas l'air de vous convaincre.

— Du .22, vous savez ce que c'est ?

— Un calibre de fusil, non ?

— Un *petit* calibre.

— Ce n'est pas mortel ?

— Si, bien sûr. Mais à cette distance, il faut être sûr de faire mouche.

— Vous ne croyez pas qu'on a tenté de me tuer ?

— Je vois trois hypothèses.

Laura serra les poings au fond de ses poches, consciente que ce qui allait suivre ne serait pas agréable.

— Je vous écoute, dit-elle avec un sourire tellement forcé qu'il se transformait en grimace.

— La première, c'est qu'on a vraiment voulu vous tuer.

— Merci quand même de l'envisager.

— Laissez-moi finir. On a voulu vous tuer, mais en s'y prenant très mal. Avec une arme qui n'était pas adaptée, à une distance telle qu'il fallait vraiment être bon tireur et dans un environnement où le vent joue un rôle important, surtout pour une arme de petit calibre. Donc, nous n'avons pas affaire à un professionnel.

— Heureuse d'apprendre que ce n'est pas une équipe de la mafia que j'ai sur le dos !

— N'ironisez pas, ça se produit plus souvent qu'on ne le croit.

— Et vos deux autres hypothèses ?

— Vos démarches ont fini par agacer quelqu'un.

Ce qui voudrait dire que vous avez raison d'enquêter par ici. Je vous avais conseillé de quitter la ville, quelqu'un a décidé de vous y contraindre en vous faisant peur. Cela expliquerait qu'on vous a manquée : on ne voulait pas vous tuer, mais simplement vous effrayer.

— Eh bien, en ce cas, c'est réussi ! J'ai eu la frousse de ma vie !

— Si tel est le cas, vous feriez bien de partir. Si vous restez, on risque de passer à l'étape suivante.

— Me tuer ?

— Exactement.

— Merci pour la bonne nouvelle ! En somme, vos deux premières hypothèses se rejoignent : soit on a tenté de me tuer, soit on va le faire !

— Exactement.

— Et la troisième ?

— Je ne suis pas sûr qu'elle vous plaira plus que les autres.

Le commissaire n'avait pas besoin de lui faire un dessin. Laura avait compris depuis longtemps quelle était son idée principale.

— C'est celle où j'ai tout inventé ? demanda-t-elle.

— Celle-là même.

— Et qu'est-ce que vous faites de la douille ?

— Vous avez pu la placer là vous-même. Ou, plus retors, faire tirer un de vos amis qui aura pris soin de vous manquer.

Laura resta silencieuse plusieurs secondes, le temps de dominer sa colère.

— Et dans quel but aurais-je fait ça ? demanda-t-elle lorsqu'elle fut assurée de pouvoir parler sans que sa voix tremble.

— Pour faire rouvrir l'enquête sur la disparition de votre fille. Vous n'avez pas jugé bon de produire la peluche que vous ne possédez peut-être pas. Vous faire tirer dessus est un bon moyen d'amener la police à s'occuper de votre affaire.

— Je préfère ne pas répondre à ces accusations.

— Il ne s'agit pas d'accusations, simplement d'hypothèses. Les accusations viendront plus tard, s'il y a lieu.

— Et dans l'intervalle, qu'est-ce que vous comptez faire ? Refermer le dossier en attendant que je me fasse tuer ? Vous imaginez la tête que vous ferez devant mon cadavre en comprenant que j'avais dit la vérité ?

Cointeau se tourna vers elle et la regarda franchement.

— Je ne vais pas refermer le dossier, croyez-moi. Et je serais vraiment désolé de trouver votre cadavre.

— Et quelle hypothèse allez-vous privilégier, si je puis me permettre de poser cette question ?

— Je vais examiner les deux axes principaux. Soit vous êtes une mythomane, soit on vous a tiré dessus. Dans les deux cas, je dois faire la lumière sur cette histoire. Si on vous a tiré dessus, je dois arrêter le coupable. J'ai horreur qu'on joue au western dans ma ville et, quand on commence à sortir les fusils, ça finit toujours mal. Et si vous avez tout inventé, je dois vous faire passer le goût de recommencer : la police a autre chose à faire qu'enquêter sur de faux attentats !

Laura soupira.

— J'ignore ce que je dois faire pour vous convaincre, dit-elle. Mais je ne suis pas coupable. Quelqu'un m'a vraiment tiré dessus et j'ignore qui ça peut être.

— Nous allons rentrer au commissariat où vous signerez votre déposition et me dresserez la liste des personnes que vous avez rencontrées depuis votre arrivée ici, avec votre emploi du temps.

— Ça veut dire que vous me croyez ?

— Ça veut dire que je ne veux rien négliger. Je vous l'ai dit, je vais faire une véritable enquête sur cette affaire.

Peut-être découvrirait-il quelque chose ? Laura lui emboîta le pas, une lueur d'espoir lui réchauffant le cœur.

15

Lorsqu'elle ressortit du commissariat, le bel optimisme de Laura n'avait pas résisté aux premiers coups de boutoir de l'enquête.

Certes, le commissaire avait promis d'examiner toutes les hypothèses sans aucun préjugé..., mais dans ses questions, dans son insistance à revenir sur ce qui s'était passé cinq ans plus tôt, Laura avait senti que l'hypothèse qu'il favorisait pour le moment était celle de la simulation.

Debout sur les marches à l'angle de la rue de Béarn et de celle du Général-de-Gaulle, elle examina les deux artères.

À première vue, tout paraissait tranquille : son tueur potentiel ne semblait pas l'attendre là. Il aurait d'ailleurs été plus qu'audacieux de sa part de venir l'abattre devant le commissariat ! Seul un fou aurait eu cette détermination. Mais comment être sûre qu'elle n'avait pas affaire à un fou ?

Elle remonta la rue du Général-de-Gaulle en direction de la place où elle avait garé sa voiture et consulta sa montre. Il était presque midi. Elle n'avait pas faim, mais s'était donné pour règle de manger correctement chaque jour. Elle devait à sa fille d'être en bonne santé pour pouvoir la secourir le moment venu.

Et, de toute façon, il n'y avait pas d'urgence pour le moment. À part la tentative de meurtre dont elle avait été victime et contre laquelle elle ne pouvait rien, son enquête était au point mort.

Avisant un petit café-restaurant tout près de la place où l'attendait sa 205, elle décida de déjeuner.

À l'intérieur, sitôt passée la porte, un présentoir offrait tous les journaux du jour. Il n'y avait déjà plus de *Presse-Océan*. Elle prit donc *La Marée*, l'un des trois journaux locaux, pour s'occuper l'esprit tout en déjeunant. Elle ne voulait plus penser à l'attentat. Et elle n'avait pas envie non plus de faire la conversation avec un voisin de table.

Elle s'assit dans un coin à l'écart des fenêtres, adoptant inconsciemment l'attitude d'une femme traquée dont la vie était menacée en permanence.

En attendant qu'on lui apporte sa commande, elle parcourut le journal sans grand enthousiasme. Elle lisait tout, des comptes rendus de conseils municipaux de la région aux résultats du concours de boule du week-end précédent.

Elle poursuivit sa lecture tout en mangeant. Le journal n'offrait d'intérêt que pour les lecteurs locaux, et elle ne comptait pas l'emporter hors de ce restaurant. Du moins n'en avait-elle pas l'intention jusqu'à ce qu'elle découvre un article qui l'intéressa au plus haut point, alors qu'elle dégustait une part de tarte aux pommes qui à elle seule valait le déplacement.

Certes, ce n'était pas la photo de sa fille avec l'adresse de la mère voleuse. Il s'agissait d'un encart d'une dizaine de centimètres de côté coincé entre les avis de décès et ceux de mariage. L'article s'intitulait « Bienvenue » et il était destiné à saluer l'arrivée de nouveaux concitoyens.

Le café avait été posé sur sa table pendant que Laura parcourait la liste des nouveaux venus. Elle ne s'attendait pas à y trouver sa fille, bien entendu, mais elle ne pouvait réfréner l'espoir que cette rubrique existait peut-être déjà cinq ans plus tôt et que peut-être on y trouvait le nom d'une famille venant d'arriver avec une petite fille de deux ans...

Laura se hâta de terminer sa tarte et, dans l'attente du retour de la serveuse à qui elle avait confié sa carte Visa, but son café en pianotant sur la table.

***

Contrairement à une grande partie de la ville qui avait été reconstruite après la guerre sur les décombres consécutifs aux bombardements, l'immeuble abritant la rédaction de *La Marée* était une antique maison rurale. La façade avait été aménagée en une vitrine dans laquelle trônaient à la fois la dernière édition et quelques articles soigneusement présentés.

Laura ne s'attarda pas à les lire. Elle entra et se dirigea vers une jeune femme d'une trentaine d'années qui l'accueillit avec un grand sourire. C'était une jolie brune aux cheveux frisés qui paraissait faire office à la fois de secrétaire et de réceptionniste. Elle abandonna le communiqué manuscrit qu'elle saisissait sur un ordinateur pour se tourner vers elle.

Laura ne put s'empêcher d'apprécier la chaleur de cet accueil après la froideur dont avait fait preuve la réceptionniste des usines ADAC. Elle sourit à son tour, et ce fut comme si un courant de sympathie passait entre les deux femmes.

— Bonjour, dit-elle. Je cherche à localiser quelqu'un et j'ai remarqué que vous aviez une rubrique souhaitant la bienvenue aux nouveaux venus. Je me demandais si cette rubrique existait déjà il y a cinq ans ?

— Bien sûr, mais elle n'est pas très régulière. Soit personne n'est arrivé, soit nous ne disposons pas de l'information. Il y a à Saint-Nazaire des gens dont nous n'avons jamais entendu parler, bien qu'ils y habitent depuis plus de quinze ans !

L'optimisme de Laura redescendit d'un cran. Celle qui avait volé son enfant tenait certainement à passer inaperçue. Elle n'aurait donc pas signalé son arrivée à la presse. Mais cette rubrique ne pouvait reposer uniquement sur une démarche volontariste des arrivants dont la plupart ne connaissaient même pas son existence ! *La Marée* devait donc avoir des sources d'informations diverses telles que les écoles ou les agences immobilières... Tout espoir n'était donc pas perdu.

— Je vois, dit Laura. Je peux quand même consulter vos anciennes éditions ?

— Certainement. Si vous voulez me suivre...

La secrétaire se leva de derrière son bureau et la précéda dans une petite pièce sans fenêtre à laquelle on accédait en descendant deux marches. Les murs étaient tapissés de rayonnages. D'énormes volumes à reliures noires s'y alignaient, témoins austères du passé de la ville. Laura songea que ce n'était pas pour rien qu'on appelait ce genre d'endroit « la morgue ».

— Quelle période vous intéresserait ?

— Ces cinq dernières années.

La réceptionniste sélectionna un des volumes qu'elle posa sur la table.

— Voilà, dit-elle en l'ouvrant. Ils sont classés par ordre chronologique. Si vous ne trouvez pas votre bonheur dans celui-ci, le suivant devrait vous permettre de vous y retrouver. Par contre, si vous découvrez ce qui vous intéresse et souhaitez conserver l'article, s'il vous plaît, ne déchirez pas la page ! Nous pouvons vous en fournir une copie.

Laura ne put s'empêcher de sourire.

— C'est promis, dit-elle.

— Parce que, si vous déchirez une page, Jacqueline pensera que vous êtes une de mes admiratrices et m'arrachera les yeux !

Laura sursauta en entendant la voix dans son dos. Elle se retourna avec un mouvement brusque, comme si elle craignait d'être poignardée. Un curieux personnage se trouvait là. Âgé d'une cinquantaine d'années, il avait le teint couperosé de ceux qui taquinent plus la bouteille que la muse et l'examinait d'un œil franchement intéressé.

La secrétaire s'était également retournée et un sourire indulgent éclaira son visage.

— Albert Toulouse, notre grand reporter, le présenta-t-elle.

Le journaliste descendit les deux marches menant à la morgue.

— Eh oui, madame, dit-il avec un sourire d'excuse. Tout le monde ne peut pas s'appeler Albert Londres ! Mes parents m'ont joué un vilain tour, mais je le leur ai bien rendu !

Ce personnage plut immédiatement à Laura. Peut-être parce qu'elle n'était plus habituée à ce que deux personnes lui sourient en si peu de temps. Depuis cinq ans, les sourires n'avaient pas tenu une grande place dans sa vie, et son arrivée dans cette ville n'y avait pas changé grand-chose.

Dès qu'elle racontait son histoire, elle voyait les visages se fermer et la méfiance se glisser dans les regards. Comme si ses interlocuteurs se demandaient ce qu'elle pouvait bien chercher après tant de temps. Comme si son malheur était contagieux. Ou comme si l'on se demandait si elle était folle et quel mauvais coup elle pouvait bien préparer.

La secrétaire ne s'était pas laissé démonter par l'interruption. Elle poursuivit :

— ... Albert Toulouse, disais-je, est notre principal journaliste. La plus grande partie des articles que vous découvrirez dans ces pages sont de sa plume !

— Heureusement qu'ils ne sont pas tous signés ! tempéra le journaliste. Je peux peut-être vous aider ?

Au regard qu'il lui coula, Laura comprit que son

offre n'était pas totalement désintéressée. Cela aussi, c'était relativement nouveau. Ou du moins n'avait-elle rien remarqué ces dernières années. Mais il n'y avait rien de lubrique dans les yeux d'Albert Toulouse, simplement l'intérêt d'un homme normalement constitué envers une jolie femme.

Le téléphone sonna et la secrétaire s'éclipsa. Laura se retrouva seule face à cet étrange personnage, pesant les termes de son offre.

Et après tout, pourquoi pas ? Elle avait tenté d'enquêter seule, sans grand succès. Encore que la tentative de meurtre semblât indiquer qu'elle était sur la bonne piste. La police ne pouvait rien pour elle. Pourquoi pas un journaliste ? Il s'agissait de quelqu'un qui connaissait la région et ses habitants. Quelqu'un censé être au courant de tout et notamment de bien des secrets sur beaucoup de monde.

Quelqu'un qui savait comment mener une enquête. Laura n'avait pas les moyens de refuser ce genre d'aide. Elle n'avait les moyens de refuser *aucune* aide. Et si elle devait user de son charme pour l'obtenir, eh bien, soit !

Elle était prête à payer n'importe quel prix, si cela lui permettait de retrouver sa fille !

— Peut-être, dit-elle.

Et elle lui raconta toute son histoire, jusqu'à l'attentat dont elle avait été victime le matin même.

— Et vous êtes venue ici éplucher les arrivées de ces cinq dernières années en espérant mettre la main sur votre kidnappeuse ?

— C'est ça.

— Eh bien, ma petite dame, vous avez du courage ! Vous avez de quoi écrire ? Non ? Drôle d'enquêteuse.

Il ouvrit un tiroir de la table.

— Tenez, voici un bloc. Vous avez un stylo ? Bien. Installez-vous là, je reviens.

Elle fit ce qu'il lui avait dit et commença à feuilleter l'énorme volume. La rubrique « Bienvenue » figurait toujours en dernière page et sa recherche en était donc facilitée.

Systématiquement, Laura la parcourait de haut en bas, notant les noms des familles arrivées avec une petite fille, et celles pour lesquelles rien n'était précisé. Elle n'omettait que ceux mentionnant plusieurs enfants ou un fils.

Albert Toulouse refit son apparition peu après avec deux tasses fumantes.

— Voilà, dit-il. Un bon enquêteur travaille avec du café. Ou du whisky, mais je ne pense pas que ce soit votre style ?

— Merci, dit-elle avec reconnaissance en prenant la tasse.

Ce n'était pas grand-chose, mais ce n'était que la seconde fois depuis qu'elle avait entamé son enquête que quelqu'un l'aidait délibérément. Cela lui réchauffait le cœur.

Toulouse se pencha sur son bloc.

— Eh bien, dites donc, vous n'avez pas fini ! Vous notez pratiquement tous les noms !

— Comment faire autrement ? J'élimine tous ceux qui ne me paraissent pas correspondre, mais ça en laisse tout de même beaucoup.

— À vue de nez, vous allez arriver à cent cinquante noms sur ces cinq dernières années !

Laura soupira et se laissa aller dans sa chaise.

— Vous voyez un autre moyen ?

— Non. Mais c'est votre jour de chance : j'ai quelques heures devant moi et je vais vous aider.

— Vous feriez ça ?

— À une condition.

Laura sentit son cœur plonger. On y était ! C'était trop beau pour durer. Elle aurait dû savoir qu'on n'avait jamais rien gratuitement. Ce journaliste allait fixer un prix à sa collaboration et elle n'avait pas les moyens de marchander.

— Laquelle ? demanda-t-elle d'une voix qu'elle espérait neutre.

— Vous me tenez au courant. Si votre histoire rebondit, ça va faire de la matière à articles. Peut-être une couverture nationale. Je veux être dans le coup.

Laura faillit soupirer. Ce n'était que ça ! Ils demeuraient sur le terrain professionnel ! Et dire qu'elle s'était imaginé que... Elle se sentit rougir de confusion, mais le journaliste parut ne rien remarquer. Elle hésita malgré tout avant de répondre. Elle n'était pas certaine de vouloir mêler la presse à son histoire. Si les ravisseurs apprenaient qu'elle était sur leurs traces, ils risquaient de prendre peur et de déguerpir avec Lucie. Comment la retrouverait-elle après cela ?

— Je sais ce que vous pensez, la coupa Toulouse alors qu'elle ouvrait la bouche pour lui répondre. Vous n'avez rien à craindre. Je n'utiliserai rien de ce que vous me direz sans votre accord... dans des limites raisonnables. De toute façon, si vous craignez d'effrayer votre gibier en mettant la presse dans le coup, puis-je vous rappeler qu'il est déjà au courant puisqu'il a tenté de vous tuer ?

La justesse de l'argument la frappa.

— Vous avez raison, convint-elle.

— De plus, avec cette seule histoire de fusillade, j'aurais de quoi faire une première page sensationnelle...

— Et vous ne le ferez pas ?

— Pas si j'y trouve mon compte. Ce qui sera le cas si vous me promettez l'exclusivité.

Laura hésita encore un instant, mais elle savait que sa décision était déjà prise. Avait-elle vraiment le choix, de toute façon ?

— Marché conclu ! dit-elle en lui tendant la main.

Il la serra et elle fut surprise par sa poignée de main ferme et sèche très éloignée de l'image ramollie qu'il projetait.

— C'est parti, dit-il en se levant pour prendre un second recueil.

Trois heures plus tard, ils avaient rassemblé cent soixante-sept noms.

Laura avait beau les lire et les relire, aucun ne lui disait quoi que ce soit.

Le journaliste fit une photocopie de la liste qu'il conserva et rendit l'original à la jeune femme. Tous deux regardèrent à nouveau l'alignement des patronymes.

— Et maintenant ? demanda Laura que le découragement gagnait devant l'ampleur de la tâche.

— Maintenant, on va réfléchir. Nous avons une liste de suspects qui est trop longue. Il va falloir trouver le moyen de la réduire. Regagnez votre hôtel, passez une bonne nuit et appelez-moi demain. L'un de nous deux aura peut-être eu une idée d'ici là ?

— Je vais vous aider à ranger...

— Laissez, j'en ai pour cinq minutes.

Elle se leva et, sa précieuse liste à la main, prit congé du journaliste.

***

Albert Toulouse la regarda partir en se disant qu'il tenait peut-être là l'histoire de sa vie. S'ils pouvaient découvrir un élément nouveau permettant de relancer l'enquête, son nom paraîtrait dans tous les journaux de France et de Navarre. Mieux encore : s'ils retrouvaient l'enfant, c'était la gloire ! Peut-être un poste dans un grand journal parisien et en tout cas un bouquin assuré !

Il songea à sa vieille R5 qui menaçait de rendre l'âme depuis plusieurs mois. Cette histoire arrivait à point nommé.

Envisageant déjà la façon dont il dépenserait l'argent que cette affaire pouvait lui rapporter, il entreprit de ranger les cinq volumes sur les étagères. S'il ne le faisait pas, Jacqueline le lui ferait payer le lendemain matin. Il risquait de ne pas avoir de café pendant une semaine, et ça, c'était carrément invivable !

Il allait remiser le premier volume que Laura avait consulté, quand il suspendit son geste. Bien que travaillant pour un petit journal de province, Toulouse était un bon journaliste. Une de ses règles de base était de ne faire confiance à personne, de toujours tout vérifier par lui-même.

Là, il avait fait confiance à Laura Julian. Le charme de la jeune femme ne devait pas lui faire oublier son professionnalisme. Il reposa le recueil sur la table et l'ouvrit. Novembre, avait-elle dit.

Il parcourut les jours qui avaient suivi l'enlèvement de la petite Lucie, mais sans en trouver mention dans les pages de *La Marée*. Il ne s'agissait pas de nouvelles locales et le journal, ne pouvant prétendre concurrencer les quotidiens nationaux sur ce plan, préférait faire l'impasse sur ce genre d'informations. Albert Toulouse, sans rien découvrir, parcourut rapidement d'un œil inquisiteur tout le mois qui suivait cette date. Apparemment, l'arrivée de l'enfant n'avait pas causé de remous. Si tant est que Lucie ait bien été amenée à Saint-Nazaire à cette époque.

Sa descente temporelle n'ayant rien donné, il partit en sens inverse, remontant le temps à partir de la même date.

Il s'immobilisa sur l'édition datant de trois jours avant l'enlèvement.

Il attira sa chaise en la crochetant avec le pied et se laissa tomber dessus sans lâcher le journal.

Le mardi 7 novembre 1989 au soir, Richard Sonnelier avait été découvert mort par Yvonne Grancier-Delalande, sa belle-mère.

Albert Toulouse connaissait bien Yvonne Grancier-Delalande pour être allé à l'école avec elle. Il n'avait rencontré son gendre qu'à deux reprises. Richard Sonnelier avait épousé la jeune Pascale Grancier-Delalande alors qu'elle avait tout juste dix-huit ans. Le mariage avait été le bienvenu pour les Grancier-Delalande dont la fortune avait connu quelques revers. On murmurait que l'argent de Sonnelier avait sauvé les poissonneries de la faillite.

Le journaliste parcourut rapidement l'article qu'il avait lui-même rédigé cinq ans plus tôt. On y lisait que Richard Sonnelier était mort en nettoyant un fusil de chasse qu'il avait omis de décharger.

Le coup était parti tout seul, lui emportant la moitié du visage. Il laissait une jeune veuve et une enfant de deux ans, Gaëlle.

Toulouse se souvenait bien de l'affaire, mais n'avait pas fait le rapprochement jusqu'à présent. Et pourquoi l'aurait-il fait ? Quel rapport aurait-il pu y avoir entre Laura Julian et la mort accidentelle d'un notable local, si ce n'était une quasi-coïncidence de date ?

Les coïncidences, ça n'existait pas. C'était une autre de ces règles de base qui régentaient la vie de Toulouse. Il avait vu certes au cours de sa carrière des événements fortuits que le temps rapprochait curieusement pour leur donner une étrange signification. Il préférait en ce cas avoir recours à la synchronicité pour expliquer ces coïncidences : même si les événements n'étaient pas liés entre eux, leur juxtaposition n'était pas seulement un caprice du destin, mais un signe de celui-ci pour dévoiler une signification plus profonde, un message que seuls des yeux attentifs sauraient interpréter.

Et si la mort de Richard Sonnelier n'avait aucun rapport avec la disparition de la petite Lucie, peut-être fallait-il voir dans la quasi-simultanéité des deux affaires un clin d'œil du destin, une espèce de fil rouge qui, une fois tiré, permettrait de dénouer l'écheveau tout entier ?

Laura Julian s'était rendue aux usines Delalande au cours de son enquête sur la disparition de sa fille, et peu après on avait tenté de la tuer.

Et voilà que Toulouse découvrait un cadavre dans cette même famille Delalande, juste au moment où la petite Lucie disparaissait.

La petite Lucie.

Quel rapport avec Richard Sonnelier ?

Une chose était certaine : ce n'était pas lui qui l'avait enlevée puisqu'il était mort depuis plusieurs jours au moment de sa disparition.

— Toi au moins, on peut dire que tu as le sens de la déduction ! soliloqua Toulouse.

Il referma le lourd volume. C'était peut-être une fausse piste, mais en tout cas il savait dans quelle direction il allait creuser.

16

Albert Toulouse gagna la cage vitrée qui lui servait de bureau. Il ferma la porte pour que Jacqueline ne puisse pas l'entendre et laissa tomber plusieurs chemises cartonnées sur sa table déjà encombrée de toutes sortes de papiers. Puis il s'installa dans le fauteuil de cuir râpé qui avait accueilli ses fesses ces quinze dernières années. Il décrocha son téléphone, se laissa aller en arrière et posa les pieds sur le bureau.

Le commissaire Cointeau était sorti. Il laissa ses coordonnées en demandant qu'il le rappelle dès son retour.

Entre-temps, il avait du pain sur la planche. Il attira la première des chemises à lui, celle qui portait le nom de Delalande en gros caractères noirs, et l'ouvrit.

Elle contenait les habituels articles sur l'entreprise locale. De la fête de fin d'année à la Légion d'honneur de divers membres du personnel, en passant par une nouvelle recette pour préparer les filets de maquereau qui allaient faire l'objet d'une importante campagne publicitaire... Tous sujets qu'il laissa de côté.

Enfoui un peu plus profondément dans le dossier, il découvrit d'autres articles, moins superficiels.

Celui sur la mort de Richard Sonnelier, par exemple.

Ou celui sur l'arrestation de Simon Burlot, chauffeur des Grancier-Delalande. Il fut surpris d'avoir oublié ça ! Il était vrai qu'on pensait rarement à Simon. Il avait l'art de se fondre dans le paysage. Et pourtant, on ne pouvait penser à cette famille sans évoquer aussitôt Burlot. Enfant du pays, il était entré à leur service sitôt atteint l'âge de quitter l'école. Personne ne l'y avait regretté. Pour autant que Toulouse s'en soit souvenu, et il s'en souvenait très bien, Burlot n'avait jamais fait grand-chose d'autre à l'école que taper sur les plus petits que lui. Pour avoir été sa victime à plusieurs reprises, Toulouse avait encore parfaitement en mémoire cette petite brute de cours de récréation. Déjà trapu à l'époque, il avait des muscles à un âge où les autres enfants n'avaient encore que de la graisse. Conscient de sa force, il en usait sans vergogne pour obtenir ce qu'il voulait. Plus tard, âgé d'une quinzaine d'années, raflant les casse-croûte de ses condisciples, il avait inventé le racket avant que cela ne devienne une mode. Comme il avait eu l'intelligence de changer régulièrement de victime, nul ne se plaignait vraiment. Chacun prenait son mal en patience, attendant que cela passe au voisin. Tout le monde prédisait qu'il tournerait mal et on fut surpris de découvrir qu'à peine sorti de l'école il avait trouvé du travail. On fut plus surpris encore lorsqu'il le conserva.

Les mauvaises langues disaient que c'était parce qu'il était secrètement amoureux d'Yvonne Delalande, qu'il avait eu l'occasion de côtoyer pendant plusieurs années dans la cour de l'école. Mais ils n'étaient pas du même monde et la belle Yvonne ne lui avait jamais adressé un seul regard.

Homme à tout faire, il était totalement dévoué à ses maîtres et particulièrement à la fille de ceux-ci, Yvonne. Lorsqu'elle avait épousé Charles Grancier, c'était donc tout naturellement qu'il avait fait partie de sa corbeille de mariage. Peu à peu, Simon était monté en grade, jusqu'à devenir le chauffeur attitré et l'homme de confiance de la famille. Il était toujours à son service lorsqu'Yvonne avait repris l'affaire de ses parents. Depuis la mort de Richard Sonnelier et la dépression nerveuse de Pascale, c'était lui qui emmenait la petite Gaëlle à l'école.

En le croisant en ville, Toulouse ne pouvait s'empêcher de trouver que son uniforme gris lui donnait plus l'air d'un garde du corps que d'un simple chauffeur. Comme si les Grancier-Delalande avaient eu besoin d'un gorille ! Mais peut-être que ça faisait partie de l'image de marque ? Yvonne n'avait jamais admis n'être qu'une femme comme les autres. Elle estimait qu'elle se détachait nettement au-dessus du lot, et cela parce qu'elle s'appelait Delalande. Pour elle, il était évident qu'une famille aussi importante ne pouvait vivre comme tout le monde. Elle ne se *croyait* pas supérieure, elle se *savait* supérieure. Et quiconque aurait tenté de lui expliquer qu'elle n'avait pas plus d'importance qu'une autre, que le privilège d'être née dans une famille fortunée ne lui donnait pas tous les droits se serait heurté à une incompréhension totale de sa part. L'idée même lui aurait paru inconcevable.

Sa force était d'être parvenue à faire accepter cette notion par les autres. Toulouse se souvenait encore des années de lycée. Certains de ses condisciples étaient fous amoureux d'elle.

Pas lui, heureusement. De ce fait, il n'avait jamais pu vérifier par lui-même les légendes qui couraient sur son compte. Certains affirmaient qu'elle n'avait pas la cuisse aussi hautaine que le port de tête. Il devait se contenter de les croire sur parole. Mais il est vrai que cette affirmation revenait souvent. Et n'avait-elle pas épousé Charles Grancier – un *salarié* de son père – parce qu'elle était enceinte ? Malgré toute sa bonne volonté, Toulouse ne parvenait pas à imaginer Yvonne Delalande se mariant avec un simple ingénieur si elle avait eu le choix. Mais on ne badinait pas avec l'honneur dans la famille Delalande, et son père s'était montré intransigeant. Ce qui ne l'avait guère servi par la suite. Entre l'ambition de sa fille et la compétence technique de son gendre, il avait eu tôt fait de se retrouver poussé hors de son affaire. Jusqu'à la mort de sa femme. Peu après, le père Delalande s'était retrouvé dans une maison de retraite. À l'hospice, comme disaient les mauvaises langues. Ces mêmes mauvaises langues qui prétendaient que sa fille n'était jamais venue lui rendre visite.

Secouant la tête devant tant de vilenie, Toulouse sortit l'article concernant Simon Burlot et l'étala sur son bureau. Ce n'était qu'un entrefilet. Il l'avait oublié.

L'affaire avait été étouffée si vite... Il le relut, se demandant pourquoi il l'avait oublié. Peut-être parce que Simon se fondait tellement dans le paysage qu'on finissait par ne plus le voir ? Comme si son uniforme couleur de muraille faisait de lui une machine, une extension du véhicule qu'il conduisait. Ou bien était-ce parce que Simon lui faisait encore peur, comme au temps où il le frappait dans la cour de l'école, et qu'il avait préféré ne pas insister pour ne pas attirer son attention ?

L'idée qu'il ait pu s'autocensurer au point « d'oublier » cet article ne lui plaisait guère. Il le relut pour se le remettre en mémoire :

La police, qui interrogeait un suspect dans le cadre de l'enquête sur l'assassinat de la jeune Giselle Framier, a dû le relâcher hier faute de preuves. Monsieur S. B. a en effet obtenu un alibi de la part de son employeur, Mme Y. D., qui affirme l'avoir vu au moment du meurtre en train de jardiner dans la grande propriété où il est employé.

À présent, Albert Toulouse se souvenait parfaitement de cet article. Il avait voulu indiquer les noms en clair, mais son rédacteur en chef de l'époque avait insisté pour les initiales, disant que, puisque Simon Burlot était innocent, il était inutile d'étaler son identité dans toute la presse. Toulouse pensait plutôt qu'il avait reçu un appel d'Y. D. – Yvonne Delalande –, qui ne tenait pas à ce que le nom de son employé et le sien soient cités en relation avec une affaire criminelle.

Toulouse éparpilla la pile d'articles sur le bureau et en sortit un autre, extrait du numéro précédent de *La Marée :*

ARRESTATION D'UN SUSPECT DANS LA MORT DE LA JEUNE GISELLE FRAMIER

Un suspect a été arrêté hier par la police dans le cadre de l'enquête sur le meurtre de la jeune Giselle Framier.

Rappelons que la jeune fille, âgée d'une quinzaine d'années, a été retrouvée morte jeudi dernier sur la plage. Son corps était dévêtu et portait des traces de violences.

Un témoin déclara avoir aperçu aux environs, à peu près à l'heure de la mort de l'adolescente, une grosse voiture de couleur sombre.

S. B., chauffeur et homme à tout faire dans une grande entreprise de la ville, a été placé en garde à vue hier soir. Cet homme âgé d'une cinquantaine d'années avait été aperçu à plusieurs reprises rôdant autour de la jeune fille. Certains témoins disent avoir été outrés à l'époque par les regards qu'il lui lançait. La police n'a eu aucun mal à l'identifier : il s'agit d'un personnage assez connu dans la région, quoique sans histoire jusqu'à présent. D'une éducation limitée, il passe pour simple d'esprit auprès de certains, mais la police affirme qu'il est beaucoup plus malin qu'il n'y paraît. Ses relations ambiguës avec la victime suffiraient à en faire un suspect, si d'autres faits ne venaient corroborer cette piste. En effet, S. B. ne peut répondre de son emploi du temps au moment des faits, et de par son travail il a accès à une BMW, qui pourrait correspondre à la voiture décrite par le témoin.

L'enquête devrait permettre de déterminer si cet homme est bien le coupable. L'inspecteur Cointeau, qui en est chargé et que nous avons pu joindre, est quant à lui optimiste : « Je suis convaincu que c'est notre homme. Pour moi, l'affaire est entendue », nous a-t-il déclaré.

Espérons que tel est bien le cas : trop d'enfants meurent chaque année sans que l'on retrouve jamais leur assassin. Plusieurs dossiers relatifs à des assassinats commis ces dernières années dans notre seule région sont toujours ouverts. Il serait bon, de temps à autre, de pouvoir arrêter et condamner un de ces meurtriers. Cela ferait peut-être réfléchir les autres.

Simon avait été relâché, et le meurtrier de Giselle Framier ne fut jamais identifié.

Albert Toulouse continua de parcourir le dossier Delalande, mais sans rien découvrir d'autre qui fût intéressant.

Il prit une feuille blanche et inscrivit un nom dans chaque coin : Laura Julian, Grancier-Delalande, Simon Burlot, Richard Sonnelier.

Au centre, il inscrivit celui de Lucie Julian.

Il raya Grancier-Delalande et inscrivit à la place Charles Grancier et Yvonne Delalande.

Sous celui de Lucie Julian, il rajouta celui de Giselle Framier. Et sous celui de Richard Sonnelier, il inscrivit Pascale Sonnelier/Grancier-Delalande.

Quel était le point commun entre tous ces noms ?

Le téléphone sonna sans qu'il ait trouvé la réponse.

— Toulouse, j'écoute, dit-il en portant le combiné à son oreille.

— Albert ? C'est André. Tu m'as appelé ?

Le journaliste se redressa inconsciemment dans son fauteuil. C'était le commissaire Cointeau. Lui aussi, il le connaissait depuis l'école. Ils étaient suffisamment intimes pour se tutoyer et presque tout se dire.

Et ils se connaissaient assez pour se comprendre même sans le secours des mots.

— Mais oui, cher commissaire, répondit-il. La presse a besoin de la police, comme toujours. Tu es au courant de la présence en nos murs d'une certaine Laura Julian ?

— Encore elle ? Qu'est-ce qu'elle a fait ?

— C'est pour le savoir que je t'appelle. Je me suis laissé dire qu'elle était la mère d'une gamine disparue il y a cinq ans et que de nouveaux éléments lui faisaient supposer que sa môme se trouvait ici. Qu'est-ce que tu sais sur cette histoire ?

Le commissaire soupira.

— Je savais que ça ne pourrait pas rester ignoré très longtemps. On va retrouver ça en première page ! OK, elle est en ville. Elle raconte qu'elle a reçu une peluche appartenant à sa fille et que la peluche lui a été adressée d'ici. Elle cherche l'expéditeur.

— Et tu y crois ?

— Un bon flic ne croit rien.

— Personne n'a dit que tu étais un bon flic.

— Merci quand même. Tu te prends pour un bon journaliste ?

— Meilleur que la concurrence en tout cas, ce qui n'est déjà pas si mal. Bon, sérieusement. Qu'est-ce que tu sais de cette femme ?

— J'ai appelé le collègue qui s'est occupé de l'enquête à l'époque. Il n'exclut pas qu'elle ait fait elle-même disparaître sa gamine pour récupérer son mari qui songeait à se tirer.

— C'est possible ?

— Je ne sais pas. En tout cas, je ne comprends pas pourquoi quelqu'un se réveillerait cinq ans plus tard pour lui envoyer un indice.

— Pour relancer l'enquête ?

— Dans quel but ?

— Par bonté d'âme ? Pour lui faire retrouver sa gosse ?

— Il serait plus simple de lui envoyer une adresse. Là, ce jeu de piste tourne en rond sans déboucher sur quoi que ce soit.

Le journaliste resta pensif quelques secondes. À l'autre bout de la ligne, le commissaire ne disait rien non plus.

— Et la tentative de meurtre, qu'est-ce que tu en fais ? demanda finalement Toulouse.

— Ah ! nom de Dieu ! Qui t'a parlé de ça ? Quelqu'un de chez moi ?

— Un bon journaliste ne révèle jamais ses sources.

— Bon journaliste, mon cul ! C'est elle qui est venue te voir, hein ! C'est ça ?

Toulouse sourit, ce qui s'entendit jusqu'au commissariat. Il se cala confortablement dans son fauteuil et posa les pieds sur son bureau. Il attendit.

— OK, concéda le policier. Tu ne diras rien. De toute façon, peu importe. Écoute, ce que je vais te dire doit rester entre nous, d'accord ?

— Pourquoi ?

— Pourquoi ? Tu demandes pourquoi ? À ton avis, qu'est-ce qui va se passer si tu annonces qu'un type a canardé une touriste ?

— Il ne s'agit pas d'une simple touriste.

— Tu n'en sais rien ! Ce qui s'est passé n'a peut-être aucun rapport avec son histoire ! Il peut s'agir d'un malade qui a tiré au hasard et c'est justement elle qui se trouvait là... Si quelqu'un a tiré !

— Tu n'en es pas sûr ? Tu as retrouvé une douille.

— Oui, j'ai une douille. Et alors ? Qu'est-ce que ça prouve ?

— Que c'est du sérieux.

— Ou que la mise en scène est bien faite. Moi, les gens sur qui on tire et qui s'en sortent sans une égratignure, ça me laisse toujours perplexe. Quand on pense qu'il suffit qu'un flic tire en l'air pour qu'il y ait une bavure, je me dis que le monde est mal fait.

— Pourquoi ferait-elle ça ?

— Va savoir... Elle est peut-être complètement cinglée. Si c'est elle qui a tué sa gamine, elle est forcément cinglée. De là à relancer le jeu cinq ans après... Peut-être que les feux de l'actualité lui manquent ?

Peut-être qu'elle veut se voir à nouveau en première page des journaux ? Peut-être qu'elle te manipule...

— Va savoir... Peut-être que tu lances ça pour découvrir si c'est bien d'elle que je tiens mes informations ? Peut-être que tu cherches à me manipuler, toi aussi ?

Le commissaire eut un petit rire.

— Touché. Mais si c'est bien elle qui est venue te trouver, à ta place je me méfierais.

— Comment ça ?

— Après une tentative de meurtre contre elle, il suffirait qu'on bute le journaliste qu'elle a contacté pour qu'elle se retrouve à la une !

— Très amusant.

— Non, sérieusement. Tu comptes faire quoi ?

Ils se connaissaient et s'estimaient, à l'occasion ils se refilaient des tuyaux, mais cela ne signifiait pas qu'ils devaient tout se dire. Toulouse préféra garder pour lui ses buts véritables.

Si Cointeau savait qu'il envisageait de faire un scoop national de cette affaire et d'aller éventuellement jusqu'à en tirer un livre, le fonctionnaire risquait de prendre le pas sur l'ami. Et il avait trop besoin de ses informations pour se l'aliéner à ce stade de son enquête.

— Je ne sais pas encore, mentit-il. Comme tu dis, parler de cette affaire ne ferait que remuer une histoire ancienne. Quant à évoquer le tireur fou, ça pourrait donner des idées à d'autres. On risque de voir surgir toutes les .22 de la région qui vont se mettre à cartonner tout ce qui bouge.

Le commissaire poussa un soupir de soulagement.

— Je suis heureux que tu le prennes comme ça. Je craignais que tu ne sautes sur l'info.

— Je sais me montrer raisonnable quand il le faut. Mais si je n'en parle pas, c'est à une condition.

Le commissaire grogna. De lassitude cette fois.

— C'était trop beau ! Dis toujours.

— Je veux être tenu au courant de ce que tu pourrais trouver.

— Écoute...

— Non. Si je sors un article, ça te fout dans une merde pas possible. Si je ne dis rien, je ne fais pas mon boulot et tu es le seul à en bénéficier. Donc, ça doit se payer. Mon prix n'est pas très élevé : tu me dis tout ce que tu sais.

— Tu sais ce que ça coûte, de faire chanter un flic ?

— Ce n'est pas du chantage, c'est un marché.

André Cointeau eut un petit rire fatigué.

— OK. On marche comme ça. Si j'apprends quelque chose, tu le sauras... Mais c'est réciproque !

— Bien sûr ! Je sais que mon devoir de citoyen est d'aider la police !

Toulouse raccrocha, un large sourire aux lèvres. Il avait réussi à obtenir la collaboration de ce vieux renard de Cointeau contre la promesse qu'il se tairait, alors même qu'il avait déjà promis à Laura de ne rien publier pour le moment. Gagnant sur les deux tableaux ! Allons, il ne perdait pas la main.

Satisfait de sa manœuvre, il se leva, ouvrit le classeur métallique qui trônait dans un angle du bureau et en sortit une bouteille de Ballantine's. Il versa une large rasade d'alcool dans le verre qui se trouvait à côté et le rapporta jusqu'à son bureau.

Il se rassit pour déguster son scotch tout en réfléchissant.

Il avait de plus en plus le sentiment d'avoir mis le doigt sur un gros coup. Peut-être une nouvelle affaire Grégory. Il allait creuser cette histoire et en faire jaillir tout le jus, quitte à remuer tant de vase que toute la région serait éclaboussée.

Et pour commencer, il allait interroger Pascale Sonnelier, la veuve si peu joyeuse qu'elle avait pratiquement disparu depuis la mort de son mari.

Mais cela pouvait attendre. L'après-midi était bien avancé et il ne pourrait espérer rencontrer la dame avant le lendemain, même si elle n'avait rien d'autre à faire que bouffer du Valium à longueur de journée.

En attendant, il convenait de fêter cette enquête qui lui tombait du ciel et allait peut-être le propulser au firmament des journalistes ! Il finit son verre d'une traite, se leva et rangea la bouteille.

Ce n'était pas samedi, mais exceptionnellement il allait se payer une pute !

17

Albert Toulouse faisait durer son troisième whisky. Installé dans un box au fond de la salle, il pouvait surveiller l'entrée du bar. Un vieux réflexe de professionnel : il était bon de toujours garder un œil ouvert.

Le Tropical était presque désert ce soir-là, et le journaliste se laissait doucement glisser dans les brumes de l'alcool.

Sa rencontre avec Éva n'avait pas été très satisfaisante. Habituellement, la jeune femme mettait tant de cœur à l'ouvrage qu'il l'avait toujours soupçonnée d'être nymphomane et de se livrer à la prostitution plus par plaisir que par nécessité. Ou alors, elle était sacrément comédienne ! Mais ce soir, il n'en avait pas eu pour son argent. Quelques jours plus tôt, la prostituée était tombée sur un pervers qui l'avait salement arrangée. Elle commençait seulement à s'en remettre, mais conservait de la confrontation quelques ecchymoses aux reflets encore spectaculaires.

Toulouse l'avait interrogée, mais elle n'avait pas voulu lui donner le nom du salaud qui lui avait fait ça. Pourtant, il était persuadé qu'il s'agissait de quelqu'un de la région. Éva gardait au coin des yeux l'ombre d'une peur qui aurait dû s'estomper si son bourreau avait quitté la ville sitôt après leur rencontre.

Et elle le craignait assez pour ne pas porter plainte, sachant que même si on l'envoyait en prison il en ressortirait très vite... et qu'elle serait toujours là. En tout cas, une chose était certaine : elle ne monterait plus jamais avec ce type !

La pauvre fille avait perdu une grande partie de sa souplesse. Chaque mouvement qu'elle faisait était susceptible de déclencher un flux de douleurs et elle se ménageait. Leur relation s'en était ressentie, et Toulouse en était sorti frustré.

Dépité, il s'était rabattu sur le Tropical. L'établissement n'avait de tropical que le nom. Une fois passée la porte, on pénétrait dans une boîte faite de néon et de plastique. Un carrelage gris moucheté recouvrait le sol d'un bout à l'autre de la salle tout en longueur. Sur la droite en entrant, six boxes qui pouvaient accueillir chacun quatre personnes offraient un semblant d'intimité. Sur la gauche courait le bar devant lequel s'alignait une théorie de tabourets. Derrière le bar trônait Sam.

Personne ne connaissait son véritable nom. Il n'était guère bavard. Aussi large que haut, il essuyait mécaniquement ses verres, ne sortant de son bocal que pour calmer un client lorsque le besoin s'en faisait sentir. La vue de cette montagne de chair qui arrivait en ondulant comme une énorme masse de gelée suffisait en général à calmer les ardeurs des plus belliqueux.

Pour l'heure, tout était calme. La sono jouait *Streets of Philadephia*, de Springsteen.

C'était cela que Toulouse appréciait au Tropical. Hormis le fait qu'on y rencontrait tôt ou tard toute la ville, la musique lui plaisait bien. Pas de dance ni de disco ici, et Patrick Bruel y était interdit de séjour. À croire que la graisse de Sam ne lui montait pas jusque dans les oreilles.

La porte s'ouvrit, et Albert glissa un œil curieux dans cette direction. Un large sourire fendit son visage et il agita la main pour attirer l'attention du nouveau venu.

— Par ici, shérif ! appela-t-il en même temps.

Le commissaire Cointeau lui adressa un hochement de tête pour montrer qu'il l'avait vu et jeta un coup d'œil dans la salle, son cerveau enregistrant la présence des consommateurs en un réflexe professionnel. Rien que des habitués ce soir, pas de tête inconnue. Il commanda un pastis et vint s'asseoir en face du journaliste, se calant de biais dans le fond de la banquette pour pouvoir surveiller lui aussi la porte du coin de l'œil.

— À nous voir tous les deux, on dirait deux gentils pistoleros qui attendent l'arrivée des chapeaux noirs, ironisa Toulouse.

— Si les gens se mettent à canarder dans tous les sens, on a peut-être intérêt à ne plus tourner le dos aux portes !

— Tu as du nouveau ?

— Rien. Personne n'a rien vu. Personne n'a rien entendu. Si quelqu'un a tiré, il devait utiliser un silencieux.

— Quel calibre ?

— .22.

— Un silencieux sur une .22 ? Le silencieux fait pro, mais le calibre... On tue à coups de .22 maintenant ?

— C'est ce qui me chiffonne dans cette affaire. Les professionnels tuent avec du .22, mais uniquement en arme de poing et à bout portant. Pour éviter le bruit. Pas à longue distance avec une carabine.

— Un travail d'amateur, alors ?

— D'amateur mal équipé. Avec le paquet de chasseurs qu'on a dans la région, il est curieux que notre assassin en puissance n'ait pas au moins un fusil capable d'arrêter un chevreuil à trois cents mètres. C'est le genre d'arme qui aurait dû être utilisé ici.

— Donc, tu penches pour la simulation ?

— J'en ai bien peur. Et toi, de ton côté, tu as trouvé quelque chose ?

— Rien.

Le journaliste hésita. Il entendait mener seul son enquête et ne pas se laisser coiffer au poteau par le policier. Mais il avait besoin de ce que savait Cointeau et ne pouvait éviter de dévoiler une partie de ses cartes s'il voulait voir le jeu de son adversaire. Il décida de biaiser.

— Heureusement que je n'ai pas que cette histoire à me mettre sous la dent, dit-il. Sinon le canard ne contiendrait que des pages blanches ! J'ai eu l'idée d'une série d'articles sur les grandes familles de la région et j'ai commencé à creuser ça cet après-midi. Tu vas peut-être pouvoir m'aider ! Je feuilletais de vieux articles et je suis tombé sur ton nom. Richard Sonnelier, ça te dit quelque chose ?

Le commissaire le regarda un instant sans répondre.

— Qu'est-ce que tu cherches encore ?

— J'ai vu que tu t'étais occupé de l'enquête sur sa mort. À l'époque, ça n'a pas suscité un grand battage dans la presse, mais avec le recul, je me demandais si tu pourrais m'en dire un peu plus sur les circonstances de cet accident.

— Il n'y a rien à en dire de plus que ce dont tu as eu connaissance à l'époque. Il nettoyait un fusil de chasse qu'il avait oublié de décharger. Il a pris la décharge en pleine tête. Point final.

— Et s'il ne s'était pas agi d'un accident ?

18

Le commissaire porta le pastis à ses lèvres pour se donner le temps de réfléchir. Albert Toulouse était un vieux copain. Ils avaient râpé leurs culottes courtes sur les mêmes bancs d'école et plus tard ils s'étaient bagarrés pour les mêmes filles. Il aimait bien le journaliste qui faisait un peu le même métier que lui.

Entre les deux fouineurs, la complicité s'était accrue au fil des années. La camaraderie avait cédé peu à peu la place à une véritable amitié, même si celle-ci n'avait jamais été clairement exprimée et les deux hommes préféraient la dissimuler sous des rapports bourrus qu'un observateur non averti aurait pu prendre pour de l'antagonisme.

Malgré tout, il ne pouvait faire abstraction du fait qu'ils ne poursuivaient pas le même but. Celui du journaliste était de tout mettre sur la place publique pour intéresser un maximum de gens et augmenter le plus possible le tirage de *La Marée*. Le sien était de calmer le jeu et de garder une ville paisible, même si cela signifiait parfois conserver par-devers lui un peu de la vérité.

Comme dans le cas de la mort de Richard Sonnelier. Il se demandait quelle idée le journaliste avait derrière la tête. Il le connaissait trop pour se laisser prendre à l'innocence apparente de ses questions.

— Qu'est-ce que tu veux dire ?

— Je ne sais pas, c'est toi qui as mené l'enquête. Tu n'aurais pas remarqué quelque chose de bizarre ?

— Si c'était le cas, je l'aurais signalé dans mon rapport !

— Pas forcément. Pas si tu estimais que ça ne changerait rien à l'issue du problème.

Le commissaire Cointeau resta silencieux. Il n'avait pas dissimulé quoi que ce soit dans cette enquête, mais...

Il n'avait pas arrangé quoi que ce soit, dans ce cas précis, mais...

... peut-être n'avait-il pas creusé autant qu'il aurait pu. Pas autant qu'il aurait dû.

Richard Sonnelier était-il mort accidentellement ? C'était la conclusion de son rapport. Mais en était-il certain ? Cinq ans après, il se posait encore la question. C'était l'hypothèse la plus probable. Mais une autre solution lui était apparue qu'il n'avait pas voulu trop creuser.

Richard Sonnelier s'était-il suicidé ?

Il avait vaguement évoqué cette possibilité avec Yvonne Delalande.

Yvonne.

Il connaissait bien Yvonne. Avec elle aussi il avait usé ses fonds de culotte sur les bancs d'école. Mais il aurait préféré lui user le fond de culotte différemment. Cela ne s'était jamais fait. Peut-être par manque d'opportunité. Plus d'un de ses camarades de classe se vantait pourtant d'y être parvenu. Lui n'avait jamais osé tenter sa chance.

Lorsqu'il l'avait revue ce soir-là, cela faisait plus de dix ans qu'ils n'avaient pas eu l'occasion de se parler en tête-à-tête. Il l'avait certes croisée ici et là au hasard d'un cocktail ou d'une soirée de charité, elle faisant des dons et lui supervisant le service d'ordre, mais sans que rien dans l'allure hautaine de cette femme ne laissât supposer qu'ils avaient pu fréquenter la même école.

Ce soir-là, s'il n'avait pas eu son enquête à boucler, il aurait peut-être pu arriver à quelque chose : il avait senti Yvonne bouleversée, vulnérable... Les années du lycée lui étaient remontées à la mémoire.

Ces années où il la regardait discuter avec ses camarades sans oser l'aborder, lui le fils d'ouvrier. Il en avait été éperdument amoureux. Chacun de ses flirts lui avait brisé le cœur, laissant des cicatrices qui ne s'étaient jamais totalement refermées.

Et ce soir-là, elle était à sa merci. Il avait le pouvoir de jeter sa vie en pâture à la curiosité morbide des voisins. Qu'il exprime le moindre doute sur les circonstances de la mort de Richard Sonnelier, qu'il prolonge l'enquête de huit jours, de deux semaines... Et tout Saint-Nazaire en parlerait.

Elle était en son pouvoir. Et ils le savaient tous les deux.

Le Dr Royer était reparti quelques minutes plus tôt, les laissant seuls. Pascale était couchée à l'étage, assommée par la piqûre que lui avait administrée le praticien.

— Qu'est-ce que vous allez faire ?

Yvonne était bouleversée, mais sa voix demeurait ferme. Même prise au cœur de la tourmente, elle ne fléchissait pas. C'était toujours elle qui dirigeait la maison, bien qu'elle ait dû changer de nom lors de son mariage.

Mais même là, elle avait exigé de s'appeler Grancier-Delalande et non pas Grancier tout court. C'était Charles Grancier, en voyage d'affaires pour le moment, qui avait le plus pâti de la situation. Il était devenu de fait monsieur Delalande.

L'inspecteur Cointeau avait regardé Yvonne. Bien qu'elle l'ait vouvoyé comme si elle le rencontrait pour la première fois, il sentit qu'un lien très puissant les unissait soudain. Elle soutint son regard, le fixant de ses grands yeux clairs, et il eut la désagréable impression d'être un bourreau face à une aristocrate condamnée à mort.

Aurait-il pu faire de la peine à cette femme désemparée ? Aurait-il pu profiter de son trouble ?

Il avait préféré laisser courir la thèse de l'accident.

— De toute façon, dit-il en regardant à nouveau Toulouse, qu'est-ce qui aurait pu pousser Sonnelier au suicide ? Il était riche, jeune, en bonne santé. Il était marié à une jeune femme charmante et papa d'une gosse adorable.

— Une maîtresse ?

— Peut-être. En tout cas, son existence n'a jamais été établie.

Cointeau remua son verre entre ses doigts, se demandant s'il devait évoquer une autre hypothèse qu'il avait envisagée à l'époque. C'était compter sans la perspicacité du journaliste :

— Accouche.

— Hein ?

— Tu as une idée derrière la tête. Un truc qui te chiffonne. Pose-le sur la table, ça te permettra d'entendre un avis sensé sur la question.

— Ouais, peut-être. Tu as peut-être raison. Peu avant la mort de Sonnelier, une adolescente avait été assassinée dans la région. Un témoin avait signalé avoir vu une grosse voiture grise ou noire... comme celle de Sonnelier.

— Alors ? Il aurait tué la gamine et se serait ensuite suicidé sous le poids du remords ?

— Pourquoi pas ? Richard Sonnelier était un exemple pour tous... Le genre d'homme qui n'aurait pas pu vivre avec le souvenir de ce qu'il avait fait. Le suicide pouvait alors lui avoir semblé être une porte de sortie honorable. Mais le fait que Richard ait été un catholique pratiquant et fervent en faisait un candidat douteux pour le suicide. Les bons catholiques ne sont pas non plus censés tuer des gamines.

— Tu parles ! Il y avait bien des prêtres et des évêques pédophiles. Un bon catholique allant jusqu'à tuer dans un accès de luxure pourrait ensuite considérer le suicide comme une issue.

Cointeau hocha la tête. Il s'était déjà fait cette réflexion.

— Le problème, c'est que les suicidés laissent en général un mot derrière eux pour expliquer leur geste. Ils souhaitent disparaître de la surface de la terre, mais y laisser leur empreinte tout de même. Là, il n'y avait rien.

— À moins que quelqu'un n'ait fait disparaître le papier avant ton arrivée ? Je vois très bien Yvonne faisant cela.

Cointeau dut en convenir. Toujours maîtresse d'elle-même, malgré l'émoi dont elle faisait preuve à ce moment, elle pouvait avoir décidé d'éliminer cette lettre accablante pour la mémoire de Richard. Dans le but de protéger sa famille. Il s'agissait de ce qu'il est convenu d'appeler une « vieille » famille de la région. Entendez par là qu'il y avait certainement des familles tout aussi vieilles, mais que celle-ci avait de l'argent. Du vieil argent, en quelque sorte. Richard mort, révéler au monde entier sa culpabilité éventuelle n'apporterait rien de plus et ne ferait qu'entacher la réputation de cette famille et en pénaliser les survivants.

Oui, Yvonne pouvait très bien avoir décidé de faire disparaître cette lettre et fait un peu de mise en scène pour transformer un suicide en accident.

— Donc, résuma Toulouse, on a peut-être un suicide déguisé en accident. À part la voiture, qui pourrait incriminer trois personnes sur dix dans le département, tu as trouvé d'autres rapprochements entre Sonnelier et la mort de cette gamine ?

— Aucun.

Le journaliste grimaça et fit signe à Sam de renouveler leurs consommations.

— Tu parles d'un flic ! Sonnelier était innocent, alors ?

— J'en ai peur.

Le barman arriva avec les verres et les deux hommes se turent, en profitant chacun de son côté pour faire le point de ce qu'ils savaient de cette affaire. Dès que Sam se fut éloigné, Toulouse se pencha sur la table en prenant des airs de conspirateur.

— Et le meurtre ? Tu y as pensé ?

Cointeau secoua la tête.

— J'ai vaguement creusé cette piste également, mais elle était encore plus improbable que celle du suicide : personne n'avait intérêt à tuer Richard Sonnelier. Et surtout pas sa femme, même dans le cas où une hypothétique maîtresse aurait menacé son ménage. Richard n'aurait jamais divorcé. Son éducation catholique et la famille dont il était issu l'en auraient empêché. C'est encore moins envisageable que le suicide. Quant à le tuer pour hériter, Pascale Sonnelier aurait fait une grossière erreur : elle n'héritait de rien et le savait. Toute la fortune revenait à sa fille. Même si Pascale était jalouse, comme on le disait, elle n'avait apparemment aucun motif précis de l'être. Sa jalousie était plus l'expression d'un problème mental.

— On dit qu'elle est cinglée, c'est vrai ?

— Elle n'est pas « cinglée ». Elle ne se prend pas pour Napoléon et ne voit pas des Martiens dans son jardin. Mais la mort de Richard l'a salement secouée. Elle était sans doute déjà fragile. Avec une mère autoritaire comme Yvonne, ça n'a rien d'étonnant. Le drame l'a mise à genoux. Elle a fait une dépression nerveuse dont elle n'est pas encore remise. Elle doit passer sa vie entre les somnifères et les antidépresseurs...

— Un zombie ?

— Presque. Je me suis laissé dire qu'elle avait dû passer quelques jours à la clinique du docteur Royer le mois dernier. C'est la crise cardiaque de son père qui l'a fait revenir. Sinon, elle y serait peut-être encore !

— Tu en sais des choses ! Tu n'es peut-être pas un si mauvais flic que ça, finalement !

Le commissaire Cointeau sourit.

— C'est mon métier de tout savoir, comme toi. Tu n'étais pas au courant ?

Toulouse se renfonça nonchalamment dans la banquette de skaï.

— Si, bien sûr, mentit-il. Donc, pour résumer, Sonnelier n'a pas été assassiné par sa femme et il ne s'est pas suicidé ?

Cointeau reposa son verre qu'il venait de vider.

— S'il ne s'était pas agi d'un accident, dit-il posément, je l'aurais signalé à l'époque. Mon verdict était clair.

La réponse ne paraissait pas satisfaire le journaliste. Le commissaire sourit.

— Qu'est-ce qui t'arrive ? Tu te prends pour ces deux types du *Washington Post* à toi tout seul ? Tu veux faire chuter Nixon ?

— Rigole, rigole. Je suis sur un gros coup et je le sens. J'ignore encore ce que je vais découvrir, mais, crois-moi, ça va faire du bruit. Et si tu n'es pas clean, tu risques de te retrouver sérieusement éclaboussé.

— Je suis clean à tous points de vue, mon vieux, et tu le sais.

— Alors, tu seras simplement ridicule quand on découvrira que c'est un journaliste qui a fait ton boulot et résolu une affaire vieille de plusieurs années !

— Fais pas l'idiot. Ce genre de truc, ça n'arrive qu'au cinéma. Si tu apprends quelque chose que je dois savoir, tu as intérêt à m'avertir très vite, sous peine de te retrouver accusé de complicité et de recel de preuves.

— C'est ton grand truc, ça, de menacer les gens de complicité !

« Il a vu Laura Julian », songea aussitôt le commissaire. Elle seule avait pu lui faire un compte rendu de leur entretien et lui dire que c'était exactement la menace qu'il lui avait faite.

Donc, ces deux-là fonctionnaient de concert.

Ça promettait du plaisir.

— Tu en prends un autre ? proposa-t-il en espérant tirer les vers du nez de son ancien complice avec l'aide de la boisson.

— Non, j'en ai déjà eu trop.

Titubant, le plumitif se dirigeait vers la sortie du bar.

Le commissaire Cointeau le regarda partir, pensif.

Simon

La nuit était tombée depuis longtemps et le silence avait gagné peu à peu chaque pièce de la vieille demeure, jusqu'à ce qu'elle paraisse morte.

Allongé dans le noir, les yeux ouverts, il fixait le plafond blanc de sa chambre sur lequel la lune projetait ses reflets.

De temps à autre, un sursaut du vent agitait le feuillage à l'extérieur et les ombres s'entrelaçaient en figures à la signification ésotérique.

Il ne voyait pas le plafond.

Il ne pensait qu'à une chose.

Sur sa table de chevet, le réveil égrenait les minutes avec une patience d'araignée. Il devinait vaguement le reflet rougeâtre des diodes à la périphérie de son champ de vision.

Il lui sembla que le réveil produisait un léger claquement en franchissant le cap de minuit. Mais peut-être n'était-ce qu'une impression.

Il se leva sans consulter la pendule. Il n'en avait pas besoin pour savoir que l'heure était venue.

Il ne s'était pas touché pendant tout le temps qu'avait duré sa veille, mais son érection était demeurée constante, douloureuse presque.

Il traversa la chambre d'une démarche rendue gauche par son membre gonflé, sortit silencieusement dans le couloir.

Pas un bruit.

Il laissa sa porte entrouverte pour pouvoir rentrer sans bruit, remonta le couloir. L'obscurité y était totale, mais il connaissait l'endroit par cœur et aucun meuble susceptible d'entraver sa marche ne s'y trouvait.

Sept pas, tourner à gauche. Huit pas, tourner à droite.

Devant lui, une faible lueur. Il arrivait sur le palier, au deuxième étage. La lueur était celle de la lune qui traversait les vitres de l'entrée et celles de la fenêtre au troisième pour plonger dans la cage de l'escalier où elle se diluait. À son niveau, elle ne faisait que découper de grandes masses plus ou moins sombres, mais dès l'étage inférieur elle suffisait pour voir où l'on mettait les pieds. Il descendit l'escalier que recouvrait une moquette suffisamment épaisse pour amortir le bruit de ses pas même s'il était descendu en sautant à pieds joints.

Il arriva au premier étage et s'arrêta, aux aguets.

Il y avait toujours le risque que quelqu'un soit descendu chercher un verre d'eau à la cuisine ou vérifier la fermeture d'une fenêtre.

Assuré d'être seul, il remonta le couloir qui partait sur la gauche de l'escalier.

Neuf pas. Une porte.

L'oreille collée au battant, il écouta ce qui se passait dans la chambre. Pas un bruit. Il n'y avait jamais de bruit.

Il tourna la poignée, la porte s'ouvrit.

Elle n'était jamais fermée.

Il entra dans la chambre, referma la porte dans son dos. Elle ne grinça pas. Elle était correctement huilée. C'était lui qui y veillait.

La chambre était immense. Au milieu, sur le lit, une forme était étendue. Dans la pénombre, on ne distinguait qu'un corps allongé, recouvert d'un drap. Les couvertures avaient été rejetées au pied du lit, à cause de la chaleur.

La respiration lourde trahissait un sommeil profond.

Il avança jusqu'au bord du lit.

Pascale dormait, abrutie de somnifères, la bouche légèrement ouverte, la tête tournée vers la fenêtre.

Il ôta son pantalon, luttant un instant contre son slip que son érection retenait, se retrouva finalement nu au pied du lit.

Il sortit un préservatif de la poche de son pantalon abandonné sur le sol et l'enfila d'un mouvement qui dénotait une longue habitude.

Puis il se pencha sur le lit, souleva délicatement le drap et le tira jusqu'au pied.

Pascale était vêtue d'une longue chemise de nuit, semblable à celles, sur les gravures du siècle dernier, que portaient les mortes lorsqu'elles revenaient hanter les vivants.

Il serra les dents pour ne pas gémir et fit remonter la chemise de nuit.

Pascale ne bronchait pas. Immobile, comme morte.

Il lui écarta les cuisses sans susciter la moindre réaction, savoura quelques secondes cet instant, puis grimpa sur le lit en sentant qu'il ne pourrait pas tenir beaucoup plus longtemps.

Il la pénétra d'un coup.

19

Yvonne Grancier-Delalande entra dans le « petit salon » et Albert Toulouse se détourna de la porte-fenêtre ouverte par laquelle il regardait la terrasse.

Elle traversa la pièce avec l'aisance d'une femme qui avait grandi dans le luxe et ne le remarquait plus, tenant sa présence pour acquise.

— Vous désirez voir ma fille ? demanda-t-elle. Puis-je savoir à quel sujet ?

— C'est assez personnel. J'aimerais autant lui en parler personnellement, si c'est possible.

Yvonne toisa le journaleux. De quel droit prétendait-il juger de ce qui était possible ou non dans sa maison ?

— Ma fille est très malade. Elle ne peut voir personne.

— C'est extrêmement dommage. J'ignorais...

Yvonne eut un sourire charmeur pour compenser son attitude méprisante. Le mouvement lui avait échappé, et son visiteur s'en était aperçu. Inutile de se le mettre à dos. Après tout, cet homme était journaliste.

— Oui, nous évitons d'en faire état et je vous serais reconnaissante de ne pas le mentionner si vous projetez d'écrire un article... Sur quel sujet, au fait ?

— Ainsi que je vous le disais, j'aurais préféré en parler à madame Sonnelier, mais si elle est malade... Je pourrais revenir...

— Je crains que ce ne soit pas possible. Voyez-vous, ma fille est malade des nerfs depuis plusieurs années. Elle n'a pas supporté la perte de son mari. Le choc a été trop rude pour elle et elle a beaucoup de mal à émerger de sa dépression.

— Je vois... Regrettable, vraiment.

Yvonne sourit en essayant d'y mettre de la chaleur. Elle n'aimait pas cet homme. Que voulait-il en réalité ? Pourquoi désirait-il voir Pascale ? Pourquoi maintenant, justement ? Sa visite pouvait-elle être liée à la présence de cette femme en ville ? Mais non, voyons, c'était impossible.

— Mais je serais heureuse de répondre à sa place, poursuivit-elle. Si vous vouliez bien me poser les questions que vous aviez préparées pour elle... Je ferai de mon mieux. Au pire, je pourrai en discuter avec elle et vous apporter quelques précisions par la suite. Quel sera le sujet de votre article ?

— En fait, il s'agira d'une série d'articles sur les grandes familles de la région, et les Delalande – pardon, les Grancier-Delalande à présent – figurent parmi celles-ci ainsi que vous le savez. Tout comme les Sonnelier. Votre fille, qui se situe à la croisée de ces deux familles par sa naissance et son mariage, me paraissait l'interlocutrice idéale.

— Je vois.

Yvonne n'en croyait pas un mot. Cet homme ne savait pas mentir. Et il mentait.

Elle sentit une vague inquiétude la gagner. Quel but poursuivait-il réellement ? Elle devait en savoir plus. De tout temps, Yvonne avait su utiliser deux armes : l'argent et son charme. Elle était une belle femme et le savait. Elle savait également ce qu'elle voulait et ne doutait pas d'avoir un droit naturel à ce que ses désirs soient exaucés. Pourquoi aurait-elle reculé devant les moyens ?

Dans ce cas précis, l'argent ne lui servirait à rien. Pas encore. Elle opta pour le charme et sourit au fouineur.

— Voulez-vous vous asseoir ? Désirez-vous boire quelque chose ?

— Merci, répondit Toulouse en se posant dans le fauteuil d'époque qu'elle lui avait indiqué, mais je ne bois jamais en service.

Yvonne prit place dans un divan face à lui en affectant de ne pas remarquer l'allusion.

— Allez-y, dit-elle, je vous écoute.

— Bien. Donc...

20

Agenouillé sur la terrasse, juste de l'autre côté de la fenêtre du salon, Simon Burlot ôtait les mauvaises herbes dans une vasque débordante de fleurs.

Depuis le temps qu'il s'occupait de cette vasque, il aurait dû en avoir extirpé toutes les mauvaises herbes. Pourtant, il continuait de retourner la terre, penché en avant, l'oreille à quelques centimètres de la porte-fenêtre demeurée ouverte.

À chaque nouvelle question du journaliste, il enfonçait son plantoir dans la terre meuble et le tournait lentement, sans même en avoir conscience.

21

Ils tournaient en rond. Albert Toulouse posait des questions, et Yvonne Delalande y répondait de manière plus ou moins évasive dès lors qu'elles étaient un peu indiscrètes. Elle n'était pas mécontente d'elle : elle ignorait ce que cherchait vraiment ce fouineur, mais elle n'entendait pas lui faciliter la tâche. Elle commençait à penser que l'entrevue allait bientôt se terminer à son avantage lorsqu'une question la surprit soudain par sa brutalité :

— Et Richard Sonnelier ?

— Richard ? Que voulez-vous savoir à propos de Richard ?

— Il est mort dans des circonstances assez étranges, non ?

Yvonne se crispa malgré elle. Elle prit un air hautain en espérant que cela dissimulerait son trouble.

— Qu'entendez-vous par étrange ? Il est mort dans un accident, en nettoyant un fusil de chasse qu'il avait oublié de décharger. Je ne vois pas ce qu'il peut y avoir là d'étrange.

— L'enquête a conclu à un accident. Mais, selon vous, ne pouvait-il s'agir d'autre chose ?

Que pouvait savoir ce journaliste ? Rien, de toute évidence. Il se contentait de lancer des ballons-sondes dans l'espoir d'accrocher quelque chose. Mais il ne pouvait pas être au courant. Personne n'avait jamais soupçonné la vérité. Il était impossible que cela ressurgisse aujourd'hui. Cinq ans plus tard.

Cinq ans. Était-ce là la clef de l'énigme ? La présence du journaliste chez elle était-elle liée à celle de cette femme dans la ville ? Se connaissaient-ils ? Mais comment auraient-ils pu remonter jusqu'ici ? En tout cas, il était urgent de décourager cet homme. Yvonne prit sa voix la plus cassante pour lui répondre :

— Écoutez, monsieur, j'ignore ce que vous tentez d'insinuer, mais la mort de Richard a donné lieu à une enquête de police qui a conclu à un accident. À présent, si vous doutez de la compétence du commissaire Cointeau...

— Non, non. Loin de moi une telle idée. Je me demandais simplement s'il n'y avait pas autre chose. Mais si vous m'affirmez que non...

— Grand Dieu, je ne vois pas ce qu'il pourrait y avoir d'autre derrière ce drame affreux !

— Richard Sonnelier avait une fille, une petite Gaëlle, si je ne me trompe ?

Yvonne sentit l'air lui manquer. Seul son conditionnement de fille de bonne famille lui permit de ne pas défaillir. Elle avait toujours su faire face à tous les aléas de l'existence et elle avait toujours triomphé de tous les obstacles que le destin avait jetés sur son chemin. Ce n'était pas aujourd'hui qu'elle allait baisser les bras. Ce fut donc d'une voix ferme malgré tout qu'elle répliqua :

— Vous ne vous trompez pas. Qu'est-ce que ma petite-fille a à voir là-dedans ?

— Elle a dû être très affectée par la disparition tragique de son père… J'espère qu'elle s'en est bien remise ?

— On ne se remet jamais « bien » de ce genre de choses, mais quand on a deux ans on oublie assez vite. Après une période difficile, Gaëlle a surmonté son chagrin. C'est à présent une fillette tout à fait normale. J'aimerais que vous la laissiez en dehors de tout ça. Inutile de remuer le passé et de raviver de vieilles blessures. Je vous le demande en tant que femme et grand-mère, monsieur Toulouse.

Ce disant, elle s'était penchée vers lui avec un air implorant. L'expression sur son visage était celle qu'aurait eue n'importe quelle grand-mère tentant de protéger la quiétude de sa descendance.

— Bien sûr. Croyez-moi, le bonheur d'une enfant m'importe plus que tout au monde.

Yvonne se redressa lentement. Était-ce une allusion ou juste une figure de style ?

Ne fallait-il rien voir de plus dans la visite de ce journaliste que ce qu'il avait annoncé ou bien s'agissait-il d'un camouflage ainsi qu'elle en avait la quasi-certitude ? Plus elle y réfléchissait et moins elle croyait à son histoire d'article.

— Est-ce que le nom de Giselle Framier vous dit quelque chose ?

Désarçonnée par le brusque changement de sujet, Yvonne mit quelques secondes à comprendre la question. Giselle Framier ? Qu'est-ce que c'était que cette histoire ?

— Rien du tout. Je devrais la connaître ?

— Oui. C'est le nom d'une jeune fille qui a été assassinée dans la région il y a cinq ans environ. Votre chauffeur avait été placé en garde à vue. Il n'a été libéré que grâce à votre témoignage.

— Oh ! il s'agit de cette histoire ! Je m'en souviens à présent. J'avais complètement oublié le nom de cette pauvre fille. Et ce pauvre Simon qui avait été arrêté par la police ! Il était terrorisé. Lui qui sait à peine lire et écrire, on voulait lui faire signer un tas de papiers et il ne comprenait pas ce que cela voulait dire. Sans mon intervention, il risquait fort de signer des aveux sans même s'en rendre compte ! Alors qu'il était innocent, puisque je l'avais vu ici même au moment du crime.

— Effectivement.

Le journaliste eut un hochement de tête compréhensif. Il se pencha vers Yvonne en souriant.

— Je me demandais si vous l'avez vu également lors de certains autres meurtres restés non élucidés dans la région ?

— Monsieur Toulouse, je n'apprécie guère votre humour. Car j'ose espérer qu'il s'agit d'humour et que vous n'êtes pas en train de m'accuser d'avoir fait un faux témoignage pour couvrir un criminel ?

Toulouse eut un geste de dénégation, les deux mains ouvertes devant lui comme pour affirmer son innocence, que démentait l'éclat de son regard.

Yvonne s'emporta. L'insolence de cet homme dépassait les bornes. Pour qui se prenait-il, pour oser venir la défier chez elle et l'accuser de toutes sortes de crimes ?

— Et pourquoi aurais-je fait une chose pareille, grand Dieu ? Mais ceci nous emmène bien loin de votre article, il me semble ! Quel rapport y a-t-il avec l'histoire des grandes familles de la région ?

— Il y a un rapport avec votre gendre.

— Vraiment ?

— On a vu une grosse voiture sombre près de l'endroit où a été retrouvée Giselle Framier. Votre gendre possédait une BMW, je crois.

— Mon gendre en possédait une, c'est vrai. J'en possède une moi-même et mon mari a une Mercedes. Ce n'est pas pour autant que nous allons assassiner les jeunes filles sur les plages désertes !

— Non, bien sûr...

— Monsieur, je dois dire que je n'apprécie pas du tout le tour que prend cette conversation. À la réflexion, je suis extrêmement heureuse que ma fille n'ait pas été en mesure de vous répondre : cela n'aurait pu que la bouleverser. Je ne pense pas que vous soyez en train de préparer le genre d'articles dont vous m'avez parlé tout à l'heure ! Je crois de mon devoir de vous rappeler que nous sommes en France et qu'il y a encore dans ce pays des lois pour protéger la vie privée des honnêtes gens !

— Certes, certes...

— Laissez-moi finir ! Si donc, par hasard, vous aviez l'intention de publier un article bien juteux fait d'accusations hasardeuses et de calomnies, je vous intenterais un procès sur l'heure à vous et à votre journal. Et j'y mettrais suffisamment de moyens pour vous briser l'un comme l'autre. Suis-je assez claire ?

— Très claire.

— Maintenant, si vous voulez bien m'excuser, des affaires plus importantes m'appellent et je vous serais reconnaissante de quitter cette maison pour ne plus y revenir. Et si j'apprends que vous tentez de parler à ma fille ou que vous rôdez alentour, je demanderai à Simon de vous chasser à coups de fusil s'il le faut. Compris ?

— Compris.

Albert Toulouse se leva et lui adressa un franc sourire.

En d'autres circonstances, il aurait pu s'agir d'un sourire charmeur. Mais Yvonne ne s'y laissa pas tromper. Elle venait de se faire un ennemi. Eh bien, soit ! Elle avait les moyens de se défendre et le combat ne lui avait jamais fait peur.

— Ce que j'aime en vous, c'est votre franchise.

— C'est une de mes qualités. Je n'en dirais pas autant de vous. Je vous salue, monsieur !

Yvonne le raccompagna jusqu'à la porte du salon qu'elle ouvrit d'un geste sec.

— Ne vous donnez pas la peine de me reconduire, je connais le chemin, dit le journaliste en passant devant elle.

Elle le suivit néanmoins à travers le hall d'entrée et jusqu'à la porte vitrée qu'elle referma dans son dos. À travers la vitre, elle le regarda remonter l'allée en direction de la grille au-delà de laquelle sa voiture l'attendait. Lorsqu'il eut quitté l'enceinte du domaine, Yvonne se laissa aller contre le mur. La tête lui tournait. Tant que le journaliste s'était trouvé là, elle avait puisé en elle les ressources pour faire bonne figure. À présent que le danger était passé, l'adrénaline refluait et elle se retrouvait seule pour affronter ce nouveau coup du sort.

Que savait-il exactement ? Qu'avait-il deviné ? Que devinerait-il encore si on lui en laissait le temps ?

Pis encore, à qui parlerait-il ? Combien de personnes contaminerait-il avec ses doutes ? Depuis cinq ans, tout s'était bien passé. Personne n'avait rien soupçonné. Et voilà que ce pisse-copie débarquait avec ses questions et ses sous-entendus.

Que pouvait-elle faire ?

— Simon ! appela-t-elle. Simon ?

Elle repassa dans le salon, sortit sur la terrasse. Simon n'était nulle part en vue. Elle contourna la maison et le vit enfin. Il était au bout de l'allée, regardant filer la voiture du journaliste à travers la grille.

— Simon !

L'homme à tout faire se détourna comme à regret et vint vers elle.

— Suivez-moi. J'ai un travail à vous confier, lui dit-elle lorsqu'il arriva près d'elle.

22

Simon monta les marches de la terrasse sur les talons de sa patronne. Il avait suivi toute la conversation et avait dû se retenir pour ne pas entrer étrangler le journaliste. Qu'est-ce qu'il cherchait, ce fouille-merde ?

Et qu'est-ce que c'était que cette histoire d'adolescentes tuées dans les environs ? Simon avait toujours pris soin de s'éloigner suffisamment pour ne pas être inquiété. À part dans le cas de la petite Framier.

Il s'était montré imprudent et cela avait failli lui coûter cher. Qu'est-ce qu'il faisait, ce connard de journaliste ? Pour qui se prenait-il ? S'il continuait avec ses questions et ses sous-entendus, il allait amener les gens à s'interroger sur lui.

Et ça, Simon ne le voulait pas.

Depuis des années, il s'était employé à se forger une image de simple d'esprit que tout le monde avait peu à peu acceptée. Il tenait à la conserver. Les gens le voyaient sans le voir. On oubliait qu'il était passé. Cela lui rendait parfois bien service. Si on se mettait à avoir peur de lui, à le soupçonner, il ne pourrait plus faire un pas hors du domaine sans être épié. Sa vie deviendrait un enfer.

Chaque fois qu'une gamine disparaîtrait, on penserait à lui. Il lui faudrait se justifier, fournir un alibi...

Il ne pouvait pas permettre ça.

23

Au moment où Toulouse quittait la propriété des Grancier-Delalande sous l'œil rancunier de Simon, Laura errait au hasard dans les rues de Saint-Nazaire, cherchant inconsciemment un indice qui lui dévoilerait les dessous du mystère. Elle avait lu et relu sa liste de noms sous tous les angles, sans en trouver aucun qui lui permît une approche nouvelle, sans que lui vînt la moindre idée sur un moyen quelconque d'en éliminer la plus petite parcelle. Lasse de cette étude qui ne menait à rien, elle avait quitté sa chambre pour marcher un peu, espérant que cette promenade lui apporterait l'inspiration.

Elle se surprenait parfois à dévisager les fillettes qu'elle croisait et tentait de se reprendre, de passer sans s'arrêter. Elle n'arriverait à rien de cette façon et ne devait surtout pas se faire remarquer. Si elle inquiétait des parents, ils pourraient signaler son comportement à la police qui serait bien obligée alors de s'occuper d'elle. Et elle n'avait que trop conscience de ce que penseraient les policiers devant son attitude. Si on la prenait pour une folle dangereuse, elle ne pourrait plus mener ses investigations.

Elle sentait qu'elle touchait au but. Elle ne pouvait se permettre le luxe d'être arrêtée ou même retardée dans son enquête.

Ses pas l'avaient conduite devant un supermarché. Une femme était occupée à charger le coffre de sa voiture d'un monceau de provisions. De l'un des filets emplis à craquer émergeait une boîte de conserve sur laquelle le nom des Delalande s'affichait en grosses lettres.

Laura entra dans le magasin sans réfléchir.

Elle se dirigea droit vers le rayon des conserves, s'arrêta devant les théories de boîtes issues des usines Delalande. Un employé était occupé à garnir un rayon de sardines. Autour de lui et au bout de la gondole, quelques cartons d'emballage vides attendaient qu'on les emportât. Laura s'approcha et en saisit un sans que personne ne lui dise quoi que ce soit.

Grancier avait eu raison : n'importe qui pouvait avoir pris un de ses emballages.

Elle allait le reposer quand elle s'immobilisa, comprenant enfin ce qui l'avait intriguée depuis le début.

Elle en prit un autre, puis un autre encore, en examinant chaque fois l'intérieur et y faisant la même constatation.

Le magasinier empilait à présent ses conserves sans plus prêter attention à ce qu'il faisait. Il la surveillait du coin de l'œil, l'air vaguement inquiet, se demandant sans doute si cette femme qui fouillait fiévreusement dans ces cartons vides pouvait devenir dangereuse. Laura lui adressa un sourire rassurant et reposa celui qu'elle tenait.

— C'est ça, dit-elle. Ils sont tous pareils !

Le magasinier se contenta d'approuver d'un hochement de tête, peu sûr de ce qu'il devait répondre.

— Je peux en prendre un ? demanda Laura.

— Bien sûr. On les jette, de toute façon.

Laura se pencha et reprit le carton qu'elle venait d'abandonner.

— Merci.

Le magasinier fit un timide sourire, mais Laura avait déjà tourné les talons et se dirigeait vers la sortie à pas pressés.

Elle se sentait bizarrement excitée et aurait voulu crier, courir... Et en même temps, elle devait se contrôler, se forcer à demeurer calme.

L'employé du magasin devait déjà la croire à moitié folle ; inutile d'attirer l'attention des clients ! Et pourtant, s'ils avaient su à quel point la découverte qu'elle venait de faire était importante...

Elle acheta un paquet de gâteaux secs pour ne pas franchir les caisses sans autre chose dans les mains que son carton vide. Avec les regards que lui jetait déjà le magasinier du fond de son rayon, elle ne voulait pas donner l'impression d'être sortie sans rien acheter. Mais, une fois dehors, elle enfouit les gâteaux dans son sac et les oublia. Elle monta dans sa voiture, démarra sur les chapeaux de roue, se contraignit à ralentir. Elle approchait du but ; ce n'était pas le moment de se tuer au volant.

Tout à l'excitation de sa découverte, elle avait pensé pouvoir la partager avec le journaliste pour la mettre à profit immédiatement. Elle se rendit à *La Marée*, mais le journal était fermé.

Elle piocha dans son sac la carte de visite que Toulouse lui avait remise, sortit son plan de la ville pour s'orienter. Il habitait tout près. Elle y serait en quelques minutes.

Il n'était pas chez lui. Laura remonta dans sa voiture stationnée en face de la petite maison et l'attendit en grignotant pour s'occuper les gâteaux qu'elle venait d'acheter. Toulouse n'apparut que deux heures plus tard. Laura avait fini les biscuits. Elle avait soif, mais elle oublia l'inconfort de son attente en le voyant descendre de voiture.

Il ne parut pas surpris de la voir débarquer ainsi et lui serra chaleureusement la main avant de l'inviter à entrer.

Laura jeta un regard curieux autour d'elle. Il y avait des années qu'elle n'avait pas mis les pieds chez un célibataire. Le logement d'Albert Toulouse aurait eu de quoi faire fuir la plus délaissée des filles à marier. L'endroit n'était pas sale : Toulouse avait passé le chiffon à poussière partout où c'était possible, à moins qu'il n'ait bénéficié des services d'une femme de ménage.

Mais quel désordre ! Des livres et des revues s'entassaient partout. Le bureau qui occupait un angle du salon disparaissait sous les papiers et les chemises à sangle. Quant à la bibliothèque, les livres s'y alignaient, certains couchés, d'autres debout, sans que le moindre semblant d'organisation soit discernable dans la façon dont ils se suivaient.

Dans chaque espace disponible entre les étagères, des revues de tous genres et de tous formats avaient été insérées, parfois en forçant.

Contre le mur adjacent, un divan fatigué faisait face à une table basse où se trouvaient rassemblées les dernières éditions de *La Marée*. Le journaliste eut un geste d'excuse en désignant le fatras.

— Je n'ai pas eu le temps de ranger et la femme de ménage n'a pas le droit de toucher à ma documentation.

Laura retint un sourire. Parmi la « documentation » rassemblée sur la table basse figurait un numéro de *Penthouse*. Elle se demanda en quoi la « documentation » contenue dans ce magazine pouvait être utile à un journaliste local comme Albert Toulouse.

Il dégagea un fauteuil en jetant les chaussettes qui l'encombraient sur un autre siège et lui fit signe de s'asseoir.

— Vous voulez boire quelque chose ?

— Un coca serait le bienvenu.

Elle trépignait d'impatience, brûlait du désir de lui faire part de sa découverte, mais il avait déjà disparu dans une pièce voisine dont il ressortit en manches de chemise pour disparaître dans la cuisine.

— Vous êtes sûre que vous ne voulez pas d'alcool ? demanda-t-il en revenant avec deux grands verres et une bouteille de Coca-Cola.

Il posa un verre et la bouteille devant Laura.

— Jamais d'alcool. Je me bourre de médicaments ; le mélange pourrait être explosif.

— C'est pour ça que je ne prends jamais de médicaments, répondit-il en sortant une bouteille de J & B d'un placard.

Il se versa une rasade à saouler un régiment.

— En fait, c'est inexact, précisa Laura. Je ne prends plus de médicaments. Mais il y a si longtemps que je n'ai pas bu d'alcool que je ne sais même plus quel goût cela peut avoir.

— Qu'avez-vous découvert ? lui demanda-t-il en s'asseyant en face d'elle.

Il sourit devant sa surprise.

— Vous m'attendez chez moi. Vous jaillissez de votre voiture dès que vous me voyez et vous trépignez d'impatience depuis que nous sommes entrés. Il y a longtemps que je n'ai plus d'illusions sur mon sex-appeal. Donc, vous avez dû apprendre quelque chose.

— J'ai la preuve que la personne qui m'a envoyé l'ours a pris le carton chez l'imprimeur ou aux usines Delalande.

Toulouse leva un sourcil intéressé tandis qu'elle le mettait au courant de sa visite au supermarché.

— Et là, conclut-elle, avec ce carton en main, j'ai réalisé que celui que j'avais reçu était neuf ! Ce sont des cartons prévus pour emballer des boîtes de conserve. Et ces boîtes pèsent lourd. Au cours du stockage et du transport, elles s'inscrivent en relief au fond du carton. Je l'ai vérifié. Tous les cartons portent les mêmes empreintes. J'en ai pris un pour vous montrer, si vous voulez. Ce n'est pas le cas avec le mien. Ce qui prouve qu'il a été pris non pas en magasin après qu'on l'a vidé, mais avant qu'on le remplisse, donc soit chez les Delalande, soit chez l'imprimeur.

Un large sourire barra le visage de Toulouse.

— Bravo ! Ma démarche d'aujourd'hui n'aura donc pas été inutile. J'avais raison de soupçonner cette famille !

Ce fut son tour de la mettre au courant de ses recherches dans les archives du journal, de sa découverte de la mort de Richard Sonnelier et de sa rencontre avec Yvonne Delalande.

— Vous croyez que tout est lié ?

— Pas vous ?

Laura réfléchit un instant.

— Si, dit-elle finalement. Mais je ne vois pas comment.

— Moi non plus, mais je suis sûr que ça tourne autour de la mort de Richard. Je ne pense pas qu'il soit mort accidentellement. Je pense que sa femme pourrait nous en apprendre beaucoup là-dessus si nous pouvions lui parler.

— Vous pensez pouvoir parvenir à la rencontrer ?

— Tant que la belle Yvonne fera le barrage, ça ne sera pas facile. Mais il faudra bien que Pascale quitte cette maison tôt ou tard.

— Et si ce n'est pas le cas ? Si elle est vraiment malade et qu'elle ne sort jamais ?

— Alors, il faudra entrer.

La perspective ne paraissait pas l'enchanter.

— Vous avez peur ? demanda Laura.

— C’est qu’il y a un problème. Outre l’aspect purement technique de la violation de propriété, effraction, etc., qui pourrait nous mener devant les tribunaux.

— Et c’est ?

— Simon Burlot. L’homme à tout faire de la famille. Tout à fait le genre à nous filer un coup de fusil.

24

Le Dr Royer était un homme grand et sec. Les cheveux grisonnants, mais encore abondants, il avait le teint bronzé de celui qui garde la forme sur les terrains de tennis et de golf. Des lunettes d'écaille cerclaient son visage, lui donnant l'aspect austère qui seyait à sa fonction.

Toulouse le suivit dans son cabinet et s'assit sans attendre d'y avoir été invité tandis que le praticien faisait le tour du bureau.

La pièce était luxueusement meublée et le cuir des fauteuils, de première qualité. Ou la clinique marchait extrêmement bien ou le Dr Royer s'était endetté jusqu'à la quatrième génération.

Le journaliste savait que la première hypothèse était la bonne.

— Bien, dit le médecin en se penchant vers lui. Je ne pense pas que vous fassiez partie de mes patients. Que puis-je pour vous ?

Il était tout sourire. Sans doute s'attendait-il à ce que le journaliste lui annonce un article sur sa clinique, qui ne pourrait que lui apporter davantage de clients et gonfler encore son compte en banque.

— Je viens faire appel à vos souvenirs, docteur, dit Toulouse en se penchant à son tour vers lui.

Le médecin fronça les sourcils. La discussion ne démarrait pas comme il s'y était attendu.

— Il y a cinq ans, vous avez été appelé au chevet d'un homme blessé par balle.

— Je...

— Richard Sonnelier. Vous vous souvenez de lui ?

— Bien sûr, mais... En quoi cela vous regarde-t-il ? Il s'agit d'une vieille histoire...

Le médecin paraissait perplexe et vaguement inquiet.

Comme si une malade qu'il avait opérée venait soudain se plaindre de douleurs et les radios montraient l'image de ce parapluie qu'il avait égaré. Toulouse se pencha vers lui et lui sourit sans mettre aucune chaleur dans son expression.

— Ma question est simple, docteur. Êtes-vous certain qu'il s'agissait d'un accident ?

Le médecin sursauta comme s'il avait été brûlé au fer rouge.

— Voyons, monsieur Toulouse ! Surveillez vos paroles ! Vous parlez d'une des plus grandes familles...

— ... de la région, je sais. Je n'ai pas l'intention d'éclabousser qui que ce soit et en réalité la mort de Richard Sonnelier m'importe peu. Il se trouve simplement que j'enquête sur une autre affaire et, par une coïncidence bizarre, cette affaire semble croiser celle de la mort de Richard Sonnelier.

— Mais tout de même, de là à supposer... Il y a eu une enquête de police, vous savez ?

— Justement, je voudrais avoir votre version. Que s'est-il passé ce soir-là ?

— Je ne peux pas vous le dire, le secret médical...

— Le secret médical s'applique aux maladies et aux patients. Là, vous aviez un mort et il y a eu une enquête de police. Vous avez même fait une déclaration à la presse à l'époque. Je l'ai retrouvée. Je ne vous demande pas de trahir un secret, simplement de me rafraîchir la mémoire. Ce que j'en ai lu dans la presse a pu être déformé.

Toulouse eut un sourire d'excuse :

— Vous voyez, je ne porte pas ma profession au pinacle ! Plutôt que me contenter de ce que la presse en a dit à l'époque, j'ai préféré remonter à la source.

— C'est que...

— Si vous ne me répondez pas, mes réflexes de journaliste vont se déclencher. Je suis comme un des chiens de Pavlov, vous savez. Il suffit d'un rien pour déclencher un réflexe conditionné. Si je sens une certaine..., disons, réticence, je vais spéculer, me demander si vous cachez quelque chose... Personne n'a rien à y gagner.

— La diffamation...

— Qui parle de diffamation ? Et pourquoi en arriver là ? Il y a donc vraiment quelque chose à cacher, puisque vous refusez de me répondre ?

— Mais non, il n'y a rien ! Que voulez-vous qu'il y ait ?

— Je ne sais pas, j'attends que vous me le disiez. Ou que vous me confirmiez qu'il n'y a rien. Alors ? Vous avez été appelé par qui ?

Le médecin hésita, mais il dut comprendre qu'il n'avait rien à gagner en s'obstinant. Il céda brusquement.

— Yvonne Delalande. Je veux dire Grancier-Delalande. Elle était bouleversée. Elle avait entendu une détonation et découvert son gendre baignant dans son sang. Elle n'avait pas osé le toucher. J'habitais tout près à l'époque : mon cabinet était à la sortie de la ville. Je suis arrivé dans les cinq minutes. Il n'y avait plus rien que je puisse faire pour le pauvre garçon.

— Qu'était-il arrivé ?

— Il avait passé l'après-midi à chasser et le soir il nettoyait son fusil. Il avait oublié de le décharger, le coup est parti. Sa mort a été instantanée.

— Vous avez quand même prévenu la police.

— Quand la mort n'est pas naturelle, je ne peux pas faire autrement. C'est une obligation légale. Dès que j'ai constaté que je ne pouvais plus rien pour lui, j'ai appelé le commissariat. Le commissaire Cointeau, qui n'était qu'inspecteur à l'époque, est arrivé peu après. Si vous voulez en savoir plus, je crains que lui seul puisse vous répondre. En tout état de cause, il a conclu à une mort accidentelle.

— Je sais. Je lui ai déjà parlé.

— Si vous lui avez parlé, pourquoi venir me trouver ?

— Parce que c'est ce qui s'est passé avant son arrivée qui m'intéresse. Où était la femme de Richard Sonnelier ?

Le médecin toisa le journaliste, l'étudiant comme s'il se demandait ce qu'il savait déjà et ce qu'il pouvait dire pour répondre à ses questions sans rien lui apprendre de neuf.

— Elle était là également. La pauvre femme était bouleversée, en pleine crise de nerfs. J'ai dû lui administrer un sédatif.

— Vous la connaissiez auparavant ?

— Bien sûr. J'étais le médecin de la famille...

— Elle était déjà dans l'état de dépression qui est le sien actuellement ?

— J'ignore qui vous a dit qu'elle est en dépression, mais en tout cas, je ne peux pas répondre à ce genre de questions. Le secret médical...

— C'est vrai, j'oubliais. Excusez-moi. Vous soignez toute la famille, du plus grand au plus petit ?

— Là encore...

— OK, j'ai compris. Je me pose simplement des questions. Vous permettez que je raisonne à haute voix ? Ça m'aide à réfléchir. Pascale Sonnelier, la fille Grancier-Delalande donc, qui a épousé Richard, était une femme assez vivante avant cet accident. En tout cas, les Sonnelier organisaient des réceptions, ce qui ne cadre pas avec l'hypothèse d'une maîtresse de maison neurasthénique. Depuis la mort de son mari, on ne l'a pas revue. C'est devenu une recluse qui a quitté le manoir où elle vivait avec son mari pour revenir s'installer chez ses parents. La disparition de son époux a vraiment dû être un choc terrible pour elle.

— Là encore, le secret professionnel m'interdit de vous répondre. Mais quoi que vous fassiez, je vous conjure de la laisser en dehors de tout ça. C'est une femme qui a souffert. Il serait cruel de réveiller sa douleur par un rappel du passé et du malheureux accident qui a brisé sa vie.

— Bien sûr. Soyez convaincu que je ferai tout mon possible pour la laisser en dehors. Je ne suis pas un monstre, que diable !

Toulouse usa de son sourire de carnassier, comme pour démentir ses paroles.

— Je suis juste un journaliste qui fait une petite enquête sur une affaire qui n'a peut-être même pas de rapport avec celle-ci !

— Quelle que soit cette affaire sur laquelle vous enquêtez, je ne vois pas en effet quel pourrait être le rapport avec cet accident !

Des gouttes de sueur étaient apparues sur le front du Dr Royer, bien que la température de la pièce ait été tout à fait clémente. Toulouse affecta de ne pas le remarquer et décida de lancer une nouvelle sonde :

— Dites-moi, les Sonnelier avaient bien une petite fille ?

— C'est exact. Gaëlle, je crois.

— Vous croyez ? Vous n'en êtes pas sûr ? Ce n'est pas vous qui la suivez ? Je croyais que vous étiez le médecin de famille ?

Le Dr Royer se mordit légèrement les lèvres.

— Le secret pro...

— Je sais... Cette petite fille, donc, n'a pas permis à Pascale Sonnelier de se raccrocher à la vie ? Elle aurait pu constituer un bon support pour l'aider à sortir de sa dépression, non ?

— Bien sûr. La présence de l'enfant lui a été utile, mais ce n'était pas suffisant pour contrebalancer les effets dévastateurs d'un aussi terrible accident.

Toulouse hocha la tête, le visage grave et empreint de compassion.

— C'est vraiment une histoire affreuse.

Le médecin soupira et se leva.

— Effectivement. C'est pourquoi je n'aime guère remuer tous ces souvenirs. En tant que médecin de famille, j'étais très proche et ce drame m'a marqué presque comme une tragédie personnelle.

— Je comprends. Je suis désolé d'avoir dû raviver d'aussi pénibles souvenirs.

Le médecin eut un sourire las.

— La profession que j'ai choisie me donne, hélas, l'occasion de voir plus que mon compte de malheurs...

Il se dirigea vers la porte.

— À présent, si vous n'avez plus d'autres questions, je vous serais reconnaissant de me laisser. J'ai des patients qui m'attendent, et je crois vous avoir donné plus d'informations qu'il n'était raisonnable.

— Bien sûr, répondit le journaliste en se levant à son tour, et je vous en remercie. Je ne voudrais pas empiéter sur votre temps. Vous devez être très pris, avec la gestion d'une telle clinique.

— Effectivement, cela représente une charge de travail assez considérable.

Ils approchaient de la porte et le médecin semblait se détendre à l'idée que l'entretien était terminé. Il tendait déjà la main vers la poignée lorsque Toulouse posa une dernière question :

— Dites-moi, cette clinique est assez récente, non ? Ça fait combien de temps que vous l'avez ouverte ? Trois ans ?

— Trois ans et demi.

La main s'était crispée sur la clenche. Le Dr Royer se tourna vers lui, cherchant à deviner quel piège se dissimulait derrière cette nouvelle question.

— Pourquoi ?

— Juste par curiosité. Vous savez, dans la presse, on collecte toujours un tas d'informations sans bien savoir à quoi elles nous serviront. Ce n'est que plus tard qu'on voit les rapports entre différentes choses. En tout cas, c'est une belle réussite pour un médecin de province sans fortune personnelle ! Un établissement comme celui-ci doit représenter un max de fric, non ?

Le Dr Royer était devenu très pâle.

— J'ignore ce que vous cherchez encore et je préfère croire qu'il n'y a pas de sous-entendus dans ce que vous venez de dire. Mais laissez-moi vous avertir d'une chose : je ne laisserai personne entacher ma réputation. Faites très attention à ce que vous écrirez. Vous pourriez vous retrouver avec un procès en diffamation.

— Je sais, madame Grancier-Delalande m'a déjà prévenu.

De blanc, le médecin devint vert. Sa mâchoire s'affaissa sous l'effet de la surprise.

— Vous avez vu madame Delalande ?

— Bien sûr ! Vous ne croyez pas que j'irais écrire n'importe quoi sans avoir rencontré tout le monde ?

25

La porte s'était à peine refermée dans le dos du journaliste que le Dr Royer regagnait précipitamment son fauteuil. Il sortit un agenda de son tiroir et composa le numéro de téléphone d'Yvonne Grancier-Delalande.

Il écouta la sonnerie résonner en pianotant des doigts sur la surface immaculée de son bureau.

La matinée était à peine entamée ! Elle devait être chez elle. Il *fallait* qu'elle soit chez elle. Un déclic retentit. La communication était enfin établie. Il décrocha à son tour.

— Allô !

Par chance, c'était Yvonne elle-même qui avait répondu. Il se présenta aussitôt.

— Docteur ? Je ne m'attendais guère...

La femme se tut, réalisant que son appel de si bon matin avait obligatoirement une raison importante. Elle reprit, d'une voix plus inquiète :

— Que se passe-t-il ? Un problème ?

— Je crois. Mais vous êtes déjà au courant, paraît-il. Un journaliste sort de chez moi.

— Un journaliste ? Quel journaliste ?

— Albert Toulouse. Il travaille pour *La Marée*... Il dit qu'il vous a rencontrée.

— C'est exact.

Yvonne se tut et le médecin respecta son silence, lui laissant le temps d'assimiler la nouvelle. Lorsqu'elle reprit la parole, le Dr Royer discerna de la lassitude dans sa voix :

— Qu'est-ce qu'il voulait ?

— Fouiner. Il a posé des questions sur la mort de Richard Sonnelier.

Le silence à l'autre bout de la ligne était presque palpable.

— Vous lui avez répondu ? demanda finalement Yvonne.

— J'ai bien été obligé...

— Et le secret professionnel ?

— J'ai pensé préférable de limiter les dégâts plutôt que le laisser faire des suppositions gratuites risquant de nous entraîner très loin. Ainsi, s'il dévie de ce que nous lui avons dit, nous pourrons plus facilement l'attaquer que si nous avions refusé de répondre. Et, qui sait, peut-être que mes réponses satisferont sa curiosité.

— Cela m'étonnerait. Que lui avez-vous dit ?

— La vérité. Il savait déjà beaucoup de choses. J'ai confirmé que j'étais arrivé juste après votre appel et que Richard était déjà mort.

— Et vous pensez qu'il s'est satisfait de cela ?

— Je ne sais pas. Il semblait croire qu'il y avait autre chose derrière tout ça. Il m'a demandé si Pascale était présente ce soir-là.

— Et que lui avez-vous répondu ?

— Que voulez-vous que je dise ? J'ai dit oui. Il devait déjà le savoir. Sa présence figure dans le rapport de police. De même que le fait que je lui ai administré un sédatif pour la faire dormir. De toute façon, cela ne servait à rien de le cacher. Si elle n'avait pas été là, la situation n'en aurait été que plus bizarre. Il se serait posé des questions sur son absence et sur les raisons pour lesquelles la jeune épouse se trouvait éloignée de son mari... De plus, elle était bien là, non ?

— Bien sûr.

Le Dr Royer soupira en silence. De grosses gouttes de sueur perlaient sur son front. Il craignait les réactions de cette femme.

— Il y a autre chose...

— Quoi encore ? Il est resté combien de temps chez vous ? Toute la matinée ?

— Une dizaine de minutes, tout au plus.

— Eh bien, vous avez eu le temps de faire des dégâts en dix minutes ! Qu'est-ce qu'il voulait ?

— Il m'a demandé des nouvelles de Gaëlle.

Le médecin avait lâché le nom de l'enfant pour juger de la réaction d'Yvonne.

Il ne fut pas déçu. Il entendit un hoquet dans le combiné, et la femme dut reprendre sa respiration avant de poursuivre d'une voix qu'elle essayait vainement de rendre normale.

— Comment cela, Gaëlle ? Qu'est-ce qu'il veut à cette enfant ?

— Rien, il m'a juste demandé si elle apportait un soutien moral à sa mère malade. Je lui ai répondu que c'était le cas, mais que Pascale était très malade. Que pouvais-je dire de plus ? Je n'ai pas vu Gaëlle depuis des années.

— Gaëlle va bien. Vous l'avez vue à plusieurs reprises lors de vos visites au château.

— Ce n'est pas ce que je veux dire. Ce n'est plus moi qui la soigne.

— Pascale s'y oppose. Elle ne veut pas que le médecin qui a signé l'acte de décès du père touche à la fille. C'est irrationnel, mais c'est comme ça.

Le Dr Royer soupira.

— Si vous le dites...

— Suggéreriez-vous que je mens ?

— Non. Simplement, Pascale ne m'en a jamais parlé.

— Pascale n'ose pas vous le dire. Vous savez pourtant qu'elle n'est pas en état de raisonner...

Le Dr Royer retint la réponse qui lui brûlait les lèvres. Pascale raisonnerait mieux si elle n'était pas bourrée de calmants en permanence. Il était bien placé pour le savoir, puisque c'était lui qui signait les ordonnances. Mais il estima plus diplomatique de garder cette réflexion pour lui.

— Dois-je vous rappeler que tout ce que nous avons fait, nous l'avons fait pour Pascale ? insistait Yvonne. Nous devons la protéger.

— Bien sûr...

— Docteur Royer...

— Oui ?

— N'oubliez pas qu'au-delà de Pascale, vous-même avez intérêt à ce que tout se passe bien.

— Justement ! Ce journaliste a fait une allusion...

— Une allusion ? Encore une ? Une allusion à quoi ?

— Il m'a demandé depuis quand je possédais cette clinique. J'ai répondu trois ans et demi... Il m'a fait remarquer que cela représentait beaucoup d'argent pour un médecin de campagne.

— Vous croyez qu'il est au courant ?

— Je pense qu'il me l'aurait dit, mais il peut découvrir la vérité très vite s'il creuse un peu.

Il y eut un silence pendant que tous deux examinaient les conséquences d'une telle découverte. Que ferait le journaliste s'il apprenait que la clinique du Dr Royer avait été financée par la famille Delalande ? Quel lien y verrait-il ? Quelle conclusion en tirerait-il ?

Finalement, Yvonne poussa un profond soupir de lassitude.

— Bon. C'est tout ?

— Vous trouvez que ce n'est pas assez ?

— Ne me parlez pas sur ce ton, Royer !

Le médecin sursauta. Même dans l'adversité, même menacée, Yvonne Delalande demeurait une maîtresse femme. Elle ne renonçait pas aisément à ses prérogatives.

— Excusez-moi, mais c'est que je m'inquiète...

— Ne vous inquiétez pas. Je me charge de tout. Comme toujours.

Elle raccrocha la première. Le médecin reposa pensivement son téléphone dans le berceau de plastique et resta un long moment à fixer par la fenêtre la pelouse qui s'étendait devant sa clinique. Il ne la voyait pas. Il revoyait une scène qui remontait à cinq ans. Là aussi, la situation avait paru désespérée.

Mais Yvonne avait tout pris en main. On pouvait lui faire confiance pour se charger de tout. Une fois, déjà, elle avait tout réglé comme du papier à musique...

Mais à quel prix ? Le Dr Royer avait cru rendre un service à la famille Delalande et pouvoir en tirer profit. Il s'était retrouvé enchaîné sans avoir compris comment. Il avait cru en prenant cette clinique financée par les Delalande qu'il gagnerait son autonomie et pourrait prendre ses distances ; ce n'avait été que pour découvrir qu'il était encore plus en son pouvoir. Non, décidément, ce n'était pas une femme que l'on pouvait aisément manipuler.

Mais que pouvait bien chercher ce journaliste ? Et qu'est-ce que Gaëlle venait faire là-dedans ?

26

Simon Burlot attendait depuis plus de quatre heures, aussi immobile qu'une araignée au centre de sa toile. Il avait vu les ombres glisser lentement le long des murs, gagner les recoins de la pièce, se répandre autour de lui. Le jour avait laissé place à la nuit et, à présent, il était dans le noir total. L'attente ne lui avait pas paru longue. Il l'avait passée à imaginer ce qu'il ferait à Toulouse lorsqu'il le tiendrait. Et Burlot avait beaucoup d'imagination en ce domaine.

Le journaliste tardait à rentrer. Sans doute écumait-il encore les bars.

Dès son arrivée dans la petite maison, Simon avait fait le tour des lieux. Il n'y avait rien découvert qui méritât un examen poussé. La maison reflétait la personnalité du célibataire qui y vivait : un salon qui servait également de bureau, une cuisine qui ne semblait guère utilisée, et une chambre dont le lit disparaissait sous le linge sale.

Une minuscule lampe stylo à la main, Simon avait fouillé la table de travail du journaliste. Parmi les masses de papiers qui la submergeaient, il avait découvert quelques articles assez anciens relatifs à des meurtres et à des disparitions dans toute la région. Sur deux au moins il avait reconnu la jeune fille en photo.

Les souvenirs étaient remontés comme une bulle d'air fétide crevant à la surface d'un marigot.

Lucette Balland. Seize ans. Octobre. Le vent dans les dunes, l'adolescente qui marchait sans but et lui qui la traquait à deux dunes de distance sans qu'elle en ait conscience.

Isabelle Murelli. L'opportunité rêvée. Un soir de pluie. Elle faisait du stop sur une route déserte. Il était passé à ce moment-là. Elle avait dix-neuf ans. Son corps n'avait jamais été retrouvé.

Il y avait d'autres articles, d'autres photos... Des affaires dans lesquelles il n'était pour rien. Mais avec Giselle Framier, cela en faisait tout de même trois que Toulouse avait liées.

Il était vraiment temps que quelqu'un mette un terme à la carrière de ce fouineur.

Assis dans l'obscurité, Burlot sourit. Il allait rendre service à l'humanité, ce soir.

Les phares d'une voiture découpèrent la silhouette des meubles, coururent le long du mur, accrochèrent le jerrycan posé sous le bureau...

Albert Toulouse rentrait chez lui. Il était minuit et quart.

27

La portière avait claqué. Le journaliste s'était souvenu trop tard qu'il était minuit passé. Les voisins allaient encore protester. Il n'avait pas été assez rapide pour la retenir. Il tenta de la fermer à clef, mais ne parvint pas à trouver la serrure. Ce dernier whisky, le quatrième ou le cinquième, il ne le savait plus, avait eu raison de lui. Il n'aurait pas dû le boire. Mais il était si bien au Tropical. Il avait passé la soirée à essayer de démêler l'écheveau qu'il avait mis au jour. Il savait qu'il possédait pratiquement toutes les données du problème et que ce n'était plus qu'une question de disposition des éléments entre eux pour que la vérité lui apparaisse. Comme un puzzle. Il suffirait de mettre une des pièces dans le bon sens pour que toutes les autres s'encastrent soudain et que l'image globale lui soit révélée. Mais plus la soirée avançait et plus cette organisation était difficile à réaliser. Les difficultés augmentaient dans tous les domaines, d'ailleurs. Il avait eu du mal à ramener sa voiture jusqu'ici – il ne se souvenait même pas d'être passé par certains endroits, à croire qu'il avait pris un raccourci spatio-temporel – et même fermer cette fichue portière lui paraissait un acte impossible.

Avec un geste las, il abandonna la partie et se tourna vers sa maison. Personne ne lui volerait sa voiture de toute façon ; elle était trop vieille.

Il remonta la petite allée qui traversait le jardin en friche, notant pour la millième fois dans un recoin de son cerveau embrumé qu'il lui faudrait trouver le temps de passer la tondeuse. Puis il entreprit de chercher son autre trousseau de clefs. Il le découvrit dans la quatrième poche, ouvrit la porte et entra. Il verrouilla derrière lui pendant qu'il y pensait, conscient que, s'il ne le faisait pas immédiatement, il passerait la nuit avec la porte ouverte.

Et en ce moment, il ne voulait pas dormir avec sa maison ouverte aux quatre vents. Il n'était pas peureux, mais quelque chose le tarabustait. Comme si une obscure menace pesait sur lui.

Non, ce n'était pas le moment d'oublier de tourner la clef.

Il laissa tomber son trousseau sur la commode de l'entrée et passa dans le salon. Malgré sa torpeur alcoolique, il comprit tout de suite que quelque chose n'allait pas. Sa main chercha l'interrupteur à tâtons sur le mur. Ses doigts le rencontrèrent, mais il n'eut pas le temps de le presser.

Il eut l'impression qu'une locomotive lui percutait le ventre et il se plia en deux. Il tomba à genoux en gémissant, sentant le whisky lui remonter dans la gorge. Un coup de pied le prit dans les côtes et il bascula sur le flanc, le souffle coupé. Un hoquet le secoua et il n'eut pas la force de lutter. Il se mit à vomir sans pouvoir se contenir, songeant avec terreur qu'il allait mourir là, étouffé dans ses propres déjections.

Il devina qu'on l'empoignait par les cheveux, mais ce fut à peine s'il perçut la douleur. Il sentit qu'on le redressait, qu'on le retournait sur le dos.

Un éclat de lumière blanche le força à fermer les yeux et il détourna la tête pour lui échapper.

— Salut, fouineur.

Il connaissait cette voix. Il garda la tête tournée pour éviter la lumière qui lui brûlait les rétines à travers ses paupières fermées, mais une poigne vigoureuse lui attrapa la chevelure et le força à regarder la lampe.

— Qui êtes-vous ? parvint-il à articuler.

— Voyons, tu ne reconnais pas les vieux amis ?

Et Toulouse sut où il avait entendu cette voix. La peur qu'il ressentait depuis quelques instants adopta un visage et évolua en une fraction de seconde pour se transformer en une terreur des plus abjectes.

Cette terreur remontait à son enfance et il ne pouvait pas lutter contre elle. Elle avait été implantée en lui comme un réflexe acquis. À l'école. Par une brute qui terrorisait les plus petits. Simon Burlot. À l'époque, Toulouse était déjà plus petit et moins fort que Simon.

Simon n'était pas gâté par la nature. Il n'était pas spécialement beau, ni très intelligent. Son père rentrait souvent ivre chez lui, quand il rentrait. Dans ces moments-là, s'il n'était pas trop saoul, il cognait sur sa femme et son gamin.

Quant à sa mère, on disait qu'elle faisait des choses derrière l'usine avec les ouvriers. C'était une légende que personne à l'école n'avait osé vérifier. Si Simon avait appris qu'on espionnait sa mère, cela l'aurait plongé dans une rage folle. Et personne ne souhaitait susciter la rage de Simon.

C'était Simon qui tuait les chats du quartier. Et il avait été le premier à apporter un magazine porno à l'école. Il avait des années d'avance sur ses camarades. Et pas dans le bon sens.

À présent, ils étaient adultes, mais le rapport de forces demeurait le même. Burlot était toujours une brute de muscles et d'os, tandis que Toulouse était resté le freluquet, même si depuis leurs différences morphologiques s'étaient atténuées.

Quant au conditionnement psychologique inculqué à coups de poing dans les cours de récréation, il demeurait en place malgré toutes ces années. Il n'attendait qu'une occasion pour ressurgir et prendre possession de lui, lui liquéfier les muscles et le cerveau, ne lui laisser qu'une idée en tête : il devait se sortir de là au plus vite.

— Simon ? Qu'est-ce que tu veux ? Qu'est-ce que tu fais chez moi ? Tu n'as rien à faire ici.

Il s'en voulait d'avoir soudain une voix aussi geignarde, alors qu'il l'aurait souhaitée ferme et autoritaire, mais il n'y pouvait rien. Il venait de replonger d'un coup quarante ans en arrière.

Mais ils étaient des adultes à présent. S'il parvenait à rester sur le terrain d'une conversation d'adultes, peut-être avait-il une chance. Le rire de l'autre le détrompa. C'était toujours le même rire sauvage, venant du fond du corps énorme comme d'une crevasse perdue dans une montagne.

— Toi non plus tu n'as rien à faire là où tu vas. Tu crois que je t'ai pas entendu ? J'étais là quand tu parlais avec madame Delalande. J'ai tout entendu. Tes insinuations ! Pour qui tu te prends, scribouillard de merde ? Tu vas faire une enquête ? Tu vas remuer toute une merde qui serait mieux oubliée ?

— Je ne comprends pas ! Qu'est-ce que tu veux dire ? Je n'enquête pas sur toi...

La gifle surprit le journaliste. Il sentit le goût du sang dans sa bouche et sa peur redoubla d'intensité.

— Où est-ce que tu ranges tes dossiers ?

— Quels dossiers ? Vraiment...

La protestation s'acheva sur un cri. Burlot venait de lui saisir les testicules à pleine main et les broyait comme des noix qu'il aurait décidé de briser. Toulouse hurla, mais Simon lui plaqua une main sur la bouche. Le gémissement qui la franchit ne devait pas dépasser les limites de la pièce.

Le journaliste ne réfléchissait plus. Il ne sentait plus que cette douleur effroyable qui montait de son entrejambe pour lui irradier le ventre telle une énorme brûlure au fer rouge.

Il avait perdu toute notion du temps, égaré qu'il était dans un univers de souffrance inconcevable. Une éternité s'écoula.

Lorsque Simon le relâcha, Toulouse ne put que rester plié en position fœtale et gémir. Il n'avait même plus la force de hurler. Il aurait voulu vomir, mais il n'avait rien mangé depuis le matin et le whisky était déjà répandu sur le tapis. La douleur était insupportable. Il n'avait jamais rien connu de semblable, n'aurait pas cru cela possible.

Il hoquetait sur la moquette. La douleur et la peur l'avaient dégrisé. Ses membres étaient gourds et son ventre n'était qu'un puits de souffrance, mais il avait les idées presque claires. Il devait sortir de cette maison. Faute de quoi Simon le tuerait. Il en avait la certitude.

— Je vais pas me répéter, dit Simon. J'ai pas toute la nuit. Tu me files tes papiers et ça évitera des problèmes à tout le monde. De toute façon, je vais les trouver. Tu finiras par parler.

— Je n'ai pas...

Toulouse sentit que l'autre lui fouillait à nouveau entre les cuisses.

— Non ! hurla-t-il.

Burlot n'avait cure de ses protestations. Il commença à presser le sexe de sa victime entre ses doigts épais, sans forcer, comme s'il pensait à autre chose. Mais, même ainsi, ce fut suffisant pour lancer des pics de douleur dans tout le corps du journaliste.

— Sur mon bureau, haleta-t-il. Une chemise rouge.

— Eh bien, tu vois qu'on y arrive !

Burlot se leva et enjamba son prisonnier pour aller fouiller sur le bureau, à la recherche de la chemise mentionnée.

Toulouse voulut en profiter pour fuir. Il se redressa et, s'efforçant d'oublier la douleur qui lui taraudait le bas-ventre, se précipita vers la porte. Derrière lui, Burlot jura et se retourna.

Il se lança à sa poursuite, mais il ne connaissait pas suffisamment la maison et se prit les pieds dans le tapis. Il tomba de tout son long sur la table basse qui occupait la moitié de l'espace disponible au centre de la pièce.

La table de verre fumé éclata sous son poids.

Pendant ce temps, Toulouse avait atteint la porte. Il avait déjà la main sur la poignée, la tournait...

La porte refusa de s'ouvrir. Il l'avait fermée en arrivant. Les clefs ! Qu'est-ce qu'il avait fait des clefs ? Il se revit entrer en titubant, fermer la porte de crainte qu'on entre chez lui... Quelle ironie ! Il s'était enfermé avec Simon en posant les clefs sur la commode.

La commode !

Il prit le trousseau, le trouvant du premier coup malgré l'obscurité. Sa bonne étoile ne l'avait pas abandonné.

La clef de la serrure était facile à identifier, c'était la plus longue. Il tâtonna dans le noir, s'efforçant de ne pas entendre le bruit que produisait Burlot en se relevant.

La clef s'enfonça, il parvint à la tourner.

La main de Burlot s'abattit sur son épaule et le fit pivoter. Il se sentit partir, fit tout son possible pour ne pas trébucher, songea que Simon avait vraiment une force prodigieuse pour l'envoyer voler ainsi malgré ses soixante-cinq kilos.

En dépit de ses efforts, il se prit les pieds dans les débris de la table que Simon venait de pulvériser. Il plongea en avant et heurta le bureau sur lequel il s'affala, projetant les documents qui le couvraient sur le sol.

— À l'aide !

Un coup de poing dans les reins lui coupa le souffle et interrompit son cri. Un autre coup de poing acheva de le mettre hors d'état de faire quoi que ce soit. Il tomba à genoux, sentit que Simon l'empoignait par les cheveux et lui ramenait la tête en arrière.

Il eut juste le temps de comprendre ce qui allait se passer lorsque l'autre lui projeta le crâne sur l'angle du bureau, puis tout fut noir.

28

Burlot se redressa et, enjambant le corps inerte, alla jusqu'à la fenêtre pour jeter un coup d'œil à l'extérieur.

La rue était calme. Aucune fenêtre ne s'était allumée à la suite des cris du fouineur. Ses appels n'avaient pas dû franchir l'épaisseur des murs. De plus, c'était l'heure où tout le monde venait de s'endormir, le moment où le sommeil était le plus profond. Il revint vers le bureau, promena l'éclat de sa lampe sur ce fouillis. Une chemise rouge, avait dit Toulouse. Il n'y en avait qu'une, ensevelie sous de vieux journaux.

Il la prit et l'ouvrit. Une série de photos ruissela sur le bureau. C'était un reportage sur l'école de danse qui venait d'ouvrir. Toulouse lui avait menti. Burlot poussa un juron et balança un coup de pied au journaliste qui ne broncha pas.

Il rejeta le dossier parmi le fatras et se tourna vers sa victime, toujours inconsciente.

— Attends, mon vieux. La nuit n'est pas finie.

Il le souleva comme s'il s'agissait d'un enfant et le plaça dans son fauteuil face au bureau.

Maintenant, il s'agissait de trouver de quoi le bâillonner et le ligoter.

Il allait se mettre en quête du matériel nécessaire quand un doute le saisit. Agrippant une nouvelle fois les cheveux de sa victime, il lui ramena la tête en arrière et l'éclaira avec sa lampe. Le journaliste avait les yeux ouverts. La plaie à son front ne saignait pas autant qu'une plaie à la tête est censée le faire.

Et des plaies à la tête, Burlot avait eu l'occasion d'en voir plus d'une.

Il lui posa la main sur le cœur, sans percevoir le moindre battement.

— Quel con ! jura-t-il.

Il devait filer. Et vite. Il n'avait plus le temps de chercher le dossier, si dossier il y avait. De toute façon, s'il était dans la maison, il n'en resterait rien. Il allait faire le nécessaire pour cela. Et s'il n'y était pas, le chercher serait une perte de temps.

Il sortit de sous le bureau le jerrycan qu'il avait apporté dans ce but et arrosa copieusement d'essence les papiers et le cadavre de Toulouse.

Puis il repartit vers la cuisine par où il était entré, répandant une traînée d'essence sur son passage. La porte donnant sur l'arrière de la maison n'était pas fermée lorsqu'il était arrivé. Le journaliste ne s'était pas montré suffisamment méfiant. De toute façon, l'eût-elle été que forcer la serrure n'aurait pas posé de problème à Simon.

Soucieux du détail qui faisait authentique, il décida de la laisser comme il l'avait trouvée. Il gratta une allumette qu'il jeta dans la flaque d'essence au milieu de la cuisine. Le liquide s'enflamma avec un ronflement. Les flammes coururent dans le couloir, passèrent dans le salon où un brasier éclata à l'instant où Burlot jetait le jerrycan au milieu de la cuisine. Il était en plastique et aurait fondu avant l'arrivée des pompiers.

Simon était hors de vue avant que quiconque ne se soit réveillé.

Il remonta dans sa voiture, qu'il avait garée deux pâtés de maisons plus loin. Quand il s'engagea dans la rue où habitait Toulouse, il distingua dans son rétroviseur les premières flammes qui apparaissaient aux fenêtres de la maison. Autant pour le fouineur. De ce côté, il n'y avait plus de danger.

Restait une source d'ennuis potentiels à éliminer.

Laura Julian. Il enfonça l'accélérateur, revoyant les diverses possibilités qu'il avait envisagées pour résoudre ce problème.

Pascale

Gaëlle.

Elle n'avait plus qu'elle. Où était Gaëlle ?

Loin. Si loin. Morte peut-être ?

Mais non. Elle n'était pas morte puisqu'elle avait joué avec elle hier. Ou bien s'agissait-il d'aujourd'hui ? Ou de l'année passée ?

Tout se mélangeait dans sa tête, le passé, le présent... le futur même parfois. Elle voyait des scènes qui n'existaient pas. Pas encore. Elle imaginait des choses et les croyait vraies ensuite...

Ainsi de Gaëlle qu'elle avait crue morte. Quelle idiote. Mais Gaëlle était là, bien vivante.

Bien vivante ?

Quand l'avait-elle vue pour la dernière fois ?

Et était-elle encore vivante ?

Et pourquoi serait-elle morte ?

Et pourquoi avait-elle l'impression qu'elle aurait dû être morte ? À cause de cet accident près de l'étang, dont personne ne voulait lui parler, mais qu'elle avait entendu mentionner à mots couverts ?

Parce que sa fille avait failli se noyer en voulant rattraper son ballon ?

C'était bien ce qu'elle avait cru comprendre, mais cela correspondait-il à une quelconque réalité ? Et surtout, en avait-elle vraiment entendu parler ou bien l'avait-elle imaginé ?

Mais si elle n'avait fait que l'imaginer, pourquoi avait-elle si peur ?

Et si le danger était passé, pourquoi avait-elle encore peur ? Ce n'était pas seulement une terreur rétrospective à l'idée qu'elle avait à nouveau failli perdre sa fille. C'était plus profond.

Elle avait peur de la perdre.

Comme elle avait perdu Richard.

Mais que risquait Gaëlle ici ? Le manoir était entouré de hauts murs et plusieurs adultes veillaient sur l'enfant.

Sa mère, tout d'abord. Son père ensuite.

Et Simon.

Simon ?

Simon protégeait la famille. Il veillait sur eux tous.

Pourquoi donc avait-elle peur de lui aussi ?

Était-elle folle ?

Recroquevillée dans son lit, Pascale tremblait de tous ses membres. La chambre était noire. Elle glissa la tête sous les draps pour ne plus voir l'obscurité, mais la nuit était partout.

Elle gémit, murmurant le nom de sa fille, celui de son mari.

Tout allait tellement mieux avant, quand Richard était encore vivant. Pourquoi avait-il fallu qu'il meure ?

Sa main sortit de sous les couvertures, tâtonna un instant sur la table de chevet, se referma sur le petit tube qu'elle ramena dans le lit.

Dans l'obscurité, elle ouvrit la boîte et sortit un comprimé du bout des doigts. Elle l'avala sans eau pour ne pas avoir à ressortir la tête de sous les couvertures. Au cas où quelque chose se serait trouvé dans la chambre. À la guetter.

Puis elle referma la petite boîte qu'elle conserva dans son poing serré, comme un talisman.

Peu à peu, le Lexomil commença à faire son effet et elle sentit ses membres se détendre. Sa main se relâcha sans qu'elle en ait conscience et elle coula dans un sommeil dont aucun rêve ne vint troubler la profondeur.

29

Une poutre noircie s'écrasa dans la cendre, soulevant un nuage noir qui mit un temps infini à redescendre.

Le commissaire Cointeau regarda le nuage sans le voir, comme si les minuscules particules en suspension allaient lui donner les réponses aux questions qu'il se posait.

Le corps d'Albert Toulouse venait d'être emporté. Ce n'était plus qu'un morceau de charbon noirci que le médecin légiste allait découper pour essayer de déterminer les causes du décès.

Qu'est-ce qui s'était passé ?

Toulouse était encore ivre. Comme cela lui arrivait trop souvent. Cointeau le savait déjà. Un coup de fil à Sam l'avait renseigné sur ce point.

Le barman avait vu Toulouse quitter son établissement à minuit passé, pour se diriger en titubant vers sa voiture.

Et ensuite ? Il était rentré chez lui, apparemment. S'était-il endormi la cigarette au bec ? On avait retrouvé le corps dans le salon qui lui servait de bureau. Cointeau savait que cette pièce était bourrée de papiers. Des dossiers, des journaux, des livres...

Il suffisait que le journaliste se soit assis pour souffler cinq minutes avant de se mettre au lit, puis que sa cigarette lui soit tombée des lèvres... Le reste n'était qu'histoire.

Cointeau fit deux pas dans ce qui avait été l'entrée, regardant autour de lui les ruines noircies et se demandant comment on pouvait arriver à un tel gâchis.

Il s'accroupit devant le squelette de la commode. Un trousseau de clefs traînait par terre. Qu'est-ce qu'il faisait là ? Était-il tombé de la commode lorsqu'elle avait brûlé ? Avait-il été projeté de la serrure lorsque la porte avait été enfoncée par les pompiers ?

— Commissaire !

Cointeau releva la tête. On l'appelait depuis ce qui avait été la cuisine.

— Je suis là.

— Venez voir !

Il se leva et ressortit des ruines fumantes pour les contourner. Il n'aurait pas pu traverser toute la maison sans se retrouver noir de suie et c'était son meilleur costume qu'il portait ce jour-là. Il se demanda pourquoi les enquêtes les plus salissantes tombaient chaque fois sur les jours où il portait son meilleur costume, puis chassa cette pensée de son esprit. S'il en avait eu la possibilité, il aurait donné toute sa garde-robe pour faire revenir Toulouse. Il aimait bien le journaliste.

Savoir qu'il était mort dans ces conditions atroces lui donnait la nausée.

Le capitaine des pompiers l'attendait à l'entrée de la cuisine. Dans un accès d'opulence, Toulouse avait fait installer une cuisine équipée. Tout en bois. Il ne l'avait guère utilisée, continuant malgré tout de mal se nourrir à grand renfort de sandwiches dans divers troquets de la ville.

Cointeau lui avait toujours dit que ses habitudes alimentaires le tueraient un jour. Quelle ironie !

La moitié de la cuisine avait brûlé comme une allumette. Les pompiers étaient arrivés juste à temps pour sauver le reste.

Le capitaine des pompiers examina d'un œil critique le costume de Cointeau.

— Vous allez vous salir !

— Apprenez-moi quelque chose de nouveau. Qu'est-ce que vous avez trouvé ?

— Là, sous la table. Nous n'y avons pas touché.

En soupirant, Cointeau avança dans la pièce. Et quand il vit ce que le pompier lui désignait, il oublia toute déférence envers son costume. Il traversa la cuisine en trois pas et s'accroupit dans les cendres pour examiner la masse de plastique à moitié fondue.

— C'est bien ce que je crois ?

— Un jerrycan, confirma le pompier. Mais peut-être qu'on va un peu vite. Peut-être qu'il contenait de l'eau ?

— Vous y croyez ?

— Non. Le feu s'est propagé trop vite. Quelque chose a dû favoriser son expansion.

— Et comme Toulouse n'était pas du genre à se suicider façon bonze, on serait en présence d'un incendie volontaire, et donc d'un meurtre.

— C'est votre boulot de le déterminer.

— Et c'est bien ce que je compte faire.

Cointeau se releva. Son costume était fichu, mais il l'avait complètement oublié.

— Que personne ne touche à ça. Je vais appeler les gars du labo. Ça m'étonnerait qu'on retrouve une empreinte là-dessus, mais ils pourront au moins nous dire ce qu'il contenait.

30

Le commissaire Cointeau se détourna de la fenêtre et du spectacle des jardins impeccablement tenus. Yvonne Grancier-Delalande se tenait dans un des fauteuils du salon, très droite, très digne.

— Et vous dites que ce journaliste avait jugé bon de faire sortir les archives de son journal concernant ma famille ?

— C'est ça. Il avait rassemblé tout ce qu'il avait pu trouver. Vous êtes sûre qu'il ne vous a rien dit de particulier ?

— Simplement qu'il envisageait de faire un article sur les grandes familles de la région et que les Delalande étaient la première sur la liste. Les Delalande constituent l'une des familles les plus importantes du département, sinon de toute la Bretagne, vous savez ?

Elle eut un sourire que le commissaire aurait qualifié de vain s'il n'avait été si préoccupé.

— Mais en tout cas, poursuivait Yvonne, pas de

quoi l'assassiner. Comment disiez-vous qu'il était mort ?

— Je n'ai rien dit.

— Mais vous êtes sûr qu'il s'agit d'un assassinat ?

— À moins qu'il n'ait choisi de se transformer en bonze, ce qui n'était pas dans son caractère, je ne vois pas ce que le jerrycan qu'on a retrouvé à demi fondu dans sa cuisine faisait là !

— Brûlé ? Mon Dieu, quelle horreur !

Cointeau eut l'impression qu'elle simulait, mais pouvait-on le lui reprocher ? Le journaliste n'était rien pour elle. Pourquoi aurait-elle éprouvé de la compassion ? Depuis sa plus tendre enfance, on avait enseigné à cette femme qu'elle était différente des autres, supérieure, que leurs soucis n'étaient pas les siens. Elle avait toujours ignoré le journaliste de son vivant, même à l'époque où tous deux n'étaient que des écoliers se croisant chaque jour. Pourquoi en serait-il allé différemment aujourd'hui ?

Le commissaire n'était pas solidaire de ce détachement ni de cette indifférence. Il avait connu Toulouse à la maternelle. Ils avaient partagé les mêmes jeux. Parvenus à l'âge adulte, leurs chemins s'étaient séparés. Mais ce n'était que pour mieux se croiser par la suite, au hasard des enquêtes que chacun menait de son côté. S'il n'avait eu que cette raison, elle aurait été suffisante pour que Cointeau se refuse à baisser les bras devant la mort de Toulouse.

Mais ce n'était pas la seule. Sa colère se nourrissait d'un autre motif. On avait tué dans sa ville. Ce n'était certes pas la première fois. Mais il ne s'agissait pas là d'une banale bagarre entre marins ou d'un drame de l'adultère. C'était un crime prémédité. Un crime dont l'origine et la cause étaient elles-mêmes d'ordre criminel. Et ça, il ne pouvait l'accepter. C'était un peu comme un affront personnel, renforcé encore par le fait que la victime était un de ses amis.

— Et à part moi, commissaire, vous n'avez pas d'autres suspects ?

Yvonne le regardait avec des yeux candides. À cet instant, elle lui rappela la jeune fille qu'il avait connue au lycée et dont, comme la plupart de ses condisciples, il avait été amoureux sans oser l'avouer. Mais le temps avait passé. Si Cointeau pouvait encore être sensible au charme d'Yvonne, du moins avait-il acquis suffisamment de contrôle sur lui-même pour ne pas y succomber. Il haussa les épaules.

— Je n'ai pas dit que vous étiez suspecte !

Elle eut un sourire charmeur.

— Dommage. J'aurais aimé être interrogée par vous !

Ces minauderies l'agacèrent soudain au plus haut point. Yvonne Delalande ne semblait pas comprendre la gravité de la situation.

— Ce n'est pas un jeu, bon Dieu ! jeta-t-il. Un homme est mort !

Yvonne se raidit et son sourire disparut.

— Que voulez-vous que j'y fasse ! Je n'ai vu cet homme qu'une fois dans ma vie, pour une interview qui n'avait rien à voir avec votre affaire, et vous me tombez dessus comme si j'étais responsable de sa mort !

Cointeau préféra se perdre à nouveau dans la contemplation du jardin où Simon Burlot arrachait de mauvaises herbes.

Qui pouvait avoir tué le journaliste ? Et surtout pour quel motif ? Un mari jaloux ? Peu probable. L'assassin se serait servi d'un fusil de chasse. Non, Cointeau était persuadé que c'était du côté professionnel qu'il fallait chercher. Toulouse n'avait-il pas annoncé qu'il était sur un gros coup ? Sans doute cette enquête gênait-elle quelqu'un.

Et apparemment il avait les Grancier-Delalande dans sa ligne de mire. En tout cas, c'était ce qui ressortait de leur entretien au Tropical. De plus, il avait sorti le dossier Delalande. Le commissaire ne croyait pas à cette saga des familles influentes de la région. Il aurait pu gober ça si Toulouse ne l'avait pas interrogé sur la mort de Richard Sonnelier.

On ne prépare pas une saga à la *Point de Vue/ Images du monde* en commençant par déterrer des cadavres vieux de cinq ans.

Et s'il avait déterré ce cadavre-là et pas un autre, c'était parce qu'une femme l'avait lancé sur une piste. Une femme qui affirmait qu'on avait tenté de la tuer quelques jours plus tôt. Ce qui suscitait un nouveau flot de questions.

— Vous n'avez donc pas d'autres suspects que moi ? insista Yvonne comme si elle avait lu dans ses pensées.

— Si, bien sûr. Au moins une.

Au moment où il prononçait ces mots, le commissaire prit conscience qu'il avait soupçonné Laura

Julian depuis qu'on lui avait annoncé la découverte du corps. Accaparé par les premières constatations, il n'avait pu se rendre qu'en fin de matinée à l'hôtel où il espérait trouver la jeune femme.

Elle était sortie. Il lui avait laissé un message demandant qu'elle le rappelle.

Il aurait préféré placer quelqu'un de faction pour la cueillir dès son arrivée, mais il ne disposait pas de suffisamment de personnel.

Il avait également demandé à l'hôtelière de le prévenir dès son retour, mais elle n'avait pas eu l'air très enthousiasmée par l'idée.

Manifestement, elle ne croyait pas la jeune femme coupable de quoi que ce soit. Il pensait qu'elle lui remettrait le mot, et ne le préviendrait que plus tard, si elle en avait envie. Elle jurerait avoir oublié s'il le lui reprochait. Cointeau soupira.

Parfois, il avait envie d'un monde où la police serait aimée de tous, où chacun ferait son devoir de citoyen, où la délation serait reine...

Il se reprenait aussitôt, sachant qu'une société de ce type aurait été l'antichambre du fascisme et que personne n'avait rien à gagner dans ce type d'aventure, surtout pas un policier qui se voulait indépendant.

Mais tout de même... Comme les enquêtes auraient été plus simples si chacun était venu révéler spontanément tout ce qu'il savait...

Alors que là, en ayant informé l'hôtelière de son intérêt envers sa cliente, il risquait de mettre la puce à l'oreille de cette dernière.

Si c'était elle qui avait tué le journaliste, il y avait de fortes chances qu'il ne la revoie pas. Mais du moins sa fuite constituerait-elle un aveu.

Pourquoi l'aurait-elle tué ?

Elle s'était rendue chez lui peu auparavant. Un voisin en avait témoigné. Il l'avait vue l'attendre, puis entrer avec le journaliste. Il ne pouvait préciser quand elle était repartie.

Ces deux-là étaient-ils amants ? Toulouse n'aurait certes pas craché sur le morceau, mais la femme ne lui avait pas semblé du genre à coucher tout de suite. Mais qu'en savait-il ?

Elle poursuivait un but et peut-être était-elle prête à tout pour l'atteindre ?

Ou bien ne l'étaient-ils pas et Toulouse avait-il voulu pousser les choses un peu plus loin qu'elle ne le désirait ? S'il y avait eu bagarre, elle pouvait l'avoir tué accidentellement. Puis, ayant paniqué, elle aurait pu décider de brûler la maison pour faire disparaître les traces de son passage.

Tiré par les cheveux ?

Il le savait. L'autre hypothèse était celle d'un assassinat prémédité, ce que semblait indiquer la présence du jerrycan. Il avait plaisanté le journaliste à ce sujet, lui disant que si elle était folle elle pouvait très bien le tuer pour accréditer la thèse du complot dont elle était victime. Était-ce ce qui s'était passé ? Il ne pouvait pas oublier qu'il avait affaire à une femme soupçonnée d'avoir tué sa propre fille...

Et si elle était cinglée à ce point-là, tuer le journaliste qui l'aidait dans son enquête pouvait lui avoir semblé une bonne idée : cela tendrait à prouver qu'elle avait eu raison dès le début !

— Vous disiez que vous aviez quelqu'un d'autre en vue ?

Cointeau sursauta. Il s'était laissé entraîner par ses spéculations au point d'en oublier la présence d'Yvonne Delalande. Ce qu'elle ne lui pardonnerait jamais si elle en avait conscience.

— En tout cas, vous n'êtes pas sur la liste, rassurez-vous, dit-il. Je ne vous vois pas attendre Toulouse chez lui pour l'assommer avant de l'arroser d'essence et de craquer une allumette !

— Merci bien, commissaire. Cela fait toujours plaisir de savoir que l'on jouit de la considération de la police. Mais à qui pensez-vous donc, si ce n'est pas trop indiscret ? Vous m'en avez trop dit et à présent je brûle de savoir. Je vous jure que ça ne sortira pas de cette pièce.

— Je ne peux pas vous le dire. Par contre, je voudrais vous mettre en garde.

— Me mettre en garde ? Mais contre quoi, grand Dieu ?

— Il y a une chance, une faible chance, mais une chance quand même, pour que Toulouse ait été tué par une femme.

— Une femme ? Quelle horreur ! Vous pensez qu'une femme serait capable de ce genre de chose ? Mais pourquoi aurait-elle fait ça ?

— Je crains que cette femme n'ait plus toute sa tête. Elle est en ville depuis quelques jours et son comportement est bizarre. Il est possible qu'elle vienne vous voir. Si tel est le cas, je voudrais que vous me préveniez tout de suite.

— Si vous me disiez de qui il s'agit et ce que je dois craindre...

— Je ne peux vous en dire plus, mais, croyez-moi, vous la reconnaîtrez si elle vient ici. De toute façon, ce n'est qu'une hypothèse. Peut-être n'en entendrez-vous jamais plus parler...

— En tout cas, je l'espère !

— Une dernière chose... Vous avez une petite-fille, je crois ?

Yvonne se raidit imperceptiblement.

— En effet...

— Surveillez-la de près. Si cette femme est coupable, il pourrait lui venir à l'idée de s'en prendre à elle.

— Commissaire, vous m'effrayez ! Qui pourrait vouloir s'en prendre à ma petite Gaëlle ? Qui serait assez malade pour...

— Ne prenez pas peur inutilement. Encore une fois, il ne s'agit que d'une possibilité. Mais je crois de mon devoir de vous prévenir. Je m'en voudrais s'il lui arrivait quelque chose.

Yvonne resta songeuse quelques secondes.

— Effectivement, dit-elle finalement. J'ignore de qui vous parlez et pourquoi cette femme pourrait être dangereuse, mais je prends acte de votre avertissement. Si elle se présente ici et si je la reconnais ainsi que vous semblez ne pas en douter, je vous avertirai aussitôt. Je ne voudrais pas qu'il arrive malheur à ma petite Gaëlle.

Le commissaire prit congé d'Yvonne Grancier-Delalande. Il n'était guère satisfait de sa démarche, mais, si Laura Julian était bien responsable de la mort de Toulouse, il avait conscience d'avoir fait ce qu'il pouvait pour éviter un nouveau drame.

Il ne vit pas Yvonne qui le suivait du regard alors qu'il traversait le jardin en direction de la grille où l'attendaient sa voiture et son chauffeur.

Elle avait repoussé les doubles rideaux et ses doigts étaient blancs à force d'étreindre le tissu.

Troisième partie

31

Laura était allée devant chez Toulouse. Elle n'avait vu que des ruines fumantes à l'emplacement de sa maison et des pompiers s'affairant parmi les décombres. Elle ne s'était pas arrêtée.

Bouleversée, persuadée que le journaliste était mort, tué par celui-là même qui avait attenté à sa propre vie, elle avait roulé au hasard, ne sachant plus que faire ni vers qui se tourner. Peut-être la police la prendrait-elle au sérieux à présent ? Mais elle n'y comptait pas trop.

Si l'assassin était malin, il aurait fait passer la mort du journaliste pour un accident et nul ne soupçonnerait quoi que ce soit.

Elle atterrit finalement sur le front de mer, devant le monument commémorant l'abolition de l'esclavage. Elle resta là plus d'une heure, à fixer l'océan sans le voir. Le mouvement hypnotique des vagues la berçait et elle éprouvait l'envie de se laisser aller, de s'endormir pour ne plus se réveiller. Ne serait-ce pas une bonne chose d'abandonner enfin cette lutte, de se laisser couler ? Que pouvait-elle espérer de plus ?

Sortirait-elle seulement vivante de cette histoire ? Une fois déjà, on avait tenté de la tuer. À présent, le seul homme qui avait voulu l'aider était mort.

Mais était-il mort ? Peut-être n'était-il que blessé ? Peut-être même n'avait-il rien ? Il pouvait s'être agi d'un accident, d'un court-circuit en son absence. Peut-être Toulouse était-il au journal en ce moment, à passer des coups de téléphone tous azimuts pour régler des problèmes d'assurances et se trouver un nouveau logement ? Peut-être était-elle tout simplement paranoïaque ?

Elle devait en avoir le cœur net.

Elle décida de regagner l'hôtel et de l'appeler depuis sa chambre.

Par chance, elle trouva une place pour se garer juste devant l'entrée. Elle ne comptait pas rester longtemps de toute façon. Elle franchit en coup de vent la réception déserte et monta par l'escalier : elle avait conservé la clef de la chambre dans son sac afin de ne pas perdre du temps chaque fois qu'elle entrait et sortait. De plus, l'idée de laisser la clef de sa chambre sur un tableau que personne ne gardait ne la séduisait guère. N'importe qui pouvait entrer dans l'hôtel et se servir. Il ne manquerait plus que l'ours et son emballage disparaissent ! Quelle preuve lui resterait-il ?

Elle gagna donc sa chambre sans avoir rencontré quiconque, décrocha le téléphone et composa le numéro du journal.

Là, ce qu'elle craignait lui fut confirmé dès qu'elle demanda à parler à Albert Toulouse. On commença par lui répondre qu'il était absent. Elle crut reconnaître la voix de la secrétaire qui l'avait accueillie et se présenta. Lorsqu'elle annonça qu'elle était passée chez lui et avait vu sa maison en cendres, la jeune femme éclata en sanglots et lui confirma que le journaliste était mort. La police enquêtait.

La confirmation brutale de cette nouvelle à laquelle elle s'était pourtant attendue lui asséna un véritable choc. Elle ne sut que dire. Gênée par le chagrin de cette femme qu'elle connaissait à peine, elle bredouilla deux ou trois mots de condoléances et promit vaguement de rappeler avant de raccrocher.

Alors qu'elle avait encore la main sur le combiné, la sonnerie du téléphone la fit sursauter. Qui pouvait l'appeler ? Qui pouvait savoir qu'elle était rentrée ?

Elle décrocha.

— Madame Julian ? Ici la réception. Je vous passe une communication.

Il y eut un court silence, puis une femme prononça son nom.

— Allô ? répondit Laura. Qui est à l'appareil ?

— Mon nom ne vous dirait rien. Je sais où est votre fille.

La dernière fois qu'on lui avait dit ça, on avait fini par lui tirer dessus, mais Laura ne put résister à l'espoir qui la submergea à nouveau en entendant ces mots.

— Où ? Où est-elle ? Qui êtes-vous ?

— Je ne peux pas parler. Je voulais juste vous dire

de ne pas perdre espoir. Il va falloir qu'on trouve un moyen. Elle est en danger.

— En danger ? Quel danger ? Où est-elle ? Une adresse, bon Dieu !

— Je ne peux pas. On me surveille. Je vous rappellerai. Surtout, ne parlez à personne de mon appel. Ne prévenez pas la police. On vous surveille aussi. Je...

La communication fut brutalement interrompue.

Avait-on coupé ou bien l'inconnue avait-elle raccroché en entendant quelqu'un arriver ? Laura l'ignorait et en était réduite aux conjectures. Elle formula de muettes prières pour que sa mystérieuse correspondante n'ait pas été découverte. Si elle disait la vérité, elle prenait vraisemblablement des risques en la contactant.

Et si on n'avait pas hésité à tuer le journaliste avant qu'il ne découvre quelque chose, on ne reculerait sans doute pas devant le meurtre de cette inconnue qui savait où était sa fille !

Sa fille !

Pour la seconde fois en quelques jours, on venait de lui confirmer que Lucie était vivante.

Vivante, mais en danger. Quel danger ? Que pourrait-on faire à une fillette cinq ans après l'avoir enlevée ? La tuer ? Dans quel but ? Pour faire disparaître un témoin gênant au moment où sa mère risquait de la retrouver ?

L'idée que son enquête mettait peut-être la vie de son enfant en danger la rendait malade d'angoisse.

Devait-elle interrompre ses efforts pour la retrouver ?

Non. C'était impossible. Elle ne pouvait l'abandonner entre les mains de quelqu'un qui n'hésitait pas à recourir au meurtre pour se protéger. Elle devait la retrouver pour la mettre à l'abri.

Qui pouvait dire ce qui arriverait à Lucie si elle abandonnait à présent ?

En tout cas, elle ne pourrait pas vivre sans le savoir. Rien ne disait que sa fille serait plus en sécurité si elle cessait de la chercher. Peut-être la tuerait-on sitôt retombée l'excitation soulevée par son enquête ? Peut-être la tuerait-on simplement par précaution ?

Pour qu'elle ne puisse jamais plus la retrouver, même si un nouvel élément survenait au cours des prochaines années ?

Elle se leva, arpentant nerveusement la chambre. Il ne lui était plus possible de sortir : qu'adviendrait-il si cette femme rappelait en son absence ? Sa correspondante était surveillée, elle le lui avait dit. Elle ne pourrait donc pas l'appeler à loisir, mais devrait profiter d'une occasion, d'un instant où elle était seule.

Non, Laura n'avait pas le choix. Elle devait rester à l'hôtel.

Elle s'installa dans l'unique fauteuil de la chambre, rongeant son frein. De sa place, elle voyait la rue et le trottoir opposé. Une cabine téléphonique se trouvait juste à l'angle. Était-il possible que la femme l'ait guettée depuis cette cabine, attendant son retour pour l'appeler ? L'appel était arrivé trop à point pour que ce soit le fruit du hasard. Comment aurait-elle su sinon qu'elle était dans sa chambre ? Cela aurait nécessité une complicité dans l'hôtel. Mais la réception était déserte quand elle était entrée et personne ne l'avait vue.

Non, l'inconnue avait dû la guetter de l'extérieur. Laura se maudit. Si elle avait réfléchi plus vite, elle aurait sans doute pu la voir depuis sa fenêtre. Elle aurait eu au moins un visage à placer sur cette voix. Peut-être s'agissait-il de quelqu'un qu'elle connaissait déjà ? Une des directrices d'école qu'elle avait rencontrées ? Une des secrétaires auxquelles elle avait parlé au cours de son enquête ?

Comment le savoir à présent ?

Plus tard, bien plus tard, on frappa à la porte de sa chambre.

C'était le commissaire Cointeau. Il venait lui apprendre la mort d'Albert Toulouse et lui demander où elle était la veille au soir.

32

Simon binait avec vigueur une vasque contenant des pensées. Il arrachait les mauvaises herbes, retournait la terre, l'arrosait... Il prenait soin du domaine des Delalande. Il prenait soin des Delalande.

Et comme il arrachait les mauvaises herbes, il extirpait tout ce qui pouvait menacer la quiétude de cette famille dont il estimait faire partie.

Simon était l'homme à tout faire. Et il faisait vraiment tout. Non seulement il savait où étaient enterrés les cadavres, selon l'expression consacrée, mais c'était lui qui les enterrait en général.

Et il allait devoir débarrasser la famille d'une mauvaise herbe qui refusait de se décrocher. C'était pour bientôt.

La mauvaise herbe s'appelait Laura Julian. Et il allait devoir l'éliminer.

D'un coup de binette, il trancha un brin de mouron qui tentait de trouver une place au soleil.

Il ne savait pas encore quand il allait s'occuper de cette fouineuse, mais c'était pour bientôt. Ses instructions étaient claires : il ne devait pas quitter le domaine et se tenir prêt à tout moment.

Il était étonné de constater à quel point les intérêts de la famille et les siens étaient liés. Même s'il n'en avait reçu l'ordre, il aurait tué cette femme. Elle était parvenue beaucoup trop près à son goût.

En fait, il aurait fallu l'éliminer beaucoup plus tôt, dès son arrivée à Saint-Nazaire. On avait trop perdu de temps, du temps qu'elle avait mis à profit pour faire progresser son enquête.

Il ne comprenait pas comment elle était arrivée jusqu'ici, ni pourquoi elle se manifestait après un silence de cinq années. Mais il n'aimait pas ça. Il ne connaissait pas grand-chose en matière judiciaire, mais il savait que l'enlèvement de mineur se payait de la réclusion à perpétuité.

Et il n'était pas encore assez vieux pour que la perspective de passer le reste de ses jours en prison ne lui fasse rien. Même en comptant les remises de peine, il en prendrait pour dix bonnes années. Plus, si quelqu'un en profitait pour faire le rapprochement avec la mort de certaines jeunes filles de la région...

Il risquait de ne jamais revoir le jour !

Il releva la tête en entendant des voix. Pascale se promenait dans le jardin avec Gaëlle.

Gaëlle ! Quelle blague !

Il n'avait jamais cru que ça marcherait, mais qui était-il pour discuter ? Et puis, dans l'affolement du moment, il n'avait pas eu le temps de réfléchir.

Il avait exécuté les ordres. Et cela avait marché. Personne ne s'était posé de questions. À la mort de Richard Sonnelier – il ne le regrettait pas celui-là, un jeune prétentieux bourré de fric qui se serait débarrassé de lui s'il l'avait pu –, on s'était plus inquiété de la disparition du père que des problèmes de la fille. Et Pascale qui en rajoutait de son côté !

Pas étonnant que tout le monde n'y ait vu que du feu. Tout le monde ou presque.

Mais là aussi, le premier moment de protestation passé, tout était rentré dans l'ordre : il était trop tard de toute façon.

On ne pouvait revenir en arrière sans envoyer Pascale en prison pour meurtre et la moitié de la maisonnée avec, pour complicité. Qui aurait osé prendre une telle décision ?

Mais la petite devenait dangereuse. Il allait falloir s'en débarrasser également. Et l'arrivée de Laura Julian en ville fournissait un prétexte idéal : le tout était de lui coller la mort de l'enfant sur le dos, et ni vu ni connu.

Simon se redressa et s'étira.

Il se sentirait mieux une fois la gamine enterrée et oubliée. Le mieux serait de la faire incinérer. Plus personne alors ne pourrait se préoccuper de faire des prises de sang qui démontreraient qu'elle ne pouvait pas être la fille de Richard et Pascale.

Et il ne risquerait plus la prison.

Du moins pas pour ça.

Il regarda Pascale qui traversait le jardin avec l'enfant dont elle écoutait le discours solennel. Le choc serait rude pour elle. Elle n'avait pas fini de prendre ses cachets pour dormir !

Et il n'avait pas fini de lui rendre visite la nuit !

Il s'accroupit à nouveau, pour dissimuler l'érection qui l'avait gagné à cette pensée, et se remit à biner, bien qu'il n'y eût plus le moindre brin d'herbe à arracher dans la vasque.

33

Il était 21 h 30 lorsque le téléphone sonna enfin dans la chambre de Laura. Elle bondit sur l'appareil, l'arracha de son support, faillit le lâcher et le récupéra in extremis.

— Allô ! cria-t-elle.

Puis, se reprenant :

— Allô ! Laura Julian à l'appareil.

— Ici la réception, je vous passe une communication.

— Merci.

Il y eut un instant de silence, puis une voix de femme, la même que celle qu'elle avait entendue plus tôt dans la journée :

— Madame Julian ?

— C'est moi. Qui êtes-vous ? Est-ce que ma fille va bien ?

— Elle va bien. Pour le moment. Je ne peux pas vous parler par téléphone. Il faut que je vous rencontre.

— Où ?

— Vous savez où est le monument à l'abolition de l'esclavage ?

C'était là que Laura avait passé un moment à essayer d'absorber le choc de la mort du journaliste. Elle saurait retrouver l'endroit.

— Oui.

— Allez-y tout de suite. Ne prévenez personne. Je vous y rejoindrai.

— La dernière fois que je suis allée à un rendez-vous, j'ai failli être tuée...

— Je sais. C'était mon mari. Je vous expliquerai tout. Voulez-vous retrouver votre fille, oui ou non ?

L'argument emporta la décision :

— J'arrive, dit Laura.

Sa correspondante avait déjà raccroché.

Elle raccrocha à son tour, rafla sa veste et son sac à main, et quitta sa chambre en prenant à peine le temps de fermer sa porte à clef.

Sa voiture l'attendait devant l'hôtel. Elle monta dedans, démarra et fila en direction de la mer.

Il ne lui fallut que quelques minutes pour arriver devant le monument et se ranger sur le petit parking face à la mer.

L'endroit était désert.

Aucune voiture ne l'y attendait.

Laura hésita. Était-ce un nouveau piège ? Une fois déjà on l'avait attirée dans un endroit désert pour tenter de la tuer. Et le fait que cela se soit situé à proximité, puisque le hangar abritant *L'Espadon* se trouvait à moins de cinq cents mètres, ne la rassurait guère.

La nuit tombait. Laura redémarra et alla se ranger sous un réverbère en panne. Du moins ne faciliterait-elle pas la tâche du tireur s'il l'attendait ici pour terminer son travail.

Un élément pourtant la rassurait : la première fois, la voix était celle d'un homme. Aujourd'hui, elle avait eu affaire à une femme.

Laura s'enfonça dans son fauteuil, pour offrir une cible moins aisée, et s'employa à réfréner son impatience.

Le quart d'heure qui suivit fut un véritable enfer. Périodiquement, elle posait les yeux sur la pendule du tableau de bord, certaine qu'une demi-heure au moins s'était écoulée, pour découvrir que deux ou trois minutes seulement venaient de passer depuis sa dernière vérification.

Le temps semblait être suspendu, ou du moins fortement ralenti, depuis qu'elle avait coupé le contact.

La nuit était tombée dans l'intervalle. Le réverbère au-dessus d'elle ne s'était toujours pas allumé et elle était dans une obscurité quasi totale.

L'arrivée de la femme la surprit d'autant plus. Elle ne la vit que lorsque celle-ci fut debout à côté de la voiture et tendait une main gantée de cuir noir vers la poignée de la porte du côté passager. Laura poussa un cri de frayeur.

Se reprenant, elle se pencha pour déverrouiller la portière et laisser entrer l'inconnue. La femme qui s'assit à côté d'elle était coiffée d'un chapeau, et son visage était dissimulé par une voilette. Laura ne pensait pas que ce genre de choses existait encore et eut l'impression de replonger cent ans en arrière. Malgré le voile, elle parvint tout de même à distinguer les traits de l'inconnue à la lueur du plafonnier avant qu'elle ne claque la portière, les plongeant à nouveau dans l'obscurité. C'était une belle femme d'une cinquantaine d'années, aux traits racés.

— Bonsoir, dit-elle. Je m'appelle Yvonne Grancier-Delalande.

Laura ne répondit pas. Sa gorge s'était soudain desséchée. C'était donc vrai. Elle avait eu raison depuis le début ! La famille Grancier-Delalande était au cœur de l'histoire.

— Vous savez où est ma fille ? parvint-elle finalement à articuler.

— Elle est chez moi. Depuis cinq ans.

— Et... Est-ce qu'elle va bien ?

— Aussi bien qu'une enfant de son âge peut aller, mais sa vie est en danger. Il faut que vous interveniez et la récupériez avant qu'il soit trop tard.

— C'est pour ça que vous m'avez envoyé l'ours ?

— L'ours ?... Oui... Bien sûr.

— Mais...

Laura éclata soudain en sanglots. Elle avait pensé être suffisamment forte pour la confrontation, mais se trouver brusquement devant la femme qui lui annonçait que sa fille était chez elle depuis son enlèvement était plus qu'elle n'en pouvait supporter.

Elle brûlait du désir de se jeter sur cette femme pour la frapper à coups de poing, la griffer, la mordre, lui arracher les yeux. Depuis cinq ans, elle savait ! Et elle n'avait rien dit, rien fait ! Cinq ans !

Mais elle devait se contenir, attendre, ne pas la brusquer avant d'avoir compris la situation et la raison de sa présence ici...

Elle fit un effort surhumain pour ne pas esquisser le moindre geste menaçant.

— Excusez-moi, dit-elle quand elle fut parvenue à se dominer. Vous comprenez, cela fait cinq ans que je refuse de la croire morte. Et là, ce soir, vous me confirmez qu'elle est vivante, à quelques kilomètres d'ici... Mais pourquoi ? Pourquoi l'avez-vous enlevée ?

— C'est une longue histoire...

Yvonne Delalande se laissa aller dans son fauteuil, les yeux fixés sur la mer scintillant sous la lune. Le ressac produisait un bruit de fond vaguement hypnotique, comme pour les bercer et leur susurrer que tout allait s'arranger, que rien n'était irrémédiable...

— Voyez-vous, dit enfin Yvonne, ma fille Pascale avait une fille de l'âge de la vôtre. Pascale est, comment vous dire... *fragile*. Il y a cinq ans de cela, elle s'est disputée avec son mari, Richard Sonnelier, à leur retour d'une journée de chasse. Elle était jalouse. Jalouse d'autres femmes, mais jalouse également, et, surtout, de l'amour qu'il portait à sa fille, la petite Gaëlle. Dans un accès de folie, elle a pris un fusil et a abattu Richard. Puis elle a tourné l'arme vers sa propre fille et l'a tuée, elle aussi.

Laura restait sans voix devant le récit de ce drame plus abominable que tout ce qu'elle avait imaginé. Toulouse avait donc eu raison de penser que la mort de Richard Sonnelier et l'enlèvement de Lucie étaient liés. Raison également de croire qu'il y avait autre chose derrière la mort de Richard Sonnelier que ce que l'enquête avait bien voulu admettre.

— Vous devez comprendre que mon mari adore Pascale, reprit Yvonne Delalande. Il ne pouvait pas admettre que sa fille aille en prison et encore moins dans un asile psychiatrique dont elle ne ressortirait jamais. Vous comprenez, Pascale n'était pas violente. Jamais auparavant elle n'avait eu ce genre de comportement. Elle a été saisie d'une folie passagère...

Un sentiment d'horreur incrédule avait envahi Laura. Cette femme lui racontait comment elle et son mari avaient dissimulé un double meurtre, et elle se trouvait des justifications ?

Malgré tous ses efforts, Laura ne parvenait pas à comprendre et encore moins à compatir.

— Qu'avez-vous fait ?

— La mort de Richard a été déclarée comme un accident. On a expliqué qu'il nettoyait une arme et que le coup était parti tout seul.

Laura secoua la tête. Ce n'était pas suffisant :

— Mais cela ne pouvait pas expliquer celle de la petite...

Elle pâlit soudain et porta la main à sa bouche.

— Vous avez dissimulé la mort de la fillette ! Et pour la dissimuler, vous avez enlevé une enfant du même âge qui lui ressemblait !

— Pas moi. Mon mari. Il a fait croire qu'il était en voyage d'affaires, alors que durant tout ce temps il était là, dans l'ombre, tirant les ficelles et mettant son plan en place. Lorsque j'ai compris ce qu'il avait fait, il était trop tard.

— Et vous n’avez rien dit ?

— Que pouvais-je dire ? Pouvais-je aller tout raconter à la police et envoyer ma fille en asile psychiatrique et mon mari en prison ? Qu’auriez-vous fait à ma place ?

— C’est monstrueux.

— Je sais. Croyez-vous que je ne me le suis pas reproché chaque jour depuis cinq ans ? Croyez-vous que j’ai passé des nuits paisibles ?

Yvonne eut un sanglot étouffé.

— Mais vous devez me comprendre : je n’ai accepté ça que pour protéger ma famille.

— Et moi, pendant ce temps ? Et Lucie ? Avez-vous pensé à sa famille ? À *notre* famille ?

— Je n’avais pas le choix ! Et votre fille était bien traitée. Dans un premier temps, elle a été un peu droguée, jusqu’à ce que ses souvenirs s’estompent et qu’elle s’habitue à sa nouvelle vie. Même Pascale ne s’est rendu compte de rien. Elle avait perdu tout souvenir de cette soirée. Lorsqu’elle s’est réveillée, son mari était mort et enterré. Sa fille était malade et avait la tête entourée de bandages. Nous avions fait croire qu’elle avait fait une chute pour pouvoir lui couper les cheveux et dissimuler ses traits quelque temps. Peu à peu, elles se sont habituées l’une à l’autre, jusqu’à se prendre pour mère et fille. Pascale n’avait pas toute sa tête, je vous l’ai dit. De plus, elle se gavait de calmants. La convaincre que votre fille était Gaëlle n’a pas été difficile. Quand elle doutait, elle mettait ça sur le compte de sa dépression...

— C’est monstrueux.

Yvonne se dissimula le visage dans les mains pour fondre en larmes.

— Je sais. Ma seule excuse est d'avoir accepté ça par amour.

— Je vais prévenir la police !

— Non ! Vous ne pouvez pas faire ça !

— Et qu'est-ce qui m'en empêcherait ?

— La police mettra un temps infini à intervenir. Vous n'aurez pas l'autorisation de voir l'enfant avant plusieurs jours, plusieurs semaines peut-être...

— Pas si vous venez tout raconter avec moi ! Votre témoignage...

— Je ne témoignerai pas. Je ne peux pas, comprenez-vous ? Comment pourrais-je aller témoigner contre mon mari ? Il me tuera. Et même s'il ne me tue pas, il ne me le pardonnera jamais !

— Mais alors, que puis-je faire ? Vous devez m'aider !

— C'est bien pour ça que je suis ici. Pourquoi croyez-vous que je prends autant de risques ? J'aurais très bien pu continuer comme par le passé. Vous n'en auriez jamais rien su.

Laura la regarda. Elle réalisait que cette femme poursuivait un but en dévoilant soudain un mystère vieux de cinq ans.

— C'est vrai, dit-elle finalement. Pourquoi faites-vous ça ? Pourquoi maintenant ?

Yvonne Delalande attendit quelques secondes avant de répondre.

— Parce que mon mari va tuer votre fille, dit-elle enfin.

— La tuer ? Mais pourquoi ? Pourquoi après tout ce temps ?

Yvonne Delalande eut un petit rire sans joie.

— Une question d'argent, tout simplement. À la mort de Richard, Pascale n'avait droit à rien. C'était Gaëlle qui héritait de toute sa fortune. Dans quelques années, elle pourra prétendre à tout cet argent. Mon mari est gérant de fait pour le moment puisque la mère de la petite est incapable de s'en occuper. Mais il ne veut pas se retrouver sans le sou dans dix ans si votre fille, que tout le monde prend pour l'héritière légitime, décide de mener seule la barque. Par contre, si elle disparaît maintenant, c'est sa mère, Pascale, qui hérite. Et Pascale est incapable de gérer cette fortune. Mon mari restera donc à la tête de l'entreprise.

Laura resta sans voix. L'enlèvement, justifié tout d'abord par des motifs familiaux, devenait à présent une sordide question d'argent.

Et sa fille, qui avait fait fonction d'ersatz pendant cinq ans, pouvait être jetée comme une vieille poupée si des motifs économiques l'exigeaient.

— C'est monstrueux, répéta-t-elle finalement. Et vous ? Pourquoi intervenir maintenant, alors que vous n'avez rien dit jusqu'à présent ?

— Parce que j'aime cette enfant. Je me suis attachée à elle autant que si elle était ma véritable petite-fille ! Je ne veux pas qu'il lui arrive malheur.

— Pourquoi ne pas prévenir la police ?

— Je vous l'ai dit : je ne peux pas m'opposer à mon mari. Il peut être dangereux. C'est lui qui a tenté de vous tuer !

— Mais qu'attendez-vous de moi exactement ?

— Nous n'avons plus le choix. Il faut mettre Gaëlle, pardon, Lucie, en sécurité.

— Mais comment ! Bon sang, vous venez de me dire...

— Il faut que vous l'enleviez. Une fois l'enfant avec vous, vous pourrez attirer l'attention de la presse sur votre cas, lui faire subir une analyse de sang qui démontrera qu'elle peut être votre fille alors qu'elle ne peut pas être celle de Richard et de Pascale.

— Vous en êtes sûre ?

— Certaine ! C'est même à cause de ce détail que nous avons dû changer de médecin ! En quelques jours, vous pouvez inverser totalement le jeu. Mais si vous passez par la voie officielle, mon mari aura tout le temps d'arranger un accident à la petite.

— Mais vous savez que de toute façon je ne pourrai faire autrement qu'informer la police ! Vous ne pourrez pas vous en tirer simplement comme si rien ne s'était passé !

— Je le sais.

Il y avait une lassitude extrême dans la voix d'Yvonne Delalande.

— Je vous demande simplement de taire mon rôle dans tout ça. Je ne voudrais pas que l'on sache que je vous ai aidée. Ainsi pourrai-je peut-être préserver les liens qui m'unissent malgré tout à ma famille. J'aime toujours mon mari, malgré ce qu'il a pu faire. Je sens que nous aurons grandement besoin d'être unis une fois que toute cette histoire sera étalée au grand jour.

Laura ne savait que répondre à cela. D'un côté, elle haïssait cette femme qui avait connu la vérité depuis cinq ans et ne l'avait pas prévenue, ne lui avait pas dit que sa fille était toujours en vie... Mais, de l'autre, elle lui était éperdument reconnaissante d'avoir provoqué son enquête. Et plus encore de se manifester aujourd'hui pour l'aider à récupérer sa fille.

— Vous devez agir vite, précisa Yvonne. Il peut décider de précipiter les choses. Chaque jour qui passe augmente le danger.

— Que dois-je faire ?

— L'enlever dès cette nuit. Je vais vous expliquer comment procéder.

34

Laura leva les yeux vers le sommet du mur. L'obstacle mesurait près de deux mètres cinquante de haut. Une barrière qu'elle n'aurait pu franchir si la petite poterne n'avait été ouverte, ainsi que le lui avait promis Yvonne Delalande.

Les deux femmes s'étaient quittées vers 23 heures. Yvonne Grancier avait demandé à Laura de lui laisser le temps de rentrer chez elle afin de pouvoir se composer un alibi auprès de son époux. L'attente, alors qu'elle touchait au but, avait été un véritable supplice pour Laura, mais elle n'avait pas le choix : brusquer les choses n'aurait pu que faire échouer son entreprise.

Elle se glissa par la poterne et pénétra dans le parc. Yvonne Delalande lui avait dit qu'il n'y avait pas de chien ; elle n'avait donc aucune crainte à ce sujet. De ce côté du mur, une petite prairie s'étendait jusqu'à un bois au-dessus duquel émergeait la masse imposante de la maison, silhouette noire sur le ciel étoilé.

Depuis la poterne, elle ne distinguait que les étages supérieurs, plongés dans l'obscurité. Toute la maison devait dormir, ainsi que l'avait prédit Yvonne.

Laura traversa la prairie jusqu'à rencontrer le chemin annoncé, qui lui permettrait de franchir le petit bois pour arriver sur le flanc gauche du manoir.

Les indications fournies étaient claires : sur le côté de la demeure ouvrait la cuisine dont la porte, là non plus, ne serait pas fermée. Traverser la cuisine, puis suivre le couloir jusqu'à l'escalier principal. Monter au deuxième étage, prendre à gauche et compter trois portes. Là dormait celle que tout le monde appelait Gaëlle dans cette demeure. Celle qu'on lui avait volée cinq ans auparavant. Lucie.

L'enfant ne la suivrait pas de son plein gré : elle ne la connaissait plus. Mais là aussi Yvonne Delalande avait tout prévu. Dans sa main, Laura serrait le sac de plastique qu'elle lui avait remis. À l'intérieur se trouvaient un flacon contenant de l'éther et un gros morceau de coton. Elle chloroformerait l'enfant, puis la porterait jusqu'à l'extérieur. Une fois dans la voiture, elle filerait la mettre en lieu sûr avant de prévenir la presse et la justice. Après quoi, la grande machinerie serait lancée et il n'y aurait plus moyen de l'arrêter.

Laura atteignit la maison sans encombre. Jusque-là, Yvonne avait dit vrai.

La porte de la cuisine n'était pas verrouillée. Laura la poussa après une courte hésitation. Elle n'avait pas l'habitude de ce genre d'expédition et éprouvait une vague culpabilité à l'idée d'entrer ainsi chez des étrangers, mais la pensée que sa fille l'attendait à l'étage la galvanisait. Elle se sentait comme propulsée par une énergie dont elle avait oublié l'existence depuis cinq ans qu'elle vivait repliée sur elle-même. Elle aurait couru, si la peur d'échouer si près du but ne lui avait tenaillé le ventre.

« Faites attention à ne pas réveiller Simon, l'avait avertie Yvonne. C'est l'homme à tout faire de la maison et il dort au dernier étage. S'il vous surprend, il est capable de vous tirer dessus ! »

Cela recoupait ce que lui en avait dit Albert Toulouse : apparemment, cet homme était du genre à tirer d'abord et à poser les questions ensuite.

La crainte de ce Simon était donc également pour beaucoup dans la prudence dont Laura faisait preuve. Elle alluma la petite lampe de poche qu'elle avait apportée, éteignit presque aussitôt de peur que l'éclat lumineux ne soit repéré.

La lumière avait dévoilé une cuisine propre et bien rangée, aux meubles rustiques qui ne paraissaient pas sortis la veille de l'usine. Il n'y avait rien devant elle qui soit susceptible de la faire trébucher.

Mais elle n'était pas venue là pour admirer la maison. Elle traversa la pièce sans faire de bruit et gagna le couloir, désert lui aussi ainsi que le lui confirma un nouvel éclair de la lampe.

L'escalier était couvert d'une moquette assez épaisse pour amortir l'escalade d'un éléphant. Laura commença à gravir les marches sans faire plus de bruit qu'un chat. La lumière qui filtrait par le vitrail de la porte principale suffisait à l'éclairer. Elle s'immobilisa sur le premier palier et tendit l'oreille. Rien ne bougeait dans la maison. Tout le monde devait dormir. Elle reprit son ascension.

Au fur et à mesure qu'elle montait, la lueur provenant du rez-de-chaussée diminuait et elle y voyait de moins en moins. Ce fut dans le noir presque absolu qu'elle parvint enfin sur le palier du second. Un étage plus haut, une petite lucarne donnait sur un palier intermédiaire, mais la lueur qu'elle diffusait ne descendait pas jusqu'à elle.

Laura essaya de s'imprégner de l'atmosphère, de percevoir cette demeure comme s'il s'agissait d'un animal. Elle devait se trouver à présent au cœur de la maison, au centre de toutes les chambres. Elle ignorait combien de personnes dormaient là. Yvonne Grancier-Delalande ne lui avait parlé que de son mari et de Simon. Y avait-il d'autres domestiques ?

Elle n'en savait rien, regrettait à présent de ne pas avoir posé plus de questions. Mais elle avait été bouleversée par la nouvelle et convaincue de la nécessité de faire vite. Dans la précipitation du moment, elle avait oublié certaines questions essentielles.

Elle s'immobilisa comme elle l'avait fait au premier, scrutant l'obscurité et essayant de deviner où étaient les occupants de la maison. Simon dormait-il ?

Elle l'espérait.

En l'absence d'autres domestiques, qui cela laisserait-il ? Pascale, abrutie de médicaments, et son père. Le plus dangereux, sans doute. L'homme qui lui avait déjà tiré dessus une fois... Elle espéra qu'il avait vraiment le sommeil aussi profond que le prétendait sa femme. D'après elle, il s'endormait du sommeil du juste sitôt couché, pour ne se réveiller que le lendemain matin.

Il restait Yvonne. Sans doute était-elle allongée dans le noir, les yeux grands ouverts et fixant le plafond sans le voir. Elle devait guetter le moindre bruit trahissant sa présence, se demandant si elle oserait venir ou si elle renoncerait finalement. Peut-être s'inquiétait-elle de la voir aller à la police avec son histoire, malgré ses arguments ?

Mais Laura n'avait pas le choix et elle devait le savoir. La vie de Lucie était en jeu et elle ne pouvait pas se permettre de subir les lenteurs de la justice.

Après avoir longuement hésité, Laura éclaira brièvement le couloir. Il était désert et toutes les portes étaient fermées. À une dizaine de mètres d'elle se trouvait la troisième.

Celle derrière laquelle vivait sa fille.

Sa lampe éteinte à la main, Laura remonta le couloir à pas rapides en luttant contre les sanglots nerveux qui se bousculaient dans sa gorge. Elle ne pouvait pas se permettre de laisser ses nerfs la dominer à cet instant. Le sort de Lucie dépendait de sa maîtrise et de son courage. Elle devait agir avec un détachement total, professionnel, comme l'aurait fait une héroïne de feuilleton !

Elle s'arrêta à hauteur de la troisième porte, ouvrit le sac que lui avait remis Yvonne Delalande et en sortit le petit flacon. Le bouchon tournait normalement. Elle n'aurait pas de difficultés de ce côté-là.

Elle glissa le flacon dans la poche de sa veste, enveloppé du morceau de coton, inspira profondément, comme pour se jeter à l'eau. La main tendue pour saisir la poignée, elle hésita. Et si sa fille n'était pas là ? Et s'il s'agissait d'un piège ? Et si en ouvrant cette porte elle allait découvrir le commissaire Cointeau qui lui passerait les menottes en l'accusant de violation de propriété privée et de tentative d'enlèvement ? Et si elle se retrouvait en prison pour plusieurs années ?

Mais non. Ce n'était pas possible. Yvonne Grancier-Delalande savait trop de choses. Sa fille était forcément là.

À moins qu'elle n'ait appris ces choses du commissaire, justement ? Il savait tout d'elle. Avait-il utilisé ses connaissances pour lui tendre un piège ?

Tergiverser ne servirait à rien. Chaque seconde qui passait augmentait les risques d'être découverte. Il suffisait que quelqu'un descende à la cuisine en quête d'un verre d'eau pour que toute son entreprise échoue.

Elle posa la main sur la poignée, la tourna doucement. La porte s'ouvrit sans bruit.

La lune qui entrait par la fenêtre éclairait une chambre d'enfant. Contre le mur opposé se trouvait un lit où une petite silhouette dormait.

Yvonne Delalande avait dit la vérité !

Laura resta pétrifiée sur le seuil de la pièce, n'osant croire qu'elle touchait enfin au but.

Des larmes coulaient sur son visage, mais elle ne s'en rendait pas compte. Elle avait perdu la notion du temps et de l'espace. Elle n'avait plus conscience que d'une chose : ce lien qui l'unissait à l'enfant endormie devant elle.

Elle se retrouva au pied du lit comme si elle avait progressé en état de lévitation.

Elle contourna le lit, s'agenouilla.

La lueur de la lune était à peine suffisante pour lui permettre de distinguer les traits de l'enfant endormie. Elle en conçut un terrible sentiment de frustration, comme si le destin s'acharnait contre elle et s'entêtait à ne pas vouloir lui rendre son enfant bien qu'elle ait franchi tous les obstacles qu'il avait dressés sur sa route. Elle aurait voulu allumer, braquer des projecteurs, la voir enfin après toutes ces années où elle avait espéré cet instant, sans même savoir si Lucie vivait encore !

Un reste de bon sens la dissuada d'allumer ne serait-ce que sa lampe.

Elle resta un temps infini à regarder Lucie, à se repaître du spectacle de son visage détendu par le sommeil, à s'émerveiller de la trouver si grande, si changée et pourtant si semblable au bébé qu'elle avait perdu cinq ans plus tôt. Elle discernait sous ce visage de sept ans les traits de l'enfant de deux ans qu'on lui avait dérobée.

Elle tendit la main pour lui caresser le visage, suspendit son geste à quelques millimètres de son front. Elle ne devait pas faire cela. Elle ne le pouvait pas. Lucie se réveillerait et quelle serait sa réaction en découvrant une inconnue dans sa chambre ? Jamais elle n'aurait le temps de la convaincre qu'elle ne lui voulait pas de mal. L'enfant se mettrait à hurler et, en un instant, toute la maison serait réveillée.

Elle ne le pouvait pas. Sa haine envers ceux qui l'avaient enlevée crût encore devant cette nouvelle torture qu'ils lui infligeaient, mais elle ramena sa main.

Elle n'aimait pas ce qu'elle allait faire. Elle avait l'impression qu'elle allait tuer sa propre fille, la perdre à nouveau.

Mais elle n'avait pas le choix.

Elle saisit le flacon dans sa poche, l'ouvrit. L'odeur de l'éther envahit la pièce et Laura détourna le visage pour échapper aux entêtants effluves. Elle posa le morceau de coton sur le goulot, renversa la bouteille, imbibant généreusement l'ouate, puis posa le flacon sur le sol à côté d'elle.

La tête tournée pour résister à l'odeur, elle eut une dernière hésitation. N'avait-elle pas entendu dire que l'éther détruisait les cellules du cerveau ? N'était-ce pas la raison pour laquelle on avait interdit la vente de ce produit quelques années auparavant ? Et d'où sortait cette bouteille ? Le contenu de ce flacon n'était-il pas périmé ? Est-ce que l'éther se dégradait avec le temps ? Pouvait-elle sans danger écraser ce coton sous les narines de sa fille ?

Avait-elle le choix ?

— Je te demande pardon, murmura-t-elle en appliquant le coton sur le nez de l'enfant.

Lucie eut un sursaut. Laura dut la maintenir de l'autre main tandis qu'elle lui pressait le coton sur les narines, mais très vite la petite fille cessa de se débattre. Dès qu'elle fut immobile, Laura jeta le coton au pied du lit et se pencha sur elle. La fillette respirait presque normalement. Guère rassurée, Laura décida cependant que la première chose qu'elle ferait serait de la mener chez un médecin. Elle rabattit les couvertures et fut soulagée de voir que Lucie dormait avec un petit pyjama de coton. Ainsi risquerait-elle moins de prendre froid en sortant. Avec une prudence exacerbée par cinq ans d'absence, Laura tira tout de même la première couverture et en enveloppa le corps inerte. L'enfant se laissait faire comme un mannequin sans vie.

Laura voulut faire disparaître les traces de son passage avant de partir, mais le coton imbibé d'éther s'était perdu dans les replis des draps.

Quant au flacon, elle se souvenait de l'avoir cogné du genou dans la courte lutte qui l'avait opposée à sa fille et il avait roulé sous le lit en se renversant. L'odeur dans la pièce était abominable.

Elle voulut le récupérer, mais ne parvint pas à remettre la main dessus. Abandonnant ses recherches – après tout, quelle importance pouvait avoir ce flacon ? –, elle se redressa. L'enfant dormait et en serait quitte pour un mal de crâne. Elle-même risquait d'être malade si elle demeurait plus longtemps dans cette pièce à l'atmosphère saturée de vapeurs d'éther.

Laura se pencha sur le petit corps endormi et le souleva. Elle fut surprise de trouver Lucie si lourde. Mais sa fille n'était plus un bébé.

Elle devait se faire à cette idée. Cinq ans s'étaient écoulés et, bien qu'elle ait toujours su intellectuellement que sa fille grandissait en son absence, ce n'était que maintenant, en la voyant, en la portant, qu'elle en prenait conscience dans sa chair.

Elle referma la porte de la chambre dans son dos, pour éviter que l'odeur n'attire l'attention, et gagna l'escalier à tâtons.

À présent qu'elle avait sa fille dans ses bras, sa crainte d'être découverte avait décuplé. Elle ne pouvait pas se permettre le moindre faux pas. Elle n'échouerait pas si près du but !

Elle cala Lucie sur une épaule et descendit les marches en gardant une main sur la rampe. Elle ne voulait pas risquer de trébucher et se casser un membre. Pas maintenant !

Arrivée au premier étage, elle réalisa qu'elle avait laissé ses empreintes partout. Pour une professionnelle, elle avait encore beaucoup à apprendre !

Mais il était trop tard pour y changer quoi que ce soit. Et puis quelle importance ? Elle avait retrouvé sa fille et dans quelques heures l'histoire serait à la une de tous les journaux.

Bien malin dès lors qui viendrait la lui arracher à nouveau. Et à ce moment-là, qu'elle ait laissé des empreintes dans la maison et dans la chambre de Lucie n'aurait plus d'incidence sur la suite des événements.

Pour le moment, elle devait s'attacher à quitter cette maison sans réveiller personne.

35

Assis sur le palier du troisième étage, Simon attendit qu'elle soit parvenue au rez-de-chaussée avant de se relever.

Il empoigna le fusil de chasse posé à côté de lui et descendit à sa suite, sans le moindre bruit.

Quatrième partie

36

Simon avait laissé Laura prendre un peu d'avance. Il avait sur elle l'avantage de connaître les lieux. De plus, elle était chargée d'un fardeau qui la retarderait. Il décida donc d'attendre pour la rattraper plus loin.

À un endroit d'où un cri ne serait pas perçu de la maison, s'il n'était pas trop fort. Et il ne comptait pas lui laisser le loisir de crier très fort. Lorsqu'il pénétra dans la cuisine, il la vit par la porte vitrée qui achevait de traverser la grande pelouse et approchait du bois. Elle n'avait pas le choix : elle allait devoir emprunter l'allée si elle ne voulait pas courir le risque de s'égarer. Le parc était suffisamment grand pour qu'elle s'y perde, surtout en pleine nuit, et elle devait en avoir conscience.

Dès qu'elle eut disparu entre les arbres, Simon sortit à son tour de la maison endormie et s'élança. Sous l'éclairage de la lune, il traversa la pelouse en quelques secondes. Un large sourire lui barrait le visage. La traque était entamée et, comme chaque fois, l'adrénaline qui lui courait dans le sang lui apportait une satisfaction presque sexuelle. Il aimait ces quelques minutes précédant le choc de la rencontre, ces instants où il se précipitait et où tout pouvait arriver. Il brûlait ses vaisseaux dans ces moments-là. Qu'on le voie fondre sur sa proie, et c'en était fini de lui. On l'arrêterait, on l'interrogerait, on ferait des rapprochements avec d'autres affaires jamais élucidées... Peu à peu, la justice débrouillerait l'écheveau de ses crimes et mettrait au jour l'assassin qu'il était réellement.

Le risque l'excitait. Comme l'excitait l'idée que dans quelques minutes il tiendrait une jeune vie entre ses mains, un jeune corps qu'il plierait à tous ses désirs... Ces deux sources d'excitation se mêlaient en lui, pour former un tumulte bouillonnant qui lui troublait l'esprit.

Mais ce soir, il savait qu'il ne pourrait pas profiter du corps de la femme. Ce soir, il n'était lancé sur ses traces que dans un seul but. La tuer.

Il parvint à la lisière des arbres une demi-minute à peine après qu'elle se fut engagée sous les frondaisons. Depuis le temps qu'il entretenait le parc, il connaissait les lieux aussi bien que sa chambre. Sans compter les rondes nocturnes qu'il lui arrivait de faire, souvent à la suite d'une de ses visites à Pascale. Il aimait se promener seul dans le parc sous les étoiles après l'une de ces expéditions, savourant sa puissance sur cette maison dont il connaissait les moindres secrets. Il n'en était pas le propriétaire, certes, mais d'une certaine façon elle lui appartenait plus qu'à quiconque : lui seul savait tout ce qui s'y passait, lui seul connaissait toute son histoire, lui seul savait où étaient enterrés les cadavres.

Il contourna le grand chêne, se glissa entre les marronniers et s'accroupit derrière un épais buisson. Le chemin était à deux mètres devant lui à peine, au-delà du feuillage qui le dissimulait.

Son estimation était correcte. À peine s'était-il installé qu'il entendit un bruit de pas précipités sur la terre meuble du chemin.

Laura passa devant lui sans le voir, ombre parmi les ombres. Il bondit à l'instant où elle lui tournait le dos et sa main se referma sur sa bouche.

— Un mot, un cri, et je vous liquide !

Il sentit la jeune femme se raidir entre ses bras et resserra encore la pression de sa main.

— Vous avez compris ? souffla-t-il.

Elle hocha la tête affirmativement. Maintenant allait venir l'instant de vérité. Il allait ôter sa main et, si elle criait, il devrait la réduire au silence immédiatement. Cela ne l'inquiétait pas trop : elle ne serait pas la première à tenter sa chance, pour s'apercevoir qu'elle n'en avait aucune.

Doucement, il relâcha la pression.

— Vous êtes Simon ! dit-elle à voix basse dès qu'elle put parler.

L'affirmation le surprit et il sentit une aiguille de peur lui perforer les entrailles. Comment savait-elle son nom ? Que savait-elle ? D'autres étaient-ils au courant ? À qui avait-elle parlé ? Mais non. Elle ne pouvait rien savoir. Elle avait dû se renseigner avant d'entreprendre son expédition. Depuis plusieurs jours qu'elle fouinait, elle devait tout savoir sur les habitants de cette maison. Du moins tout ce qu'il était possible de découvrir en posant des questions. Les secrets les plus noirs, elle allait faire leur connaissance à ses dépens dans peu de temps. Et il serait trop tard pour qu'elle puisse les colporter.

— Si vous savez qui je suis, vous devez savoir que vous feriez mieux d'obéir ! dit-il en lui laissant voir son fusil. Avancez.

— Où m'emmenez-vous ?

— Pas de questions. Avancez.

En guignant l'arme des yeux, la jeune femme se mit en route dans la direction qu'il indiquait. Elle serrait l'enfant sur son cœur, comme si elle avait craint d'en être à nouveau séparée. Burlot ne put retenir un sourire : elle n'avait aucune crainte à avoir ; bientôt elles seraient réunies pour l'éternité. En la voyant avancer ainsi devant lui, totalement à sa merci, il sentit une érection le gagner. Peut-être pourrait-il profiter...

Mais non. Elle ne devait pas subir de violences. Et avec les méthodes modernes, les médecins légistes seraient sans doute en mesure de déterminer qu'elle avait été violée, même après sa mort. Il ne pouvait pas se le permettre. Sa disparition allait permettre de boucler une histoire suspendue au-dessus de sa tête comme une épée de Damoclès depuis cinq ans. La mort de cette femme était sa porte de sortie. Il ne pouvait pas tout gâcher.

Pascale

La nuit l'étreint et la noie. Une menace plane sur elle. Depuis une éternité, elle la sent rôder, diffuse, mais omniprésente.

Elle porte la main à sa gorge dans son sommeil et cherche vainement à respirer. Elle est oppressée. Son souffle est court. Haletant.

Elle ouvre un œil, mais les somnifères la réclament encore et elle replonge dans le gouffre obscur où se tapit le monstre qui n'attend qu'une occasion pour la dévorer, comme il a dévoré déjà son mari et sa fille.

Sa fille.

Gaëlle.

Non, il n'a pas dévoré Gaëlle. Gaëlle est vivante.

Mais est-elle vivante ?

Pourquoi son visage s'efface-t-il peu à peu ?

Pourquoi une tête de mort vient-elle se superposer à ce visage ?

Pourquoi l'enfant semble-t-elle soudain rétrécir comme une photo que l'on brûle ? Comme si elle était aspirée par le néant ?

Et quel est ce monstre qui la saisit brusquement ?

Pascale hurle.

37

Charles Grancier se réveilla en sursaut. Il avait entendu crier. Ou bien avait-il rêvé ? Il tendit l'oreille, mais toute la maison était silencieuse. Il allait se recoucher quand il prit conscience qu'Yvonne n'était pas dans le lit à côté de lui. Il tâtonna sur la table de chevet et mit ses lunettes.

La pendule indiquait qu'il était presque 1 heure du matin. Yvonne avait-elle été réveillée, elle aussi, ou bien n'était-elle pas encore montée se coucher ?

Gaëlle !

La gorge soudain desséchée, il rejeta les couvertures et enfila ses chaussons sans faire de la lumière.

Sa robe de chambre se trouvait dans la penderie, mais il n'avait pas le temps de la prendre. Un obscur pressentiment lui disait qu'il devait se hâter, que chaque seconde comptait.

Dans le couloir, il n'hésita qu'un instant avant de s'élancer dans le noir. Il ne voulait pas allumer. Il craignait ce que la lumière risquait de lui révéler. Il gagna le second étage, fut aussitôt assailli par l'étrange odeur qui y régnait. Une odeur d'orange pourrie.

La troisième porte.

La chambre de Gaëlle.

Il y fut sans avoir eu conscience de franchir la distance qui l'en séparait. Il l'ouvrit et l'abominable odeur le prit à la gorge.

Suffoquant, il actionna l'interrupteur, réalisant avec terreur à l'instant où il pressait le bouton qu'il allait peut-être déclencher une explosion.

L'explosion qui se produisit ne fut pas celle qu'il attendait. Elle le pulvérisa de l'intérieur quand il vit ses craintes se réaliser. Le lit de l'enfant était vide. Une poigne glacée lui broya le cœur et il dut s'appuyer contre le chambranle de la porte.

« Mes pilules ! » songea-t-il avec terreur tandis qu'il réalisait soudain d'où provenait cette odeur.

Sa main fouilla dans la poche de son pyjama, trouva la minuscule boîte. Depuis quelque temps, il ne faisait plus confiance à personne dans cette maison. Plusieurs soirs de suite il s'était couché en regardant la boîte de pilules sur la table de chevet. Chaque fois la crainte d'une attaque nocturne l'avait saisi. Il se voyait se réveillant soudain avec la morsure de l'infarctus entre les côtes et tendant la main vers la table de chevet, hors de sa portée. Et il voyait les autres habitants de la maison, rassemblés autour de son lit et observant ses efforts désespérés avec un détachement d'entomologiste ayant retourné un scarabée sur le dos pour voir s'il pourrait s'en tirer seul.

Paranoïa ? Bien sûr. Et il avait lutté contre cette idée pendant plusieurs jours. Jusqu'à ce que la méfiance l'emporte. Jusqu'à ce qu'il prenne la décision de garder une boîte dans la poche de son pyjama. Il avait eu le sentiment de sombrer dans la suspicion la plus totale, de céder à une peur irraisonnée, mais il n'avait pas le choix. Il ne pouvait se permettre de prendre le moindre risque. Sa vie n'était pas seule en jeu. L'inconfort suscité par cette petite boîte lorsqu'elle lui entrait parfois dans les côtes avait été vite oublié face au sentiment de sécurité que lui procurait cette légère douleur. Et cette nuit, il bénit les sentiments qui l'avaient poussé à ce genre de précautions. Il ouvrit la petite boîte, avala son contenu sans prendre le temps de respirer. Un hoquet le secoua et il pria, avec plus de ferveur qu'il n'en avait jamais mise dans cet acte, pour ne pas recracher la pilule.

Lentement, les symptômes s'évanouirent et il retrouva le contrôle de son corps. Son temps était compté. Le médecin lui avait juré qu'il pourrait vivre encore des années, mais il savait qu'il était fichu. Il était rongé de l'intérieur et n'aurait plus la force de tenir longtemps. La seule chose qui le faisait encore avancer était sa dette envers Gaëlle, qu'il ne parviendrait jamais à payer tout à fait. Du moins pourrait-il faire tout son possible pour garder l'enfant en vie.

Il ne pensait pas qu'elle soit allée chercher de l'eau à la salle de bains toute proche. Elle aurait allumé sa chambre et sans doute le couloir. De plus, il y avait cette odeur d'éther, inexplicable, qui flottait dans la pièce. Ou, plutôt, qu'on ne pouvait expliquer que d'une seule façon.

On l'avait enlevée.

Il ressortit dans le couloir dès qu'il se sentit en état de marcher sans s'effondrer. Sur le palier, il prit conscience que sa femme se trouvait sur le palier intermédiaire, au-dessus de lui. Elle regardait par la fenêtre.

— Gaëlle a disparu ! annonça-t-il.

— Je sais. C'est cette femme.

— Pourquoi n'as-tu rien dit ? Qu'est-ce que tu fais là ?

Il monta la rejoindre et regarda lui aussi par la fenêtre. De ce point de vue, ils dominaient tout le parc, depuis la pelouse jusqu'au mur d'enceinte.

— Simon s'en occupe, dit-elle.

Et il sut vraiment ce qu'était la peur à cet instant, en voyant les deux silhouettes au-delà du petit bois, qui longeaient le mur de la propriété.

Au mépris de la douleur qui persistait entre ses côtes comme une flamme jouant sur une braise, il se jeta dans l'escalier. Yvonne tenta de le retenir ; sa main crocheta son pyjama et il se dégagea d'un coup d'épaule. Sa manche se déchira avec un bruit sec dans le silence de la nuit. Il dévala les marches, s'immobilisa un instant sur le palier du second, se tourna vers elle dans la pénombre, la menaçant du poing :

— S'il arrive quelque chose, tu le paieras.

— Je l'ai fait pour ta fille !

Avec un grognement de rage, il enfonça l'interrupteur et la lumière jaillit dans l'escalier.

— Pense à nous ! cracha sa femme penchée par-dessus la balustrade. Si cette enfant vit, nous allons tout perdre à cause d'elle ! Et ce n'est même pas la fille de Richard !

Il s'immobilisa, le pied entre deux marches, la main sur la rampe, et releva la tête pour regarder sa femme. Échevelée, elle le fixait avec des yeux fous. Jamais il ne l'avait vue ainsi, le visage déformé par la haine, les yeux exorbités. Il comprit en cet instant qu'elle était folle, et que sa folie remontait très loin dans le temps. Comment avait-il pu ne pas s'en apercevoir ? Comment avait-il pu être aveugle à ce point ? Pouvait-on être aveugle à ce point ? Il réalisa qu'il l'avait toujours su, et qu'il avait préféré l'ignorer. Par lâcheté. La monstruosité de ce que cette folie les avait entraînés à faire lui explosa au visage et il crut que la culpabilité allait le terrasser.

— Ne comprends-tu pas que, si elle vit, cette gosse héritera de toute la fortune de Richard dans une dizaine d'années ? insistait Yvonne. Il ne nous restera rien. Rien ! Et elle n'est même pas de son sang !

Il repartit sous ses hurlements, ne s'arrêtant que le temps de décrocher un fusil du râtelier dans l'entrée et de saisir une boîte de munitions. Il traversa la pelouse en cassant l'arme pour y glisser deux cartouches.

Simon était dangereux, mais si Dieu lui prêtait vie pendant encore un quart d'heure, il allait lui démontrer que lui aussi pouvait l'être ! Dans son dos, Yvonne hurlait que, tout ce qu'elle avait fait, elle l'avait fait pour eux ! Que si elle avait tué Richard, c'était pour eux ! Qu'elle s'était sacrifiée, et que le temps était venu de sacrifier l'enfant également !

38

Yvonne resta un moment figée au-dessus du vide. Deux étages et demi plus bas, le carrelage en damier de l'entrée semblait tourner sur lui-même. Il aurait suffi de si peu de chose. Se laisser aller, s'abandonner à la gravité qui attirait son corps. Deux étages et demi. Trois fois rien.

Largement assez cependant pour se briser la nuque. Le repos enfin. Ne plus avoir à tout organiser pour tout le monde. Ne plus être tenue de penser à tout. Ne plus être l'esclave de cette maisonnée où chacun semblait avoir abdiqué le sens des responsabilités pour se reposer entièrement sur elle.

Un frisson la parcourut.

Non.

Elle s'était toujours battue, elle n'avait jamais baissé les bras. Elle n'avait jamais accepté l'échec. Jamais admis qu'on lui résiste. Personne n'avait le droit de lui résister. Personne. Pas même Richard.

En un flash, elle revit son sourire ce soir-là. Quand il avait repoussé ses avances. L'incrédulité et la condescendance qu'elle avait lues sur son visage avaient été trop fortes. Le fusil était sur la table, attendant d'être nettoyé.

Elle avait vu ses mains agir alors que son cerveau lui hurlait de ne pas le faire. Mais son cerveau ne commandait plus ses mains. Ses mains obéissaient à la haine et à l'humiliation devant ce sourire. Elle avait tiré et il s'était effondré.

Ce n'était qu'à ce moment qu'elle avait pris conscience de la présence de Gaëlle dans l'encadrement de la porte. L'enfant ne parvenait pas à s'endormir et elle était descendue voir son père.

Yvonne n'avait pas réfléchi. Gaëlle était un témoin. Son esprit qui cherchait déjà une échappatoire après son crime était en train d'échafauder la thèse de l'accident. Mais ce n'était plus possible. Pas avec un témoin. Pourrait-elle la convaincre... Mais déjà l'enfant ouvrait la bouche pour hurler et se détournait. Elle allait ameuter toute la maisonnée...

Non. Il n'y avait que Simon et Pascale.

Le second coup partit sans qu'elle en ait eu conscience. Tirés presque à bout portant, les plombs n'eurent pas le temps de se disperser.

L'enfant, projetée par le choc contre le mur du couloir, s'effondra sans un cri.

Pascale s'était mise à crier à l'étage et Simon était apparu. À nouveau maîtresse d'elle-même, Yvonne s'était tournée vers son employé.

— Cachez-la ! Je m'occupe de Pascale.

Le reste avait été un jeu d'enfant. Il avait suffi de convaincre le Dr Royer et Charles que c'était Pascale qui avait tué Richard dans un accès de jalousie, et tous les autres qu'il s'agissait d'un accident.

Ainsi qu'elle l'avait prévu, Charles n'avait pensé qu'à protéger sa fille. Quant à Royer, son silence avait été scellé avec la promesse de l'achat de la clinique ; après quoi, il était ligoté par sa complicité.

Cette fois-là, Yvonne avait sauvé la situation grâce à son sang-froid. Elle allait faire de même aujourd'hui.

Elle descendit l'escalier. Posément. À nouveau maîtresse de la situation.

Il était temps qu'elle reprenne les choses en main avant que son idiot de mari ne vienne tout gâcher.

Arrivée en bas, elle hésita devant le râtelier. Elle renonça finalement à prendre un fusil. Elle avait déjà une arme : Simon.

39

Pascale sortit de sa chambre en tremblant. Une longue chemise de nuit blanche couvrait son corps jusqu'aux chevilles.

Elle avait entendu crier, ne comprenait pas les raisons de cet émoi. Les vapeurs de la drogue continuaient d'émousser ses sens et elle percevait ce qui l'entourait au travers d'un brouillard ayant la consistance du coton.

L'angoisse qui avait marqué son sommeil était toujours présente. Richard... Non, Richard était mort. Gaëlle ? Mais Gaëlle... Elle se précipita.

Sa fille n'était plus dans sa chambre. Une odeur abominable y régnait, qui lui souleva le cœur. Elle ouvrit la fenêtre pour aérer, aspira une grande bouffée de l'air de la nuit. La fraîcheur lui fit du bien. D'un seul coup, elle eut les idées plus claires. Elle vit sa mère qui traversait la pelouse, s'étonna de la voir encore vêtue à cette heure de la nuit.

Que se passait-il ?

Quelqu'un lui expliquerait-il enfin les causes de cette agitation ? Allait-on enfin la traiter comme une adulte ? Elle devait savoir.

Elle sortit de la chambre, s'engagea dans l'escalier.

40

Ils dépassèrent la poterne par laquelle Laura avait pénétré sur le domaine. Jusqu'à cet instant, elle avait cru que Simon la livrerait à la police. Ne portait-elle pas dans ses bras la preuve de son crime ? La chambre de Lucie n'était-elle pas pleine de ses empreintes ? Quel juge la croirait ? Quel juge exigerait les examens qui prouveraient la véracité de ses dires ? On risquait de l'enfermer sans même lui laisser le loisir de présenter sa défense, la confiner dans un asile où on l'oublierait jusqu'à la fin de ses jours. Et personne ne viendrait jamais s'inquiéter de son sort.

Telles étaient les sombres idées que Laura ressassait depuis que Simon l'avait interceptée. Mais plus ils s'éloignaient de la maison et plus cette hypothèse se fragilisait. Elle avait alors caressé l'espoir insensé qu'il allait la reconduire jusqu'à la sortie en lui intimant simplement de ne plus mettre les pieds dans la propriété. Peut-être la frapperait-il, pour la persuader d'abandonner... Cela paraissait invraisemblable, mais comment expliquer sinon son attitude ? Ce n'est qu'en dépassant la petite porte qu'elle commença à avoir vraiment peur. Il ne l'amenait pas à la maison, et il ne la raccompagnait pas hors du domaine non plus.

— Où me conduisez-vous ? demanda-t-elle.

Pour toute réponse, il lui enfonça le canon du fusil dans les reins et la propulsa en avant. Elle trébucha et faillit tomber, entraînée par le poids de Lucie. Elle n'évita la chute que de justesse.

Le chemin glissa à nouveau sous les arbres, et l'obscurité les enveloppa. Échaudée par son expérience, Laura ne posait plus de questions. Ils marchèrent en silence sur une centaine de mètres avant de déboucher sur une nouvelle prairie qui descendait en pente douce vers une surface miroitante. Un étang.

Laura s'arrêta net.

— Non, dit-elle.

— Avance.

— Je n'irai pas plus loin sans savoir ce que vous comptez faire. Pourquoi me conduisez-vous ici ?

Il lui mit le canon de son arme sous le nez. L'odeur de poudre et d'huile la submergea. Laura sentit son cœur se soulever. Elle détourna la tête.

— Tu avances ou je te tue ici, annonça Simon.

— Vous êtes fou !

Laura regretta aussitôt d'avoir exprimé ainsi sa pensée. Un éclair était passé dans le regard de l'homme, qu'elle avait deviné plus que vu dans la semi-obscurité. Mais Simon s'était raidi comme sous la morsure d'un coup de fouet.

— Écoutez, plaida-t-elle autant pour essayer de trouver une échappatoire que pour lui faire oublier l'insulte. Si vous me laissiez partir ? J'ai de l'argent, je pourrais vous payer...

Pour toute réponse, il se contenta de la pousser vigoureusement du plat de la main. Elle trébucha et fit quelques pas à reculons. Il avança sur elle et recommença. Laura n'était pas de taille à lutter. Avec le poids de l'enfant sur les bras, elle ne pouvait résister. Et elle ne voulait pas lâcher Lucie. Pas maintenant. Pas après l'avoir espérée pendant cinq ans.

Malgré tout, elle essayait de tenir tête, de rester sur ses positions. Chaque nouvelle bourrade la faisait reculer un peu plus, mais moins que Simon l'aurait souhaité. À ce rythme, ce trajet qui aurait dû se faire en quelques dizaines de secondes allait prendre plusieurs minutes. Laura mettait ce répit à profit pour réfléchir frénétiquement, tentant de trouver une solution, un moyen de se sortir de cette situation.

Simon allait la tuer. Elle en était certaine. Il allait les tuer toutes les deux. Comment Yvonne Grancier l'avait-elle appelé ? *L'homme à tout faire*. Il avait enterré le cadavre de la petite Gaëlle, il allait supprimer les deux personnes qui gênaient. Laura et sa fille. Et ce serait elle qu'on accuserait. Et soudain elle comprit.

Il fallait que cela passe pour un accident ou au pire un suicide. C'était pourquoi il l'avait menée à ce plan d'eau. S'il la noyait avec sa fille, on ne saurait jamais si elle s'était égarée et y était tombée involontairement avec l'enfant qu'elle venait d'enlever ou si elle s'y était jetée en toute connaissance de cause.

Mais personne ne pourrait être inquiété. Il en irait différemment si on la retrouvait criblée de plombs. C'était la raison pour laquelle il la bousculait ainsi plutôt que de l'abattre sans autre forme de procès.

— Vous ne pouvez pas utiliser ce fusil ! dit-elle.

À l'expression étonnée qui se répandit sur le visage de son bourreau, elle sut qu'elle avait touché juste.

— Et vous ne pouvez pas me frapper non plus ! Si mon cadavre porte des traces de coups, personne ne croira à un accident ou à un suicide ! Il y aura une enquête. Vous irez en prison !

L'homme était pétrifié. Certaine d'avoir gagné, Laura se redressa. Elle le dominait de presque une tête. Elle le toisa de toute sa hauteur et, d'une voix aussi froide que possible, elle ordonna :

— Écartez-vous de mon chemin et laissez-moi partir !

Elle assura sa prise sur l'enfant qu'elle fit remonter dans ses bras pour mieux la porter et s'apprêta à quitter cette propriété avec sa fille.

Il y eut un instant de flottement et elle crut avoir gagné. Mais Simon réagit soudain d'une façon qu'elle n'avait pas prévue.

Sa main se détendit avec une vivacité de serpent et il saisit la nuque de Lucie.

— Tu fais ce que je dis ou je lui tords le cou comme à un poulet ! cracha-t-il.

L'idée que les gros doigts de cet homme tenaient la vie de sa fille pétrifia Laura. Elle sentit ses cheveux se hérisser et sut qu'elle ferait tout ce qu'il voulait, pourvu qu'il lâche l'enfant.

— Si vous la tuez...

— ... tout le monde pensera que c'est toi. Avance !

Elle n'avait pas le choix.

Ils descendirent vers l'étang, étrange trio étroitement enlacé. Au bord de l'eau, Simon choisit un emplacement qu'il devait avoir repéré à l'avance. La terre y était ferme et ne garderait nulle trace de leurs pas. Par contre, l'eau toute proche était envahie d'algues qui affleuraient la surface, tels les cheveux d'un géant immergé.

— Pose-la.

Toute discussion était devenue inutile. Laura en avait conscience. Elle ne pouvait plus rien faire. Les larmes aux yeux devant son impuissance, elle se pencha et posa avec délicatesse l'enfant sur le sol.

— Écarte-toi.

Elle obtempéra de mauvaise grâce, répugnant à abandonner son enfant à cet homme qui avait l'intention de les tuer. Mais que pouvait-elle faire d'autre ? Toute résistance n'aurait pu qu'accélérer les choses et elle tenait par-dessus tout à gagner du temps. Comme si la moindre seconde de répit était un sursis qui lui permettait peut-être de trouver une solution.

À quelques secondes de sa mise à mort, Laura ne pouvait accepter sa défaite. Elle avait parcouru tout ce chemin, surmonté tous ces obstacles pour retrouver sa fille. Ce n'était pas pour mourir noyée avec elle dans un étang de province !

41

Charles avait couru jusqu'à la poterne sans se soucier de ses problèmes cardiaques. Il n'avait rencontré personne. Il ne comprenait pas l'attitude de Simon, mais ne se faisait aucune illusion. Il n'avait jamais eu confiance dans l'homme à tout faire d'Yvonne et savait que, quel que soit le but qu'il poursuivait, cela ne présageait rien de bon pour Gaëlle.

Une fois de plus, comme il l'avait fait des dizaines, des centaines de fois au cours de ces cinq années, il regretta de ne pas avoir prévenu la police dès le début. Mais pouvait-il dénoncer Pascale ? Pouvait-il dire devant un juge que Pascale avait tué son mari et sa fille et qu'Yvonne avait fait kidnapper une fillette pour remplacer Gaëlle ?

Il franchit la poterne, se retrouva sur la petite route de campagne déserte. Un peu plus loin, dissimulée sous les arbres, se trouvait une voiture. Il courut dans cette direction.

Il avait accepté le mensonge et l'enlèvement de cette enfant pour protéger Pascale. Il ne pouvait tout de même pas envoyer sa propre fille et sa femme en prison ?

Mais qu'avait dit Yvonne quelques minutes plus tôt ? Qu'elle avait tué Richard ?

Tout se mélangeait dans sa tête. Jusqu'à présent, il avait cru Pascale coupable dans un accès de folie, emportée par la jalousie.

C'était à tout le moins la version que sa femme lui avait présentée. Pascale avait tué son mari et sa fille. Il fallait la protéger. Yvonne avait fait enlever une enfant pour remplacer Gaëlle.

Mais si ce n'était pas Pascale qui avait tué Richard, que s'était-il passé réellement ? Pourquoi Yvonne l'aurait-elle tué ?

Il arriva à la voiture. Elle était vide.

Il s'immobilisa, à l'écoute de la nuit. Il n'osait pas appeler. La jeune femme ne serait sans doute pas en mesure de lui répondre et cela ne servirait qu'à signaler sa présence à Simon qui ne se doutait de rien pour le moment.

La nuit était silencieuse. « Un silence de mort. » L'expression qui lui était venue à l'esprit le fit frissonner.

Mais s'ils n'étaient pas à la voiture, où étaient-ils ?

Jamais il n'aurait dû accepter le plan de sa femme.

Et à présent, la vie de l'enfant était en danger parce qu'il n'avait pas eu le courage d'agir quand il en était encore temps. À deux reprises, il avait laissé passer sa chance.

La première fois, lors de l'enlèvement. Par lâcheté, et pour protéger sa fille, il n'avait rien dit.

La seconde fois remontait à trois semaines. Lorsqu'Yvonne avait tenté de tuer Gaëlle.

Charles ne se remémorait que trop bien ce jour où Yvonne jouait à la balle avec Gaëlle/Lucie. L'événement était déjà tellement hors du commun qu'il méritait d'être noté. C'était la raison pour laquelle il était resté à les observer depuis le petit bois, sans qu'elles soupçonnent sa présence. C'était en voyant Yvonne jeter délibérément la balle dans l'eau qu'il avait compris.

L'enfant s'était précipitée à sa suite. La vase s'était emparée d'elle et avait commencé à l'aspirer vers le fond. Elle s'enfonçait petit à petit sous l'œil froid de celle qui se prétendait sa grand-mère.

Charles avait bondi. Pataugeant dans l'eau jusqu'à la taille, il avait sorti l'enfant. Mais ses pieds s'enfonçaient dans la vase et il y serait resté lui-même si Yvonne ne lui avait tendu une perche pour le tirer sur la rive. Après un temps d'hésitation.

C'est en remontant sur la berge qu'il avait réalisé que Pascale ne se trouvait pas au manoir depuis plusieurs jours. Il avait compris pourquoi Yvonne avait insisté pour qu'elle fasse un séjour à la clinique du Dr Royer.

Elle était l'héritière directe de Gaëlle et donc la première suspecte en cas de décès. Si elle était absente, l'accident paraîtrait plus plausible.

Charles Grancier avait frémi en songeant que, s'il n'avait pas quitté son travail exceptionnellement tôt ce jour-là, il aurait trouvé un cadavre en rentrant, et une grand-mère en pleurs.

Et il avait fait un infarctus.

C'était à ce moment-là qu'il aurait dû réagir et prévenir la police. Mais une fois de plus la lâcheté l'avait emporté. Il s'était contenté d'envoyer cet ours en peluche à la mère de l'enfant, dans l'espoir que cela permettrait la réouverture de l'enquête. Les journaux s'empareraient de l'histoire, comme cinq ans plus tôt, et Yvonne ne pourrait tenter à nouveau de tuer la fillette sans risquer d'attirer l'attention sur elle.

Rien ne s'était passé comme prévu. Laura Julian n'avait prévenu ni la police ni la presse et il était là à présent, courant dans la nuit, un fusil à la main, à la recherche d'un trio insaisissable.

Mais l'évocation de la récente tentative de meurtre lui avait fourni une réponse. L'étang ! Si Yvonne avait tout organisé pour se débarrasser à la fois de la mère et de la fille, l'étang était l'endroit idéal.

42

Simon attendit que Laura se soit éloignée de quelques pas pour relâcher sa pression sur la nuque de l'enfant.

Il n'avait pas trop serré, pour éviter de laisser des traces sur la peau tendre. Il y aurait une autopsie et il ne tenait pas à ce que les empreintes de ses doigts soient inscrites en relief dans la peau de la gamine.

Il se redressa sans quitter l'enfant des yeux. Étendue dans l'herbe, elle ne bougeait pas, comme morte. Il sentit sa gorge se dessécher.

Il n'avait jamais regardé la fillette sous cet angle. Elle était encore trop jeune pour l'intéresser. Et puis elle faisait partie de la maison et il ne pouvait se permettre de courir le risque d'être renvoyé. Mais cette nuit, c'était différent.

Cette nuit il allait la tuer. Elle ne jouissait plus d'aucune protection spéciale. Et en cet instant, elle était déjà comme morte.

Immobile.

Disponible.

Il déglutit. Non. Il ne devait pas. Il ne pouvait pas. Pas de traces.

Fébrilement, son esprit cherchait une solution, le moyen de profiter d'elle malgré tout... Il devina un mouvement du coin de l'œil. La femme ! Tout à son trouble, il l'avait oubliée. Il se retourna, mais il était déjà trop tard. Il n'eut pas le temps d'esquiver totalement.

La branche le cueillit derrière l'oreille, se brisant sous le choc et lui envoyant une volée de cloches sous le crâne. Il tituba, devina que Laura se précipitait sur lui les mains tendues devant elle. Il sentit le choc, fut propulsé en direction de l'étang. En un réflexe, il tendit la main, agrippa le tissu de son corsage et l'entraîna avec lui dans sa chute.

L'eau était glacée. Il avait lâché la femme en plongeant, mais elle était près de lui. Il avait senti son corps le heurter sous l'eau. Il toucha le fond, donna un coup de talon pour remonter et creva la surface.

Elle était devant lui, nageant déjà vers la berge. Il se propulsa à sa suite, la saisit par une cheville et tira. La femme disparut sous l'eau.

Il devait la noyer. Il se lança en avant, pesant sur elle de tout son poids pour l'enfoncer. Mais elle se tordit comme une anguille, lui échappa et revint à la surface où elle aspira une grande goulée d'air. Il lui saisit les cheveux et tira vers le bas.

Elle disparut à nouveau. Il reçut un coup de poing dans les côtes qui lui fit autant d'effet qu'une piqûre de moustique et il ne put s'empêcher de rire. Il était heureux. Il n'avait jamais noyé personne, mais la liberté de mouvement que lui donnait l'élément dans lequel il baignait était extraordinaire. Il faudrait qu'il recommence !

Ce fut à cet instant que le tonnerre éclata dans son dos.

— Lâchez-la ou je vous abats comme un chien.

43

Laura sentit la pression qui la maintenait sous l'eau se relâcher et elle remonta à la surface. Ses forces ne la soutiendraient plus très longtemps. Puisant un sursaut de courage à la pensée que la vie de sa fille dépendait de sa propre survie, elle émergea avec les doigts crochetés pour arracher les yeux de leur tortionnaire. Elle fut surprise de voir qu'il semblait se désintéresser d'elle.

Il lui tournait le dos et regardait la berge. Elle suivit la direction de son regard et prit conscience de la présence de Charles Grancier.

— Venez, lui dit ce dernier. Vous pouvez nager ?

Avec le sentiment de sauter de la poêle dans le feu, elle se dirigea vers lui. Du moins son arrivée lui fournissait-elle un nouveau répit. Mais elle ne se pensait pas tirée d'affaire pour autant. Yvonne Grancier-Delalande lui avait dit que son mari était derrière toute cette histoire et que Simon était son homme de main. Sans doute l'industriel avait-il trouvé un autre moyen de la tuer ? Peut-être hésitait-il à le faire sur ses terres ?

En tout cas, chaque seconde de délai était autant de gagné et elle ne sauverait pas sa fille en demeurant dans l'eau.

Les algues qui bordaient la rive gênèrent soudain sa progression et elle crut ne jamais parvenir sur la berge. Pour l'aider à franchir ce passage dangereux, Grancier lui tendit une branche morte, celle-là même avec laquelle elle avait tenté d'assommer Simon Burlot. Elle put finalement regagner la terre ferme.

L'industriel la tira pour l'aider à sortir et elle le regarda, se demandant si elle pourrait lui sauter dessus et le désarmer. Lui non plus ne devait pas tenir à lui laisser des plombs dans le corps.

Curieusement, il ne semblait pas la menacer. L'arme était dirigée vers l'homme qui se trouvait toujours dans l'eau.

— Ça va ? lui demanda-t-il lorsqu'elle eut pris pied à côté de lui. Je suis désolé pour toute cette histoire. Croyez-moi. Si j'avais prévu tout cela, je serais allé directement à la police au lieu de vous envoyer cet ours...

— L'ours ? C'est vous qui... Je pensais que c'était votre femme !

Il eut l'air aussi surpris qu'elle.

— Oui, c'est moi. Pourquoi Yvonne aurait-elle fait une chose pareille ?

— Mais je pensais...

— Plus tard, les explications. Il faut sortir Simon de là avant qu'il ne se noie.

Laura aurait bien abandonné l'homme de main à son sort, mais elle songea qu'il devait détenir un grand nombre de réponses aux questions qu'elle se posait encore.

— Vous n'allez pas me tuer, alors ? demanda-t-elle à Grancier.

— Si j'avais voulu votre mort, j'aurais laissé agir Simon. Il me paraissait bien parti, non ?

Elle dut admettre qu'il avait raison. D'ailleurs, l'arme ne la menaçait plus.

S'étant assurée que Lucie n'avait rien, elle revint vers la berge.

— La petite va bien ? demanda Charles.

— Ça ira. Elle est juste droguée.

— S'il lui était arrivé quelque chose, je ne me le serais jamais pardonné. Je me suis attaché à elle. Elle est vraiment devenue ma petite-fille, vous savez.

Laura préféra ne pas répondre et saisit la branche pour tirer Simon de l'eau, tandis que Grancier le menaçait de son fusil.

— Dieu merci, il n'y a pas eu de mal ! constata Grancier. Tout peut encore s'arranger.

— Vous oubliez le journaliste qui est mort. Et le kidnapping est toujours puni par la loi !

Burlot, qui prenait pied sur la berge, jugea sans doute qu'il était temps de commencer à penser à sa défense.

— Eh ! protesta-t-il. Doucement ! Je ne suis pour rien dans tout ça ! C'est sa femme qui a tout organisé. Je n'ai fait qu'exécuter ses ordres. Que ce soit en enterrant la gamine ou en enlevant l'autre !

— Salaud !

Le cri avait jailli en même temps que la détonation. Simon Burlot fut soulevé de terre et partit en arrière. Il retomba dans l'étang dont il venait de sortir en produisant une énorme gerbe qui déclencha une envolée d'insectes et des coassements inquiets.

Grancier et Laura s'étaient retournés, surpris, dans la direction d'où était parti le coup de feu. Yvonne arrivait vers eux, sa robe noire la dissimulant presque totalement contre l'herbe sombre, le fusil de Simon à la main.

— Il aurait fallu en arriver là de toute façon, dit-elle.

— Yvonne...

— Écarte-toi. Il faut en finir.

Derrière elle, une autre silhouette apparut, blanche celle-là, comme son antithèse. Laura eut l'impression de voir approcher un fantôme tant la démarche hésitante et le silence accompagnant cette apparition semblaient irréels.

Elle n'y comprenait plus rien. Elle avait tout d'abord cru que Charles Grancier était le responsable de l'enlèvement de sa fille et qu'Yvonne désirait l'aider. Voilà à présent que c'était Charles qui l'avait sauvée des mains de Simon et que ce dernier avait été tué par celle qu'il venait de dénoncer comme responsable de tout depuis le début.

— Yvonne, pose ce fusil !

Grancier avait parlé d'une voix ferme, mais sa femme ne l'écoutait pas.

— Ne me donne pas d'ordres ! C'est moi qui commande ici ! Tu oublies que tu n'avais pas un sou quand je t'ai épousé ! Tu n'étais qu'un employé ! Tu dois m'obéir !

— Ne recommence pas avec ça. Pose ce fusil.

Yvonne Delalande ne l'écoutait pas. Elle gardait son arme obstinément braquée sur eux. Celle de Grancier était dirigée vers le sol. Laura doutait qu'il ait le temps de la redresser, en admettant qu'il ait été prêt à tirer sur sa femme pour la sauver, ce dont elle était loin d'être certaine.

— Je me suis toujours occupée de tout ! poursuivait Yvonne. Quand Richard et sa fille sont morts, il a bien fallu que quelqu'un prenne les décisions qui s'imposaient ! Sans Gaëlle, toute la fortune de Richard revenait à sa famille. Pascale n'aurait rien eu ! Nous aurions été ruinés ! Il fallait que tout le monde la croie vivante ! C'est pour ça que j'ai fait enlever cette enfant ! Elle a eu une vie bien plus heureuse que celle qu'elle aurait pu avoir dans sa famille d'origine ! C'était dans tous les journaux ! Le couple ne s'entendait pas et aurait divorcé de toute façon ! Et maintenant que cette femme nous a retrouvés, il faut en finir. Elle ne peut pas repartir vivante.

— Yvonne...

— Écarte-toi, te dis-je !

— Yvonne, tu ne pourrais pas la tuer...

— Ah non ? Et pourquoi pas ? J'ai bien tué Simon ! Et avant lui Richard. Et Gaëlle qui m'avait vue !

— Nooooonnnnn !

Le cri avait jailli de la créature en blanc qui devait donc être réelle. Laura la vit bondir pour se jeter sur la femme en noir qui se retourna, surprise. Le fusil partit, mais la décharge se perdit dans les airs.

Grancier voulut se précipiter sur sa femme, il n'en eut pas le temps. Pascale venait de percuter sa mère et toutes deux basculèrent dans l'étang où flottait le corps sans vie de Burlot.

Un banc de nuages passa devant la lune, plongeant toute la scène dans l'obscurité la plus totale.

Laura en profita pour reprendre Lucie dans ses bras et s'éloigner à prudente distance.

Elle entendit le bruit d'un plongeon, s'arrêta. Elle ne voyait rien et craignait de revenir vers l'étang sans s'en rendre compte.

Lorsque la lune réapparut, les eaux étaient redevenues calmes. La tête de Charles Grancier surgit soudain. Elle l'entendit appeler. Personne ne répondit. Il replongea, resta sous l'eau pendant une éternité, réapparut, appela à nouveau.

Laura se laissa tomber dans l'herbe, son enfant dans les bras. Ses jambes ne la soutenaient plus, comme si les événements de ces dernières minutes avaient fini d'épuiser ses forces sapées par cinq ans d'attente.

Lucie pressée contre son cœur, elle regarda faire Grancier sans réagir, sans ressentir la moindre compassion pour cet homme qui cherchait sa femme et sa fille dans les eaux noires et glacées.

Quand il abandonna enfin, il revint seul sur la berge où il resta un long moment étendu, drainé de toutes ses forces, sous le regard indifférent de Laura.

Épilogue

Lucie fixait la route sans mot dire. Elle était demeurée étrangement silencieuse depuis son réveil. Entre deux nausées, elle avait compris que sa maman ne viendrait pas la voir et que cette étrangère au regard si doux allait s'occuper d'elle. Elle n'avait pas assimilé grand-chose de ce qu'on lui avait dit. En fait, elle aurait peut-être mieux compris si on lui avait tout expliqué. Mais elle avait juste saisi qu'elle ne reverrait plus sa grand-mère, ni sa mère. Charles lui avait expliqué qu'elle n'était pas vraiment sa petite-fille, que cette dame qu'elle n'avait jamais vue était sa vraie mère.

La dame paraissait gentille. Elle avait les yeux rouges comme si elle avait beaucoup pleuré, mais elle souriait tout le temps en la regardant.

Lucie n'avait pas compris pourquoi elle devrait aller vivre avec elle, pourquoi elle ne pouvait pas rester au manoir, mais Charles avait dit que c'était comme ça. Elle ne pouvait pas demeurer au manoir de toute façon, car il n'y aurait plus personne. Tout le monde était parti. Certains qu'elle ne regretterait pas, comme Simon qu'elle n'avait jamais aimé et dont elle avait toujours eu peur. Du plus profond de son enfance, elle avait craint cet homme et rêvait parfois qu'il venait la prendre pour l'emporter loin, très loin de sa maman, en un endroit où on ne la retrouverait jamais. Ce qui était idiot puisqu'il travaillait pour sa maman, justement. Mais elle n'y pouvait rien, c'était son cauchemar le plus terrible. Non, elle ne regretterait pas Simon. Elle ne regretterait pas sa grand-mère non plus, dont elle savait bien qu'elle ne l'avait jamais aimée.

Papy Charles, par contre, lui manquerait. Elle serait bien restée avec lui, mais il lui avait dit que ce n'était pas possible. Lui aussi, il partait. Pour un long voyage. Il devait s'agir d'un voyage important, parce que des policiers l'accompagnaient. Elle espérait qu'il ne lui arriverait rien, qu'ils le protégeraient bien. Elle aimait bien son grand-père. Et lui aussi l'aimait. Elle l'avait vu dans son regard. Et dans les larmes qu'il avait versées en la quittant. Lorsqu'il lui avait demandé d'essayer de lui pardonner.

Lui pardonner quoi ? Lucie ne comprenait pas.

En tout cas, il avait promis qu'elle ne manquerait de rien et que sa maman, sa vraie maman, allait s'occuper d'elle.

Cela lui faisait tout drôle de penser à cette femme comme étant sa vraie maman. Qu'était devenue l'autre, la vraie de vraie, Pascale ? Personne n'avait voulu le lui dire. Elle n'avait guère eu l'occasion de partager la vie de cette femme étrange, toujours à moitié endormie, ou même couchée, et qui, lorsqu'elle se levait, errait comme un fantôme dans le jardin ou les couloirs du manoir. Mais Lucie s'était attachée à elle malgré tout. N'était-ce pas sa mère ? La seule dont elle ait gardé le souvenir ? Même si elle ne ressemblait pas aux autres mamans qu'elle avait eu l'occasion de rencontrer à la sortie de l'école.

Elle se tourna vers la conductrice de la voiture et la regarda. La jeune femme lui adressa un sourire radieux sans cesser de surveiller la route. Elle aimait bien ce sourire. Cette femme avait l'air d'être très heureuse.

— Veux-tu quelque chose ? As-tu faim ? Veux-tu qu'on s'arrête quelque part pour manger ? J'ai tout mon temps, tu sais, je suis en vacances et c'est le plus beau jour de ma vie. On peut faire tout ce que tu veux.

Oui, décidément, la vie avec cette nouvelle maman promettait d'être intéressante. Lucie se mit à réfléchir à ce qu'elle pourrait demander, aperçut un resto-grill au bord de la route.

— On pourrait aller manger des frites ?

Elle adorait les frites, mais sa grand-mère n'en voulait pas au manoir à cause de l'odeur.

— Bien sûr !

La voiture se rangeait déjà. Lucie sourit, aux anges.

Dans la même collection

Année Zéro

Jeff Long

Spécialisé dans l'archéologie biblique, Nathan Lee Swift mène une campagne de fouilles à Jérusalem. Mais la frontière entre le noble scientifique et le pilleur de tombes est parfois mince... Une frontière que l'archéologue est un jour obligé de franchir.
A des milliers de kilomètres de là, sur l'île grecque de Corfou, un collectionneur achète un flacon de sang remontant au premier siècle de notre ère. Quelques jours plus tard, un effroyable virus se répand et fait des ravages.
Sans doute responsable du désastre, Nathan Lee rejoint un projet scientifique réunissant les plus grands spécialistes qui tentent de trouver un vaccin. Pour cela, il n'y aurait qu'un seul moyen: faire revivre des hommes de l'An Zéro de notre ère grâce à leur ADN. Impossible ? Pas si sûr...

Un grand thriller scientifique et ésotérique par l'une des nouvelles stars de la fiction américaine.

ISBN : 978-2-35288-459-0

www.city-editions.com